Die wenigen Passanten der Hauptstraße in Hohenebersbach trauten ihren Augen nicht. Aus dem Dachfenster eines Fachwerkhauses kletterte eine stark geschminkte Frau. Sie setzte sorgfältig einen Fuß auf das straff über die Straße gespannte Seil, das ein Werbebanner für das Feuerwehrfest am kommenden Wochenende trug. Sie richtete sich langsam auf und öffnete einen bunt geringelten Regenschirm. Ungläubig betrachteten die Zuschauer das rüschenbesetzte kurze Kleid, das den Blick freigab auf schwarze Netzstrümpfe an Strapsen. Der Regenschirm schwankte stark, als sie den zweiten Fuß vor den ersten setzte. Nach kurzem Zögern hob sie den hinteren Fuß für den nächsten Schritt, verlor unmittelbar das Gleichgewicht, drehte sich im Fall und prallte mit einem dumpfen Geräusch, den Kopf voran, auf das etwa 400 Jahre alte Kopfsteinpflaster. Die Perücke mit den langen blonden Haaren war nach vorn gerutscht und bedeckte ihr linkes Auge, während sich unter ihrem Kopf langsam eine Blutlache bildete.

Vorbereitungen

… und jetzt soll ich es richten

Die Kauf-bei-uns-Truppe tagte im Tango-Café. Diese Initiative haben Clausthaler Einzelhändler gebildet, die sich dem Trend zum Vorstadt-Einkaufen entgegenstemmen wollen. Und sie tagen, grob geschätzt, alle zwei Monate in meinem Lokal.

»Du hast immer so gute Ideen«, sagte Detlev Niehaus, der Apotheker.

»So – ungewöhnliche.« Beate Most missbilligt alles und jeden. Wer was von ihr will, muss ihr das Gegenteil abfordern. Mich hat sie auf dem Kieker, seit ich vor einem knappen Dreivierteljahr das Café aufgemacht habe.

Hubsi Kuhte vom Reisebüro versuchte wie immer, die Wogen zu glätten. »Wir brauchen beides, Beate, deine konventionellen Ideen und Friederikes –«

»Was denn, fortschrittliche? Bin ich etwa von gestern?« Beates Busen wogte, wozu einiges gehörte, denn er saß normalerweise stramm geschnürt und begann knapp unter ihrem Kinn.

»Leute, Ruhe. Setzt euch doch mal ein bisschen weiter auseinander, ihr beiden, wir wissen inzwischen, dass ihr euch nicht leiden könnt.« Unser Buchhändler Bruno Göritz legt gern den Finger in die Wunde. »Außerdem sind wir nicht hier, um Grundsätzliches zu diskutieren, sondern um unsere Beteiligung am *Freischütz*-Projekt zu sichern.«

Alle sahen Hella vom Bastelladen an. »An mir liegt es nicht, dass wir bisher nichts gehört haben«, sagte sie im Brustton der Rechtschaffenheit. »Ich bin zwar im Rat, habe aber auch nicht mehr als nur eine Stimme.« Und jeder weiß, wie wenig Durchschlagskraft die besitzt, denn sie tut grundsätzlich das, man ihr aus der eigenen Fraktion „vorschlägt". Alle Blicke wanderten von ihr zu Detlev.

»Ich weiß auch nichts Näheres«, sagte er. »Wir Ratsmitglieder erfahren halt nicht alles.«

»Wie weit seid ihr denn eigentlich?«, fragte ich.

Als Hella anfing, den Stand des Opernprojektes zu erläutern, war allen sofort klar, dass sie keine Ahnung hatte. »Ja, also, der *Freischütz* soll aufgeführt werden. Eine Oper. Federführend Gemeinde Oberharz, also wir und Altenau und so was, zusammen mit einigen großen Sponsoren.«

»Mein Güte.« Meine Geduld war nicht unendlich. »Hella, so weit sind wir auch schon. Ich – wir wollen wissen, wie weit die Vorbereitungen gediehen sind. Es sind zwar noch vier Monate, aber ohne dass bestimmte Voraussetzungen erfüllt sind, wird das nichts. Worum es uns geht, ist, ob es ein verantwortliches Komitee gibt. Sind die Künstler engagiert, habt ihr das Geld zusammen, Umweltbehörde, TÜV – wenn das eine Freiluftsache werden soll, braucht ihr zig Genehmigungen, verstehst du, so was wollen wir wissen.«

»Was ereiferst du dich denn so, natürlich denken wir an all das, wofür hältst du uns denn?«

Das wollte ich lieber nicht sagen.

»Friederike spricht das aus, was wir alle denken, Hella.« Jetzt regte sich auch Bruno auf. »Wir hören immerzu irgendwas munkeln, erfahren aber nichts Genaues. Das letzte Gerücht war, dass sie die *Harzinitiative* ausgehebelt und die Vermarktung der *EventConsult* übergeben haben, was ich persönlich eine Katastrophe finde. Es ist mit Sicherheit schweineteuer, und die Leute hocken in Fulda. Die sacken das Geld ein, drucken vielleicht auch ein Plakat und sehen im übrigen aus der Ferne zu, wie wir baden gehen. Wir hätten einen lokalen Vermarkter gebraucht.«

»Ganz genau. Warum denn nicht die *Harzinitiative*?« Seit einem Monat war auch Fritze Breitmaul Mitglied bei uns. Er sitzt mit seiner Bäckerei eigentlich in Braunlage, hat aber inzwischen zwei Filialen in Clausthal-Zellerfeld und darf deshalb mitspielen. »Die *EC* hat letztes Jahr unser Kirchenjubiläum vermarktet und so grottenschlechte Plakate hergestellt, dass man aus fünf Metern Entfernung schon nicht mehr sehen konnte, um was es eigentlich ging. Das Größte auf dem Ding war ihr eigenes Logo. Stimmt es, Hella, dass die *EC* jetzt verantwortlich ist?«

Diese putzte sich die Nase. Sie hatte Heuschnupfen, und jeder fragte sich, warum sie den auslebte und nichts dagegen tat. »Weiß nicht genau, aber glaube schon.« Ihre Nase war dunkelrot und leuchtete.

Alle seufzten.

Maike vom *Fashion Point* ergriff das Wort. »Ich habe die Nase voll. Uns geht es doch darum, dass wir vorkommen wollen. Wir wollen kleine Torten backen und das Wort *Freischütz* draufschreiben, wir wollen Bücher über den *Freischütz* ins Fenster legen, Brötchen mit Wildschweinwurst verkaufen, Bühne bauen, Kulissen malen, Gerüste aufstellen, Getränkestände und Imbissbuden an den Vorstellungstagen betreiben«, sie suchte nach Worten, während die ganze Runde unisono mit dem Kopf nickte. »Pauschalangebote mit Übernachtung und Opernbesuch anbieten, Busreisen verkaufen – kurz gesagt, wir wollen eingebunden werden, zum Teufel. Und verdienen.« Sie atmete schwer, als wäre sie gerannt.
Es erhob sich ein allgemeines Gemurmel, weil jeder seine Vorstellungen dem Nachbarn mitteilte.

Hubsi setzte sich durch. »Und es gibt keinen Grund, warum die Kostüme nicht von unseren Behindertenheimstätten genäht werden. Ich habe gehört, dass eine Firma in Hamburg damit beauftragt worden ist. Mein Vorschlag zur Abhilfe ist, dass wir einen Verbindungsmann wählen. Er oder sie soll alles in Erfahrung bringen, was wir wissen wollen, und unsere Interessen im Festkomitee vertreten, wenn es so was gibt. Ich schlage Friederike vor.«

Er hatte kaum seine Stimme zum Schlusspunkt gesenkt, als Beate hochschoss. »Und warum kann ich das nicht machen? Mein Umsatz ist mit Sicherheit höher, als der von diesem – Café hier.« Sie sagte es so, als wären meine Torten verschimmelt.

»Weil –« Hubsi blieb ruhig, »Friederike das Milieu kennt. Sie ist Musikerin und gleichzeitig Geschäftsfrau, was wollen wir mehr? Die Leute lassen sie eher rein als dich.« Er drehte sich zu mir. »Würdest du es denn machen?«

Ich bin Konzertsängerin. Meine Erfahrung mit Oper ist, abgesehen von meiner Zeit an der Hochschule, eher passiv. Ich gehe gern hin, singe auch bei Konzerten gern mal eine Opernarie, habe aber ansonsten wenig mit dem Betrieb zu tun gehabt. Ich sah ein, dass ich am ehesten geeignet wäre für den Job, den Hubsi vorschlug. Also nickte ich.

»Wir müssten als Erstes darüber abstimmen, ob wir so eine abgeordnete Person haben wollen, die uns vertritt. Wer ist dafür?«

Alle Hände gingen hoch mit Ausnahme von – natürlich Beate.

»So, gibt es andere Vorschläge als Friederike? Nein? Wer ist also für sie?« Ergebnis wie bei seiner ersten Frage.

»Gebongt.« Hubsi sieht mit seinen braunen Locken, der frischen Gesichtsfarbe und dem Schnäuzer aus, wie man sich einen Jäger vorstellt. Es fehlt immer nur der kleine grüne

Hut mit dem Gamsbart. Er sah mich an und lachte mit vielen weißen Zähnen. »In zwei Wochen treffen wir uns wieder und du berichtest, okay? Oder ist das zu kurz? Und – Friederike, wir wissen alle, dass du beißen kannst. Hör nicht auf damit, klar?«

»Nein, schon in Ordnung.« Mir war nicht ganz wohl, aber ich wollte sie nicht hängen lassen. Ich fand das Ganze selbst merkwürdig. Hätte man nicht überhaupt als Allererstes die lokale Geschäftsprominenz zusammenrufen sollen? Wenn man drei Veranstaltungen ausverkaufen will, muss doch jeder die Werbetrommel rühren, überall müssen Plakate an der Ladentür kleben und Flyer auf dem Tresen liegen. Und wenn am Ende Geld fehlt, muss jeder was beitragen, so läuft das nun mal. Dies war wirklich ein schlechter Anfang.

Zwei Schüsse

Es war Donnerstag Abend. Konni, Ratte, Batz und ich saßen im frisch erblühten Vereinsheim der *Flying Devils*, dem hiesigen Motorradclub, bei unserer wöchentlichen Doppelkopfrunde.

Das Haus, eigentlich eher eine längliche Barracke in übelstem Gelb gestrichen, war im vergangenen Jahr anlässlich einer Zwistigkeit mit dem hannoverschen Motorradclub *Sons of Scorpions* zur Hälfte in Flammen aufgegangen. Seit zwei Wochen wieder eröffnet, bietet es sich dem schnell ermüdenden Auge in noch intensiverem Schmuck aus bemalten Motorradtanks, Lenkern, Sätteln, Girlanden, Luftschlangen und Lampions als das Vorgängermodell dar. Direkt über unserem Kartenspiel-Stammtisch springt ein halbes Moped aus der Wand, drumherum ist liebevoll eine finstere Harzlandschaft gesprüht. Die hintere Hälfte verschwindet in der Wand über den Toilettentüren. Diese sogenannte Suhler Schwalbe war das Jubiläumspräsent der Hannoveraner gewesen, hatte für viel Spott gesorgt und, mit einer Flex sauber in zwei Hälften geteilt, ihren Daseinszweck entschieden verändert.

Batz mischte ausführlich.

»Es gibt Leute, die sind beim Mischen eingeschlafen«, sagte Ratte.

»Sei still, so kriegen wir wenigstens einmal pro Runde ein anständiges Blatt.«

»Schluss, ihr beiden, und, Batz, du willst ja nicht andeuten, dass Friederike und ich schlecht mischen, oder?« Konnis Bassstimme passt zu seinem hünenartigen Körperbau. Über seinen zwei Metern Körperlänge wehen graue Bart- und Haupthaarlocken, über seiner Motorradkutte trägt er meistens stilecht ein rotes Halstuch mit weißen Punkten um den Hals, und aus allem blitzen sehr wache blaue Augen heraus. Er ist der Vorsitzende der *Devils* und wird es bleiben, solange er lebt, weil sich niemand traut, gegen ihn anzutreten.

Wir sind alle etwa gleich alt, irgendwas zwischen 40 und 50 oder leicht drüber, spielen gern Doppelkopf und sind ansonsten so unterschiedlich, wie man nur sein kann. Vielleicht verbindet uns außer dem Alter und der Vorliebe für Doppelkopf noch der Hang zu einem leicht chaotischen Lebensstil.

Batz und Ratte kabbeln sich grundsätzlich, sind aber im Angesicht eines gemeinsamen Feindes ein Herz und eine Seele. Heute ging es besonders zur Sache, weil sie oft zusammen spielen mussten, was Konni und mich zu Spielpartnern machte. Konni ist ein gerissener Halunke beim Spiel. Er blufft am laufenden Band und hat einen Riesenspaß, wenn er gewinnt.

Ratte reizte wieder mal zu hoch und gab Batz die Schuld, als sie verloren. Er warf die Karten auf den Tisch. »Ich hab die Schnauze voll. Ununterbrochen muss ich mit diesem Volleimer spielen, der sich nicht merken kann, ob das erste oder zweite Herzass auf dem Tisch liegt.«

Batz blieb friedlich und stand auf. »Ich glaube auch, es reicht. Ich hol noch 'n Bier, will noch wer eins?«

Konni rechnete das Ergebnis aus, Ratte trommelte sauer auf dem Tisch herum, bis Batz zurückkam mit einem kleinen Tablett und vier Gläsern, die über den Rand schäumten. Wir drei betrachteten versonnen seinen starklila Auftritt.

Es geht das Gerücht einer Freundin, denn seit ein paar Wochen sind seine schmuddeligen T-Shirts verschwunden, und er prangt stattdessen in kräftig farbigen Hemden unter den wechselnden Farbschattierungen seiner stoppelig geschnittenen Haare. Derartige Regenbogenerscheinungen in der Kleidung – als teure Version allerdings – hatten wir bisher nur an unserem Bürgermeister Kahlhut erleben dürfen.

Konni legte den Bleistift hin, griff sich ein Glas, leerte es bis zum Boden, wischte den Schaum aus dem Bart und sagte: »Ich will morgen ins Krankenhaus, Bulli besuchen. Kommt wer mit?«

»Motorradunfall?«, fragte ich.

Drei Köpfe drehten sich zu mir. Konni machte sich zum Sprecher. »Nee. Bulli ist keiner von diesen bescheuerten Fahrern.« Er legte einen Zehner auf den Tisch. »Hier, ich könnte noch eins vertragen.«

Batz machte eine Kopfbewegung zu Ratte, der gehorsam aufstand. Das dünne braune Haarschwänzchen auf seinem Rücken wippte, als er sich flink Richtung Theke entfernte. Sein Gang erinnert an ein huschendes kleines Nagetier, ein Eindruck, der durch die leicht vorstehenden schmalen Oberzähne verstärkt wird, die er oft zeigt, denn er ist ein außerordentlich freundlicher Mann, wenn ihn nicht gerade der Jähzorn packt.

»Bulli ist Zufäller.«

Ich sah ihn verständnislos an.

»Die fällen da Bäume, wo ein Harvester nicht arbeiten kann, ohne dass ein Haufen Unterholz oder kleine Bäume draufgeht. Der Harvester macht dann den Rest, entasten, vermessen und kappen.«

Batz wollte sicher gehen, dass ich alles begriff. »Kappen heißt fällen.«

Ich nickte und hoffte, dass ich nicht noch mehr Einzelheiten über das Holzfällen im Oberharz lernen musste. »Ist er sehr krank, euer Bulli, meine ich?« Mein Eindruck die paar Mal, die ich ihn gesehen hatte, war der eines außerordentlich robusten Menschen gewesen.

»Nix, der doch nicht. Nee, es war, weiß nicht, vielleicht doch eine Art Unfall.«

Ich verstand gar nichts mehr. »Ich denke, nicht.«

Ratte war zurückgekehrt und mit Batz' Interpretation des Vorgangs nicht einverstanden. Er kommentierte ihn in seiner eigenen Ausdrucksweise. »Unfall – am Arsch. Das war voll Mord.«

»Ja, gut. Na ja, Mord – weiß ich nicht.«

Ich versuchte, Ordnung in die Geschehnisse zu bringen. »Vielleicht erzählt einer von euch die Sache mal so, dass ich es begreife.«

»Da war einer mit 'ner Knarre«, sagte Ratte und regte sich furchtbar auf. »Eine Riesensauerei, wenn ich den erwische, ich sage euch...«

»Ruhig, Ratte, es ist doch gar nicht gesagt, dass der Typ Bulli umbringen wollte. Die Bullen sind an der Sache dran. Und bisher ist es nichts weiter als Körperverletzung, vielleicht fahrlässig.«

Unser Ratte war nicht zu bremsen. »Wenigstens versuchter Totschlag.«

»Könnte nicht einer von euch –« Ich versuchte es noch mal.

Konni nahm sich der Sache an. »Also, Bulli arbeitet für die Forst, weißt schon, Forstverwaltung.« Ich nickte. »Die waren dahinten in der Nähe von Buntenbock so am Sägen und Fällen, als sie einen LKW gehört haben. Holzabfuhr ist ja eigentlich ganz normal, aber sie wussten nun zufällig, dass die Firma, die den Holzstapel in der Nähe abholen wollte, Betriebsferien hatte.« Ich nickte, bis hierhin war es nicht schwer zu verstehen. »Also – da klaut wer, das war ihr Gedanke. Und sofort springen sie hin und machen einen Riesenkrach. Die beiden aus dem LKW, der eine saß oben auf dem Kran und war am Laden, der andere stand rauchend daneben, sahen Bulli und seinen Kumpel kommen, und weil ihnen klar war, dass sie so schnell nicht wegkamen, haben sie's auf einen Kampf ankommen lassen. Nur dass sie Schlagringe hatten und Bulli und sein Kumpel sich in diesen Anzügen nicht richtig bewegen konnten.«

Mein Ausdruck musste ihn zu Erklärungen genötigt haben. »Diese Anzüge – weißt schon, Waldarbeiteruniform mit Bauhelm und Sicherheitsschuhen.«

»Eine echte Schweinerei und voll feige, sage ich.«

Ratte schob sein kurzes Kinn vor. »Ich und die Jungs würden die Leute gern mal in die Finger kriegen.«

»Hat der dicke Stoff nicht einen Teil Prügel abgehalten? Und habt ihr nicht was von Schüssen erzählt?« Ich habe diese verkleideten Männer oft im Wald gesehen, sie sehen aus wie orange gekleidete Astronauten und bewegen sich auch ähnlich.

»Ja doch, warte ab. Es gab erst mal ordentlich was auf die Mütze. Dann, während der eine noch in die Schlägerei verwickelt ist, holt der andere aus der Fahrerkabine eine Knarre und schießt auf Bulli und seinen Kumpel. Dann kriegen sie endlich ihren LKW in Gang und sind weg. Bulli hat einen Schuss in der Schulter, knapp an der Lunge vorbei, der andere einen Streifschuss am Oberarm, und beide haufenweise geplatzte Haut.«

Irgendwie konnte ich es nicht fassen. »Für mich klingt das unglaublich dreist. Holzklau am hellichten Tag unter den Augen der Förster. Was hat denn der Dritte gemacht, der auf dem Harvester?«

»Weiß nicht. Von dem war keine Rede. Der hat bei dem Krach, den seine Maschine macht, wahrscheinlich gar nichts gehört.«

»Und warum ist Bulli im Krankenhaus? Musste die Kugel rausoperiert werden oder ist es ein glatter Durchschuss?«

»Nee, es gab Komplikationen. Sie mussten operieren, und irgendwie – keine Ahnung, er liegt jedenfalls völlig flach. Der andere springt schon wieder rum.«

»Wenn ich dabei gewesen wäre –« Ratte fuchtelte mit den Händen in der Luft. »Ich hätte –« Mit seinen engstehenden flinken Augen, aus denen jetzt der Jähzorn blitzte, sah er aus wie ein zorniger kleiner Marder. Sein heftiges Temperament hatte ihm zusammen mit ein paar Eigentumsdelikten einige Zeit in vergitterten Räumlichkeiten eingebracht. Er war zwar nach wie vor auf Bewährung unter uns, arbeitete aber seit längerem in makelloser Lebensführung in meinem Café als Kellner.

»Was hättest du?« Konni fühlt sich grundsätzlich für ihn verantwortlich. »Du hättest lieber gar nichts, du würdest nämlich stehenden Fußes wieder einfahren.«

Batz sagte freundlich: »Und uns würde der vierte zum Doppelkopf fehlen. Auch wenn du beschissen spielst, spielst du doch wenigstens.«

»Du blöder Sack –«

»Hört jetzt auf, es reicht. Prost.« Konnis Glas war schon wieder leer. »Also – wer kommt mit?«

Ich verstand irgendwie gar nichts. »Ich begreife immer noch nicht, wie jemand so dreist sein kann, am helllichten Tag Holz zu klauen und dabei auch noch um sich zu schießen. Fahren die Förster nicht Streife oder so was? Die Leute haben sich doch sicher das Nummernschild gemerkt, was?«

»Gefälscht.« Konni kaute auf einer Bartsträhne, was ich hasse. Es kommt gleich nach Popelschießen. »Die Farben vom LKW haben sie sich gemerkt, rot und blau, der Nachläufer grün.«

Der Ausdruck begeisterte Ratte. »Nachläufer, hähä, Batz, wenn du deiner Schnalle hinterherläufst, bist du ein lila Nachläufer.«

»Und du bist ein Riesenidiot. Ein Nachläufer ist eine Art Anhänger und fährt hinterm LKW her, wenn du Überlängen transportieren willst.«

»Ja, Mann, reg dich nicht auf, Herr Scheiß-Lehrer, weiß ich doch.«

»Dann red nicht so einen Dreck, ehrlich, du kannst einem ganz schön auf den Sack gehen.« Batz war sauer. Ich würde sehr gern wissen, was es mit seiner Freundin auf sich hatte.

Ich versuchte mich neutral. »Ein Tieflader in Rot und Blau mit grünem – wie heißt das Ding – Nachläufer müsste doch zu finden sein. Weiß jemand, wie weit die Polizei ist?«

Allgemeines Schweigen, Kopfschütteln.

Schließlich stand Konni auf. »Die Frage ist ja, ob LKW und Anhänger immer in dieser Kombination unterwegs sind.« Er griff seine Lederjacke. »Muss los, Sandra abholen.«

Christian bleibt ungenau

Als ich nach Hause kam, saßen Mario und Christian draußen vor den Spitzbogenfenstern der Bergmannskapelle, die ich seit einem Jahr bewohne, und hoben die Gläser. Nachdem sich der Lärm gelegt hatte – Herr Karl bellte und sprang um mich herum, als wäre ich nach einer monatelangen Expedition endlich wieder zuhause angelangt – stand mein lieber Mann auf und zeigte auf die Flasche: »Corvo, samtig und rund, Christian lässt sich nicht lumpen. Ich hole dir ein Glas.«

»Was willst du denn hier?« Christians Anwesenheit bringt mich meistens dazu, gerade zu sitzen. Ich kenne niemanden mit einem derart ungerührten Pokergesicht – es ist ausgeschlossen zu ahnen, was er vorhat.

»Friedchen, wie unhöflich. Einen Gast begrüßt man nett und schenkt ihm nach. Man küsst ihn sogar auf die Wange, um zu zeigen, wie sehr man sich über seinen Anblick freut.«

»Nenn mich nicht Friedchen und lass die Schleimerei«, sagte ich. »Du hast wieder irgendwas vor. Und was soll diese plötzliche Freundschaft mit Mario?«

»Nicht so unfreundlich. Wir sind alte Freunde, erinnere dich.« Seine schmalen schwarzen Augen glitzerten und hatten mich fest im Griff.

Ich atmete aus. »Wir vielleicht, wenn du unbedingt willst, aber nicht du und Mario. Mir wäre lieber, du lässt uns in Frieden.«

Mario kam zurück mit einem Glas und einer Schale Erdnüsse. Ich versuche, meist erfolglos, keine zu essen. Herr Karl tanzte um seine Beine herum, ein sicheres Zeichen, dass schon welche für ihn abgefallen waren, und er mehr wollte.

»Seid ihr schon wieder am Kabbeln?« Er sah auf Christians Hand, die auf meiner Sessellehne lag, und lachte. »Und du, lieber Freund, hör auf, meine Frau anzubaggern. Sie ist immun.« Er stellte sich hinter mich und legte seine Hand fest auf meine Schulter, der Daumen streichelte meinen Hals.

Ich seufzte vor Glück. Es war schlicht unfassbar, dass er ganz und gar wieder da war. Ein freundliches Geschick und die Universitätsleitung hatte ihm einen Vertrag für eine Gastdozentur angeboten, was bedeutete, dass er zumindest das nächste halbe Jahr zuhause sein würde. Und ich nicht nur auf dem Papier verheiratet wäre.

»Kann ich noch austrinken, bevor ihr ins Gras sinkt?« Christians träge Stimme riss mich hoch.

»Entschuldigung. Also – du hast doch sicher einen Grund, uns zu besuchen?«

»Eigentlich nicht, hab mal so vorbeigeschaut.«

»Also hör mal, du weißt, dass ich donnerstagabends Doppelkopf spiele, du wolltest also Mario besuchen.« Irgendwas kochte hoch in mir. »Jetzt hör mal genau zu. Wenn du versuchst, meinen Mann in irgendeine deiner finsteren Machenschaften –«

»Friedchen, beruhige dich. Ich hab Mario nur gefragt, ob wir nicht mal eine kleine Männertour machen wollen.«

Männertour bedeutet Besäufnis und Frauen, kommt nicht in Frage.

Ich sah Mario an. Der zuckte die Schultern. »Ich weiß nicht, was er vorhat.«

Gut so, dadurch, dass er in der dritten Person von Christian redete, schloss er ihn aus. »Hast du Mario gefragt, als ich nicht da war, weil es um irgendwas Schmieriges geht?« Abgesehen von unserer gemeinsamen Vergangenheit, die etwa 30 Jahre zurückliegt, und die ich gern unter Teppichen verstecke, habe ich Christian im vergangenen Jahr meistens als Schlitzohr erlebt. Entweder spielte er falsch, stahl Gemälde, zog ungeahnte Waffen aus dem Jackett oder war im Auftrag von Wer-weiß-wem hinter Verbrechern her. Auf jeden Fall war er ein Meister im Vernebeln, ob es sich um Ergebnisse, Absichten, Pläne oder Informationen handelte.

Ungern gebe ich zu, dass da einige Situationen waren, in denen er sich als nützlich erwiesen hat, wie zum Beispiel im richtigen Moment einen Flachmann zur Hand zu haben – aber diese Gedanken waren mir schon wieder viel zu positiv. Er ist ein Blödmann, der wahrscheinlich für irgendeine Behörde arbeitet, LKA, BKA, MAD, BND – weiß der Kuckuck. Und wieso schleimte er sich jetzt an Mario ran? Kann man denn als Agent, wenn er tatsächlich einer war, einfach so einen Gehilfen anheuern?

Christian schüttelte langsam den Kopf. Sein langer grauschwarz melierter Pferdeschwanz fiel auf seine linke Schulter.

»Friedchen, was du von mir denkst. Solltest du mich nach all dem nicht besser kennen? Nach unserer schönen gemeinsamen Vergangenheit?«

»Das ist doch wirklich... Wir haben keine gemeinsame Vergangenheit, du Armleuchter.« War ehrlich gesagt schlicht gelogen. »Genauso wenig wie eine gemeinsame Gegenwart und schon gar keine gemeinsame Zukunft. Und wenn du versuchst, –« Mir blieb die Spucke weg vor Ärger. Das war eine halbe Erpressung.

»Friederike«, Mario rückte seinen Sessel näher und legte seinen Arm um meine Schulter. »Also erstens hat er mich nur gefragt, ob ich mal mit ihm nach – wie hieß das Kaff? Hohenegelsbach? Egal. Er will jemanden besuchen und bei der Gelegenheit Holz kaufen. Und zweitens – wenn ihr beide früher mal was gehabt habt, ist das doch lange her und kein Grund, sich aufzuregen. Weder für einen Streit noch für eine kleine Erpressung.«

Den zweiten Teil seines letzten Satzes sprach er sehr freundlich in Richtung Christian, aber mit einem leicht klirrenden Unterton. Und plötzlich wurde mir bewusst, dass Mario sehr stark ist, gut trainiert und schnell. Und sehr mutig.

Herrn Karl wurde das alles zu viel. Er drängte sich an meinen Oberschenkel und wollte gestreichelt werden. Mit vielen schlaflosen Stunden auf beiden Seiten haben wir ihm angewöhnt, im Holzschuppen die Nächte zuzubringen, denn es war ausgeschlossen, in seiner Gegenwart zu schmusen. Es zerriss den ganzen Hund vor Eifersucht.

»Holz kaufen? Willst du dir etwa ein Regal bauen?« Niemals. Christian kauft sich seine Sachen. Ich zweifele sogar daran, dass er je eins seiner schönen weißen Hemden gewaschen hat.

Er stand auf und streckte sich. »Nett bei euch. Schade, muss los. Ja, Friedchen, auch Leute wie ich haben ab und zu einen Hang zum Heimwerken, der sich einfach nicht unterdrücken lässt. Du hast noch nie einen meiner selbstgeschnitzten Löffel gesehen.« Und pfeifend zog er ab. Kurz bevor er um den Förderturm herum war, drehte er sich noch mal um.«„Ich rufe an, wenn ich so weit bin, okay, Mario?«

Ich war alarmiert. Was hatte er vor? Genauer gefragt: Woran arbeitete er und warum zum Kuckuck plötzlich nicht mehr allein? Und das Wichtigste: Wie gefährlich würde es werden?

Eigentlich will ich nicht

Der Leiter der Polizeidienststelle Oberharz in Clausthal-Zellerfeld heißt Horst Lorenz und sieht aus, wie ein Polizist aussehen sollte – breitschultrig, groß, mit Schnauzbart. Eine

Eigenschaft hebt ihn allerdings aus der Menge seiner breitschultrigen, schnauzbärtigen Kollegen heraus – er singt.

Seit einem halben Jahr hat er bei mir Gesangsunterricht und ist mein einziger Privatschüler. Ich hab's nicht so mit Unterrichten außerhalb der Musikschule. Man rennt hinter dem Geld her und – was das Schlimmste ist – man muss das Haus aufräumen, bevor der Schüler kommt. Ich hatte mich breitschlagen lassen, weil er zu meiner Freude ein großer Fan von Kunstlied und Oper ist.

Seine Stimmlage ist Bariton, also irgendwo zwischen Bass und Tenor. Schon seine Naturstimme war weich und kräftig gewesen, und hatte sich, weil er gut übte, in der kurzen Zeit außerordentlich schön entwickelt. Natürlich amüsierten sich seine Kollegen gewaltig über sein Hobby, und wäre er nicht ihr Chef, hätte er wahrscheinlich nichts zu lachen.

Ich habe den Unterricht zeitlich so gelegt, dass Mario in der Uni ist. Er hat zwar gesagt, es macht ihm nichts, denn Gesangsübungen kennt er von mir. Horst aber – und ehrlich gesagt auch mir – ist es lieber, wenn keiner zuhört. Herr Karl sieht unseren Polizisten nicht als Gefahr für meine Tugend und schläft grundsätzlich bei den ersten Tönen ein. Irgendwann fängt er an, leise zu schnarchen.

Wir waren durch mit den Übungen und hatten mit Literatur angefangen. Horst stand mit dem Rücken zum großen steinernen Kamin und legte sich gewaltig in die Kurve bei seiner Loewe-Ballade. Er sang die Geschichte von Prinz Eugen mit großer Hingabe und funkelnden Augen, und ich bin immer wieder erstaunt, welche Mengen an Temperament er beim Singen auspackt.

Nach dem ersten Durchgang klingelte mein Mobiltelefon. Es war Winni Müller, der Chorvorstandsvorsitzende vom Internationalen Chor der Uni Clausthal.

Wir hatten schon früher miteinander zu tun gehabt, als

es ein Hin und Her gab, ob ich nun die Leitung übernehmen sollte oder nicht. Mal wollten sie, aber ich nicht, mal war es umgekehrt. Ihr Chorleiter war ein sprunghafter Mensch, der sich ständig anderswo bewarb, aber nie genommen wurde, gleichbedeutend damit, dass er vorsorglich kündigte, dann aber alles wieder rückgängig machte, weil ein Engagement nicht geklappt hatte. Der letzte Stand war, dass ich den Job abgelehnt hatte, weil ich mich mit dem Café und dem Schreiben ausgelastet fühlte. Was mich zu dem Bekenntnis zwingt, dass mein Buch, das ich über die letzten Ereignisse geschrieben habe, leider abgelehnt worden ist. Allerdings hat mich die Nachricht auch nicht so niedergeschmettert, dass ich das Schreiben lasse.

»Frau Wolkenreich, hallo. Es ist wieder so weit. Vor fünf Minuten habe ich erfahren, dass unser Chorleiter krank ist, scheinbar recht ernst. Und Sie sind meine letzte Rettung.«

Mit der „letzten Rettung" überzeuge ich auch gern Leute, deshalb funktioniert das bei mir nicht. »Wir waren uns doch einig, dass Sie sich jemand anders suchen, wenn Ihre Leitung ausfällt.«

»Dies ist ein ganz anderer Fall.«

Ich sah Horst an, der mit seinen Noten in der Hand ungeduldig dastand. Vielleicht dachte ich aber nur, er sei ungeduldig, weil ich es an seiner Stelle wäre. »Ich habe nicht viel Zeit, machen Sie's kurz.«

Winni Müller holte tief Luft. »Sie haben doch von dem *Freischütz*-Projekt gehört.« Ja, hatte ich, war nicht zu vermeiden gewesen. »Wir sollen den Opernchor stellen.« Oh, oh. »Und wenn wir überhaupt eine Chance haben wollen, brauchen wir eine Chorleitung vor Ort. Extraproben, Bühnenproben, Sie wissen schon.« Ja, sicher, aber ob das ein Laienchor schaffen könnte? »Wir haben die Zusage von Roman Faust, Ihr Honorar zu übernehmen, Sie erinnern sich, das, was wir damals verhandelt haben, aber 50 % mehr.«

Horst hatte sich mittlerweile bequem auf ein Bein gestellt, sein Blick war glasig – beides wahrscheinlich hart antrainiert in seinem Job für den Fall, dass es zu langweilig wurde. »Kann ich Sie in 20 Minuten zurückrufen? Ich denke drüber nach.«

Roman Faust ist ein lokaler Mittelstandsunternehmer, der sich ganz außerordentlich für Kultur engagiert. Sein Firmenlogo, ein Erlenmeierkolben für seine gut gehende Industrieglasbläserei, war auf fast jedem Konzertplakat in der Sponsorenecke zu sehen. Wir waren uns schon häufiger begegnet, nicht zuletzt in meinem Café, denn er liebt den Tango. Und der wollte also mein Honorar zahlen.

Als Horst gegangen war, wanderte ich von der Haustür die acht Meter volle Länge meines Kapellenraumes bis zum Klavier an der gegenüberliegenden Wand hin und wieder zurück mit dem Finger an der Nase.

Wie bringt man einen Chor aus, wie es mal eine Kollegin formulierte, fröhlichen Laien dazu, große Oper zu singen? Zuallererst fehlt es im Tenor und im Sopran an der notwendigen Tonhöhe. Ein Laie singt vielleicht ein hohes a, wir mussten aber weit höher, und das nicht nur einmal. Dann brauchte ich – hatte ich *ich* gesagt? – eine gewisse Klangfülle, was absolut sauberes Singen voraussetzt. Das hat irgendwas mit Obertonreihen zu tun, die die genannte Fülle produzieren, sich aber wie gesagt nur bei sauberem Gesang bilden können. Die notwendige Quantität an Sängern würde kein Problem sein, wahrscheinlich eher im Gegenteil. Ich würde ungeeignete raus komplimentieren müssen. Da war das *ich* wieder.

Am liebsten würde ich es mit Mario beschwatzen, aber der, ich sah auf die Uhr, hatte gerade mit seiner Vorlesung angefangen.

Dann gab ich mir einen Ruck, rief Winni Müller an und sagte zu, unter Bedingungen, die mit ihm auszuhandeln wären.

»Jetzt gleich?«, fragte er.

»Von mir aus, ja, aber können Sie denn weg?«

»Öffentlicher Dienst, geht schon mal. Bin gleich da, wenn es Ihnen recht ist.«

Gut, dass das Haus aufgeräumt war, es lebe der Privatschüler.

Ich schob den Kaffeeautomaten an und trug zwei Polster nach draußen.

Der Mai hatte gerade erst angefangen, aber es war schon herrlich warm. Meine liebste Zeit, weil die Mücken noch nicht fliegen. Die Tannen um das Zechenhaus mit dem hohen eisernen Förderturm, an das meine Kapelle mit den drei Spitzbogenfenstern nach hinten angebaut ist, hatten zum Teil schon die braunen Hüllen von ihren hellgrünen Spitzen abgeworfen. Von jedem Zweig sang ein Vogel. Die Grasbüschel zwischen der Heide, die sich den steilen Abhang hinter der Kapelle bis zu den engen Serpentinen unten zogen, leuchteten hellgrün, die Luft war leicht dunstig und die Hügel in der Ferne vor Bad Grund verschwammen zartviolett. Die Innerste, die fast 200 Meter unterhalb meines Hauses in einer weichen Linie nach Wildemann strebt, glitzerte hell im Nachmittagslicht.

Kaum hatte ich das Geschirr aus dem Schrank geholt, hörte ich Winni Müllers Auto. Wir nahmen unsere Kaffeetassen und setzten uns nach draußen.

»So, was sind denn Ihre Bedingungen«, fragte er. Winni Müller, weißhaarig, langes Gesicht mit Spitzbart, ist der ideale Chorsänger, gut über 50, also sind die Kinder weitgehend aus dem Haus, öffentlicher Dienst, was gegen Wegziehen spricht, und finanziell nicht schlecht gestellt, womit die Durchsetzung von notwendigen Anschaffungen gesichert ist

(»Nun stellt euch mal nicht so an, wenn ihr 10 Euro für Noten ausgeben sollt. Das ist nicht mehr, als zwei Biere kosten.«).

Ich hatte versucht, mir freundliche Formulierungen zurecht zu legen, merkte aber sofort, dass das umsonst gewesen war. Man kann nicht freundlich sagen, dass man zu tief singende Chorsänger – von mir aus vorübergehend – verabschieden muss, denn eine meiner Bedingungen war, dass ich vollends ungeeignete Chormitglieder beurlauben durfte.

»Aber *vorübergehend* ist doch eine gute Idee.« Er senkte den Blick auf seine rechte Hand, die seit fünf Minuten ununterbrochen den Löffel in seiner Tasse rührte, und redete langsam weiter. »Wie wäre es denn so: Der Internationale Chor macht bis nach den Freischütz-Vorstellungen im September Pause. Stattdessen gründen wir einen Projektchor, für den man allerdings getestet wird. Und wenn Sie nicht zu streng sind, müsste das funktionieren.«

Ich stand auf und ging die drei Schritte bis zum Abhang. Es würde ein Knochenjob werden. Die musikalische Arbeit mit einem Chor unterscheidet sich von der mit anderen Instrumenten dadurch, dass der Klang vollständig davon abhängig ist, welche Art Sänger natürlich, aber vor allem wie vollständig sie vor einem stehen. Schlimm deshalb, weil man zumindest auf diese zweite Komponente kaum Einfluss hat. Gerade gute Chorsänger sind leider der Ansicht, dass es völlig reicht, wenn sie zur Generalprobe erscheinen, und vergessen, dass aussichtsreiche Arbeit am Klang nur mit dem vollen Instrument – Chor – möglich ist. Also würde mich neben der fachlichen Arbeit – sauber und richtig singen – ein regelmäßiges Zusammentrommeln der Chormitglieder in Form von Drohen und Locken erwarten. Aber – es war ein Zeitjob, also endlich, und das Projekt reizte mich.

Als ich zu einem vorsichtigen Nicken ansetzte, klingelte sein Telefon. Er sah aufs Anzeigefeld. »Da muss ich ran.«

Er horchte einen Moment und stand auf. »Ja, ich komme gleich. Übrigens –«, er sah hoch und strahlte mich an, »Frau Wolkenreich macht es. Ja, klasse. Also, bis gleich.« Er sah hoch. »Tut mir leid, Frau Wolkenreich –«

»Friederike«, sagte ich. »Wenn man zusammen Musik macht, duzt man sich.«

Er lachte und zeigte spitze, nach innen gebogene Oberzähne. »Freut mich, Winni mein Name. Das beste ist, ich hole die Leute zusammen und erkläre, was wir besprochen haben, dann kommst du dazu und fängst sofort mit den Tests an, in Ordnung? Mittwochabend?«

»Nenn es nicht Tests, sag einfach, ich wollte mich mit jedem kurz einzeln unterhalten. Und ja, Mittwoch passt.«

»Ja, so machen wir das. Ich freue mich höllisch.« Weg war er.

Die erste E-Mail

Mittwochnachmittag fand die erste Komiteesitzung für unser *Freischütz*-Projekt in den Räumen der Touristeninformation statt.

Pünktlich um 15 Uhr stand ich in der Tür zum Hinterzimmer. Es war schwierig, die Leute, die den Raum bevölkerten, mit der bäuerlich-kargen Atmosphäre des Gebäudes in Einklang zu bringen. Unter den schweren dunklen Balken, die die weiße Rauputzdecke trugen, standen sechs Personen. Mein erster Blick fiel auf unseren Bürgermeister Rudolph Kahlhut, leuchtend in voller Pracht, heute in schillernd violettem Anzug mit orangefarbenem Hemd und dottergelber Fliege, der auf einen Glatzkopf über schwarzem Rollkragenpullover einredete.

Neben ihnen stand eine Vierergruppe, bestehend aus einer Art Django mit spitzen Stiefeln, Wildlederanzug und Denverschleife statt Schlips, einer kräftig gebauten 40erin, die sich dem Modediktat der hautengen Röcke ergeben hatte, einem zweiten Glatzkopf mit Hornbrille über weißem Leinenhemd und Wolfgang Schmidt-Lehmann, dem Dirigenten des TU-Orchesters mit den langen Sorgenfalten im Gesicht. Ich kannte ihn und schätzte ihn sehr als Orchesterchef. Allerdings gehört er zu den Leuten, die nicht aus einem Café kommen, ohne wenigstens einen Stuhl umzuwerfen.

Weißgedeckte runde Partytischchen mit Knabberkram und Keksen der teuren Sorte, in der Ecke eine schwarzgekleidete Angestellte mit Sektflasche in der Hand und ängstlichem Gesichtsausdruck.

Kahlhut segelte auf mich zu. »Hier kommt unsere liebe Frau Friederike Wolkenreich. Frau Wolkenreich, darf ich Sie den Anwesenden vorstellen.« Seine schmale Brille glitzerte grünlich.

Der schwarze Rollkragenpullover entpuppte sich als Abgeordneter der *EventConsult*, der Firma, die unsere Produktion vermarkten sollte. Er hatte sich vorgestellt als Torsten Groß (*»Nennen Sie mich einfach Thor.«* Meine Güte.)

Django präsentierte sich als Jonas Senfftleben *(»Mit zwei f, liebe Frau Wolkenreich, mit zwei f.«)* Mit seiner offenbar florierenden Zuliefererfirma für Computertechnik war er einer der Großsponsoren. Als er mich begrüßte, nahm ich fasziniert seine schulterlangen blonden Locken zur Kenntnis, die von einem Mittelscheitel über den Hemdkragen herab wallten. Wild Bill Hickok in Zellerfeld.

Die etwas pralle Dame – Ina Kelic *(»c geschrieben, tsch gesprochen«)* – mit dem nicht nennenswerten Rock und den 15-cm-Absätzen, so Kahlhut, würde Agathe, die weibliche Hauptrolle im Freischütz, singen. Was sie heute hier wollte, wurde mir erst klar, als ich Vito Knoll, den zweiten Glatzkopf mit Hornbrille und Leinenhemd, – unseren Regisseur, wie ich erfuhr – dabei beobachtete, wie er in ihren Hintern kniff. Anscheinend war sie als entscheidender Bestandteil seines Wellness-Programms vorgesehen.

Kahlhut präsentierte mich als Vertreterin der hiesigen Geschäftswelt und glanzvolle Musikerin, wobei er Clausthal-Zellerfeld beschrieb als eine Mischung aus Ku'damm und Frankfurter Bankenviertel. Seine Fantasie war bewundernswert.

Dann saßen wir endlich in den unbequemen Sesseln, jeder hatte sein Sektglas in der Hand und klebrige Finger, je nach Neigung zu süß oder salzig. Es wurde viel dummes Zeug geredet, man erwähnte die Namen von Berühmtheiten aus dem persönlichen Bekanntenkreis, berichtete von glanzvollen Opernaufführungen, die man inszeniert, und Metropolen, in denen man Hauptrollen gesungen hatte. Ich saß neben Wolfgang Schmidt-Lehmann, dem Dirigenten des werdenden *Freischütz.* Auf seinem Schoß hatten sich Kekskrümel gesammelt, und seine trübe Miene wurde immer trüber – ich war in Sorge, er könnte einschlafen.

Es reichte. »Verzeihung, aber ich müsste irgendwann zurück in mein Café, vielleicht können wir anfangen?«
Wolfgang fuhr hoch und nickte heftig. Dabei warf er sein Sektglas um.

Als alles wieder trocken gewischt war, eröffnete Torsten Groß endlich die Sitzung. »Ja, selbstverständlich, natürlich. Wir alle wissen, warum wir hier sind.« Nicht genau. »Wir wollen, dass das ehrgeizige Projekt, die Oper *Der Freischütz* von Karl – äh – Maria von Weber auf eine Waldbühne in unserem herrlichen Harz zu stellen, ein runder Erfolg wird.« Was für eine Waldbühne? Und wieso *sein* Harz? Er kommt aus Fulda und fährt auch gleich wieder hin. Soll er doch über seine Rhön reden.

»Ich darf noch einmal zusammenfassend unseren jeweiligen Standort im Dienst unseres Projektes festhalten. Ich heiße Torsten Groß, aber nennen Sie mich einfach Thor.« Wenn er es noch einmal sagte, würde ich brechen. »Ich arbeite für die *EventConsult* und werde unsere ganze Erfahrung für die umfassende Vernetzung des Opernprojekts mit Medien aller Art einbringen, Funk, Fernsehen, Internet, you name it. Nichts, was wir nicht gemacht hätten.« Höfliches Lächeln. Er ging mir jetzt schon auf die Nerven, aber ich versuchte, mich zu beherrschen. »In diesem Sinne sind wir zuständig für alle Druckartikel, Plakate, Flyer, Programme, so was alles, Sie wissen schon.« Er räusperte sich. Interessant, an welchen Stellen bei diesen Leuten der Wortschatz einbricht.

»Herrn Bürgermeister Rudolph Kahlhut kennen Sie alle, er vertritt die Einheitsgemeinde Clausthal-Zellerfeld und stellt die notwendigen Verbindungen zu örtlichen Behörden her.« Was da über sechs Telefongespräche hinausging, wussten die Götter, klang aber gut.

»Herr Jonas Senfftleben, mit zwei ff, haha, hat sein Pferd draußen angeleint und –«, diesmal lachten alle, vielleicht ein bisschen zu laut. Senfftleben selbst in seiner Cowboykleidung schien mir eher säuerlich, »– steht stellvertretend für alle unsere Sponsoren. Ein großes Dankeschön jetzt schon an dich –« Eine Winzigkeit Pause, wahrscheinlich unterdrückte er irgendwas, »Jonas.« Vielleicht hatte er den Namen vergessen.

»Kommen wir nun zu unseren musikalischen Größen. Weltberühmt natürlich Frau Kelic.« Wieso weltberühmt? Ich hatte noch nie was von ihr gehört und würde eher auf die Oper Stralsund tippen. »Danke, gnädige Frau, dass Sie unser Projekt zu ungeahnten Höhen führen werden.« So herumschmalzend hatte ich bisher nur Kahlhut gehört.

»Dann haben wir Herrn Schmidt – äh –«

»Schmidt-Lehmann«, sagte dieser und sehr leise: »Mein Name ist wirklich kompliziert.« Wir grinsten beide.

»Lehmann. Schmidt-Lehmann, ganz richtig. Herr Schmidt-Lehmann dirigiert das Orchester der Technischen Universität Clausthal und hat die musikalische Gesamtleitung des Projektes übernommen. Und dann ist da natürlich Frau Wolkenreich als Vertreterin der lokalen Geschäftswelt. Sie hat ein Café.« So lapidar war ich bisher noch nirgends vorgestellt worden, aber bitte.

Ina Kelic sah unseren Dirigenten abschätzig an. Er würde seine Not mir ihr haben, wenn sie innerhalb der Inszenierung nicht einer Meinung waren. Er meldete sich zu Wort. »Ich möchte Frau Wolkenreich bitten, die musikalische Leitung mit mir zusammen zu übernehmen, dein Einverständnis vorausgesetzt, Friederike. Ich glaube, an ihrer Qualifikation besteht kein Zweifel, wenn man ihre Vita als Konzertsängerin liest. Soweit ich weiß, hat sie im Ausland bei szenischen Oratorienaufführungen nicht nur gesungen, sondern auch Regie geführt.«

Ich war leicht überrascht, fand seine Idee aber gut. Zu zweit hätten wir mehr Durchschlagskraft. Ich sah die leicht angeekelten Gesichtsausdrücke von Vito und Ina über soviel Lokalbeteiligung, und dachte, dass wir ohne eine gewisse Sturheit in Zukunft nicht auskommen würden.

»Ich mache das gern, zumal sich jetzt ergeben hat, dass ich auch die Chöre einstudieren werde.« Verwunderung auf allen Seiten. Was denn mit Herrn Köhler wäre?

»Herr Köhler ist leider erkrankt.« Betroffenheit, aber nicht so sehr.

Kahlhut übernahm. »Aber dann ist es doch wunderbar, wenn Frau Wolkenreich zustimmt. Natürlich sind wir alle einverstanden.« Das hatte er gut gemacht, sicherheitshalber gar nicht erst fragen.

Dann kam ein Haufen Organisatorisches. Zusammengefasst war es so, dass das Rathaus eine Viertelstelle lockergemacht hatte für die gesamte Buchführung. Roman Faust, Industrieglasbläserei, der heute verhindert war, würde die Verbindung zu den anderen Sponsoren aufbauen bzw. aufrechterhalten, wozu verschiedene niedersächsische und landkreiseigene Stiftungen gehörten. Das Budget kam auch kurz zur Sprache, wobei mir auffiel, dass die Gage für Frau Kelic ziemlich saftig ausfiel im Verhältnis zu den anderen Hauptpartien. Geplant waren drei Aufführungen von Freitag bis Sonntag im September. Eventuell eine öffentliche Generalprobe für Angehörige.

Die Holzarbeiten, Bühne und Zuschauertribünen, waren an einen Tischler außerhalb vergeben worden, die Kostüme an eine Theater- und Filmschneiderei in Hamburg und die Kulissen an einen örtlichen Malereibetrieb. Die Beleuchtung musste noch geklärt werden. Schon am Anfang der Vergabebeschreibungen hatten sich meine Ohren aufgestellt.

»Finden Sie nicht auch, dass alle Arbeiten möglichst an lokale Firmen vergeben werden sollten und nicht nur die Kulissenmalerei?«

Ich hatte gar nicht sehr laut geredet, aber plötzlich war es still.

Die *EC* und Jonas Senfftleben redeten gleichzeitig los. Torsten Groß siegte. »Wir waren sehr erleichtert, als Herr Knoll sich bereiterklärte, die entsprechenden Firmen zu beauftragen. Bedenken Sie doch bitte, dass wir hier oben im Harz gar nicht den Überblick haben können, welche Firma für einen Auftrag dieser Größe geeignet wäre.«

Ich versuchte, bei diesem Unsinn ruhig zu bleiben. »Eine Bühne und eine Tribüne für – wieviele? 200? – Zuschauer zu bauen, ist wohl nichts, woran man scheitern würde. Ich könnte aus dem Stand zwei Tischler im Oberharz benennen, die dieser Aufgabe ohne Zweifel gewachsen wären.« Hoffentlich fragten sie nicht nach den Namen. »Besser und billiger wäre allerdings, dass man sie leiht. Die Lebenshilfe Wildemann hat einen recht großen Betrieb und würde sich außerordentlich über den Auftrag freuen, 80 Kostüme zu nähen. Hier sollten wir den sozialen Gesichtspunkt nicht aus dem Auge verlieren. Die Stoffe kämen aus der Tuchfabrik Osterode, nicht gerade unsere Gemeinde, aber gute Nachbarn. Wenn wir Publikum haben wollen aus unserer Gegend, müssen wir auch dafür sorgen, dass es unser aller Projekt ist.«

Knoll kaute am Zeigefinger der rechten Hand und sah Senfftleben an. Der hatte ein rotes Gesicht. »Die Aufträge sind vergeben, Frau – äh – Wolkenreich. Und wir sind froh, renommierte Firmen gefunden zu haben.«

»In welche Epoche werden Sie übrigens die Handlung verlegen?«, fragte ich Vito – was, Knoll?

»60er Jahre. Ich lokalisiere die Oper auf eine Kegelbahn der 60er Jahre. West Side Story. Zwei konkurrierende Gangs.« Er packte ein Kaugummi aus. Der Fingernagel hatte ihn nicht satt gemacht.

»Wer hat Ihnen die Entscheidungsbefugnis zur Auftragsvergabe erteilt?«

Senfftleben quollen die Augen aus dem Kopf. »Herr Kahlhut und Herr Groß haben sich bei den ersten Konsultationen klar ausgedrückt, Herr Knoll sagte – also hören Sie mal, Frau – äh – schließlich ist mein finanzieller Beitrag nicht gerade klein zu nennen.« Sein Laden gab, wie ich mich erinnerte, 10.000, nicht mehr und nicht weniger als Roman Faust, der zweite lokale Großsponsor.

Ich versuchte, mich nicht aufzuregen. »Nun ist es aber ja so, dass wir weder einen Produzenten noch einen Intendanten haben, die diese Entscheidungen üblicherweise treffen würden. Wir – Sie – sind ein Komitee mit Entscheidungsbefugnis, von allen Beteiligten beauftragt, oder wie sehen Sie das, Herr Kahlhut? Können Sie denn den hiesigen Geschäftsleuten mit diesen Ergebnissen unter die Augen treten?«

Kahlhut zupfte seine Fliege zurecht. Er war erstaunlich gelassen. »Ich habe mich meines Wissens an keiner Stelle bisher in dem Maß klar ausgedrückt, wie es diese Entscheidungen erfordert hätten. Das schon allein deshalb, weil ich in den Prozess gar nicht involviert war. Ich sehe vollkommen ein, was Frau Wolkenreich meint, und denke, wir sollten eine Revidierung nicht ausschließen.« Die bläulichen Gläser seiner Halbbrille blitzten.

War nett gemeint, reichte aber nicht. In Betracht ziehen war eins, das Ergebnis umsetzen, was anderes. Und Kahlhut hatte sich in der Vergangenheit regelmäßig als unzuverlässiges Schlitzohr erwiesen.

Senfftleben murmelte vor sich hin, Knoll wischte die Hand von Frau Kelic beiseite, mit der sie ihn beruhigen wollte, beide schwiegen aber unerwartet. Bemerkenswert war in diesem Zusammenhang, dass sich auch Torsten Groß zurückhielt.

Dann kam jemand auf den Ort zu sprechen. Vito fing an zu schwärmen von der perfekten *Location*, wie er es nannte, einer natürlichen Wolfsschlucht mit Bergbaukulisse und Teich, stellvertretend für „immenses Lokalkolorit".

»Das würde ich gern sehen«, sagte ich. Alle Gesichter drehten sich zu mir. »Ich muss die Chöre aufstellen und würde gern wissen, was für Verhältnisse ich vorfinde.«

Vito richtete sich auf. »Die Chöre werde ja ich platzieren, Frau Wolkensturm.«

Ich hörte Kahlhut scharf einatmen. »Wolkenreich«, sagte ich. »Ja, klar, ich würd's halt nur gern sehen. Haben wir viel Platz, ist es wenig, haben wir einen Hintergrund oder verhallt alles zwischen hohen Fichten – meine Güte, so schwer ist das doch nicht –«

Wolfgang hatte die Schale mit den teuren Keksen im Alleingang geleert und sprang mir bei. »Selbstverständlich machen wir einen Lokaltermin. Ich möchte sehen, wie das Orchester sitzt.« Sein Taschentuch, mit dem er versucht hatte, seine klebrigen Finger zu säubern, fiel zu Boden, was ihm aber nicht auffiel.

»Abgemacht«, Kahlhut übernahm die Initiative, »sagen wir Freitagnachmittag 17 Uhr? Wir können uns hier treffen und uns dann auf zwei Autos verteilen. Jetzt im Vorfeld ist die Route erst mal nicht so leicht zu beschreiben.« Vor meinem geistigen Auge sah ich unser Publikum durch den Wald irren und sich auf schlammigen Forststraßen festfahren.

Kahlhut kannte mich. »Wegweiser, Frau Friederike, wir werden später reichlich Wegweiser aufstellen.« Wenn ich etwas noch mehr hasse als *Friedchen*, dann ist es *Frau Friederike.*

Torsten Groß winkte ab. »Ich werde Freitag leider verhindert sein. Wichtige Termine.« Sicher, in Fulda.

Als der Erste aufstand, um zu gehen, ritt es mich. »Sie sagten Kegelbahn und 60er Jahre, Herr Knoll? Die Geschichte spielt ja, wie Sie sicher wissen, in den böhmischen Wäldern gleich nach dem 30-jährigen Krieg.«

»Wissen Sie, ich gehöre nicht zu diesen tüftelnden Regisseuren, die zuhause Modelle bauen, Zettel an die Wand heften und mit festbetonierten Plänen jede Intuition ersticken. Spontanität ist meine Devise.« Also keine weitere Idee bisher. Wie kann man dann Kostüme bestellen?

»Ich dachte wie gesagt vielleicht an einen Kampf auf einer Bowlingbahn. Oder in einer Schießbude auf dem Jahrmarkt. Rivalisierende Schausteller.« Wolfgang und ich hielten die Luft an. »Die Schüsse, um die es geht, sind doch rein metaphorisch gemeint.«

Er dröhnte über die nächsten fünf Minuten und gipfelte in der Aussage: »Man kann im 21. Jahrhundert beim besten Willen keine Oper mehr so auf die Bühne stellen, wie man es vor 200 Jahren getan hat. Und – seien wir ehrlich, die ganze Geschichte ist doch völlig überholt.« Noch ehrlicher wäre, wenn er zugeben würde, dass ihm das Stück nicht gefällt.

»Warum machen Sie es dann?«, fragte Wolfgang freundlich. Es folgten Erklärungen, in denen die Wörter Aufklärungsauftrag und Neuerung häufiger fielen. Was er höchstwahrscheinlich meinte, war, dass das Stück zwar nicht genug hergab, dass er sich das schöne Honorar aber nicht entgehen lassen wollte.

»Herr Knoll ist ja eine unserer großen Kapazitäten, er wird schon wissen, wohin er steuert.« Der Großsponsor Senfftleben meldete sich wieder zu Wort und musste eine weitere Entscheidung verteidigen, die wahrscheinlich auf seinem Mist gewachsen war. Wie war er auf Knoll als Regisseur verfallen?

Es hielt mich nicht. »Was machen Sie denn auf Ihrer Kegelbahn, wenn der Chor vernehmlich von *Berg und Tal, Schlund und Schacht* singt, bei Max' hochberühmter Arie *Durch die Wälder, durch die Auen,* wenn wir alle *Zur Mitternacht im Walde* sind, wenn –«

»Es reicht, Frau Wolkenreich, ich hab's verstanden. Wissen Sie, ich treffe bei jeder meiner Inszenierungen auf Leute wie Sie, auf dieses ängstliche Zaudern, auf Traditions-, fast möchte ich sagen, -besessenheit. Ich denke, es ist an der Zeit, frischen Wind in die doch stark vermuffte Opernwelt zu blasen. Denken Sie an Bayreuth – Rheingold an der Tankstelle. Das sind Ideen. Das ist wegweisend. Und – also, das wissen Sie doch wie ich, wer hört denn schon auf den Text? Versteht den überhaupt jemand?«

In das folgende Gemurmel flüsterte Wolfgang Schmidt-Lehmann neben mir: »Du wirst den Kram jetzt nicht hinwerfen, Friederike, ich brauche dich.«

Kahlhut hatte äußerst besorgt zugehört. Er fürchtete um sein Prestigeprojekt. »Meine Herrschaften, lassen Sie uns doch darauf vertrauen, dass sich alle diese Fragen zu aller Zufriedenheit, aber zu seiner Zeit lösen lassen. Ist es nicht das Wichtigste, dass wir uns alle in den Dienst des Erfolges stellen? Herr Knoll wird schon nicht zu revolutionär an die Sache herangehen, nicht wahr, Herr Knoll. Wir sind hier auf dem Lande möglicherweise etwas rückständig und gegenüber zu gewagten Ideen nicht offen genug.« Er räusperte sich, und alle wurden leicht unruhig, denn niemand sah sich gern als Landpomeranze.

»Lassen Sie mich das Thema wechseln. Was machen wir in Bezug auf den *Harzbund*? Diese Leute stehen ständig vor meiner Tür und beschweren sich über mangelndes Naturbewusstsein. Dabei haben wir noch gar nicht angefangen. Jetzt erscheinen die ersten Artikel über Landschaftsschutzgebiete in der Presse. Wo soll das enden? Herr Groß, haben Sie da irgendwas geplant?«

Der *EC*-Vertreter rückte in seinem Sessel hin und her. »Das Problem ist mir natürlich bekannt. Mein Vorschlag wären Gegenartikel sowie –«

Wolfgang hatte sein Taschentuch hinter einem Tischbein entdeckt und bückte sich, um es aufzuheben. Deshalb waren seine ersten Worte etwas undeutlich. »Warum binden Sie die Bedenkenträger nicht ein? Wenn sie hören, was wir vorhaben, können sie an Ort und Stelle Einspruch erheben, und das Ganze endet in einem Kompromiss, wie es sich gehört. Wir müssen und wollen doch mit den Leuten leben. Und natürlich haben wir ja nichts gegen Naturschutz, oder?« Diese Lebhaftigkeit hatte ich an Wolfgang bisher nur erlebt, wenn er vor seinem Orchester stand.

Das war's dann im Großen und Ganzen. Der Regisseur verschwand mit seiner Sopranistin wie der Blitz, Senfftleben stieg in seinen schwarzen Pick-up, und auch Torsten Groß verabschiedete sich etwas kühl, wie ich fand. Kahlhut schlenderte auf Wolfgang und mich zu.

»Mir liegt sehr daran, dass Sie beide dabeibleiben«, sagte er völlig ungewohnt ernst. »So sehr wir auf Sponsoren angewiesen sind, können wir uns die Initiative nicht durch Leute von außerhalb aus der Hand nehmen lassen. Es ist unser Projekt. Ich werde Sie unterstützen, wo ich kann.« Zum ersten Mal in meinem Leben mochte ich ihn. »Lassen Sie mir ein bisschen Zeit.« Nur schlecht, wenn die Leute die Kostüme schon zuschneiden.

Normalerweise wäre er an diesem Punkt des Geschehens davon gestürmt, schon allein deshalb, weil er es immer nützlich fand zu zeigen, wie beschäftigt er war. Heute blieb er stehen und druckste herum. Wenn er einen Hut in der Hand gehabt hätte, würde er ihn drehen, was ich in Zusammenhang mit unserem alerten Bürgermeister allerdings nicht erwarten konnte.

Ich war eigentlich auf dem Sprung gewesen, drehte mich jetzt aber um. »Sie haben noch was.«

»Ja, scharfsinnig wie immer, Frau –« Er verebbte und sah unentschlossen vor sich hin.

»Wolkenreich«, sagte ich freundlich. »Um was geht es?«

»Ich wollte vorhin nicht damit... Es geht ja Leute von auswärts nichts an...«

Wolfgang Schmidt-Lehmann packte auch die Neugier. »Können wir Ihnen helfen?«

Das war das Zauberwort. »Ich weiß nicht genau, ob wir das ernst nehmen sollen.« Kahlhut fischte ein gefaltetes DIN A4 Blatt aus der violetten Jackentasche. »Hier – lesen Sie.«

Wolfgang und ich beugten uns darüber. »Keine Oper, sonst Mord«. Ein Computerausdruck.

»Das ist doch ein Witz«, sagte ich.

»Das hoffe ich«, antwortete Kahlhut und rückte an seiner Brille. »Wir wollen keine Skandale.«

Wir sahen uns an. »Abwarten, würde ich sagen«, war Wolfgangs Meinung. »Was sollen wir sonst machen. Oder wollen Sie die Polizei einschalten?«

Kahlhut nickte langsam. »Ja, eigentlich ja, aber man könnte natürlich auch privat...« Er verebbte und betrachtete in der beleuchteten Vitrine einen rotbackigen Zwerg, der einen Erzklumpen und ein Schild „Clausthal-Zellerfeld" in den Händen hielt. Dann riss er sich sichtlich zusammen. »Na gut, ich muss dann mal...«, und verschwand durch die Tür.

Als Wolfgang und ich endlich draußen auf der Straße standen – er hatte einen Ständer mit Broschüren umgeworfen und war abschließend die einzige Stufe zum Ausgang hinauf gestolpert –, fragte ich ihn: »Bist du beunruhigt?«

»Na ja, ich weiß nicht. Ich gebe eigentlich auf so einen anonymen Mist nichts. Ich denke, wenn's dabei bleibt –. Nein, das kann ja jeder geschrieben haben, eine abgelehnte Sängerin, ein fanatischer Naturschützer, ein Geschäftsmann, der sich von der Samtgemeinde benachteiligt fühlt, nein, noch nicht. Beunruhigt, meine ich.«

Ich dachte nach. Er hatte recht. In den sozialen Netzwerken sind derartige Nachrichten an der Tagesordnung. Ich wechselte das Thema. »Sind eigentlich die Solisten schon alle engagiert?«

»Ja, die Hauptrollen sind fest vergeben, es fehlen nur Eremit, Samiel und Graf. Und die Erste Brautjungfer.«

»Ich hätte ein paar Ideen«, sagte ich.

»Ja, klar, wunderbar. Lass uns telefonieren«, rief Wolfgang über seine Schulter, als er mit wehenden Hemdzipfeln schon einige Meter entfernt war. »Dann können wir uns verabreden und alles besprechen.«

* * *

Mit dem Chor gab es zum Glück keine Probleme. Sie schluckten die Veränderungen, ohne zu murren und schienen sich auf das Projekt ausdrücklich zu freuen. Unter den ordentlichen Chormitgliedern fand sich eine ganze Reihe Studierende, die sich aber schlagartig ausdünnte, als ich erklärte, dass mit Ferienpausen leider nicht zu rechnen wäre. Wenn wir das Pensum schaffen wollten, müssten wir den Sommer durcharbeiten. Erfreulich war ein recht großer Anteil Männer, so dass der Jägerchor gerettet war. Erfreulich außerdem ein paar herrlich tiefe Altistinnen unter den afrikanischen Studentinnen und ein paar sehr schöne hohe Soprane unter den Chinesinnen.

Alles zusammen war ich zufrieden. Wir würden mit sechs Zukäufen klarkommen, drei für den hohen Sopran, drei für den Tenor. Einige Damen und Herren des künftigen Opernchores kannte ich aus dem Cafébetrieb und drei bis vier aus der Kauf-bei-uns-Truppe, darunter leider auch Beate Most, die ich nur mit sehr schlechtem Gewissen rausgeworfen hätte, denn sie sang recht sicher.

Mario saß im Sofa und las Zeitung, als ich nach Hause kam. Wir haben uns gut arrangiert – meine altrosa Plüschsitzgruppe wurde eineinhalb Meter nach vorn verrückt, wodurch ein schöner Platz für seinen Schreibtisch vor dem dritten Spitzbogenfenster frei geworden war.

Herr Karl führte den üblichen Tanz auf, während ich meine Schuhe auszog. Ich bin nach wie vor seine Lieblingsbezugsperson, selbst wenn er inzwischen gelernt hat, auch Mario zu gehorchen. Dessen erstes Werk nach seiner

Rückkehr aus Mali war eine komfortable Hundehütte mit Reetdach in Fachwerkoptik – ochsenblutrot gestrichen inklusive aufgemalter Backsteinfugen. Die fand ihren Platz im Holzschuppen und war ab sofort Herrn Karls Nachtlager. Abends ziehen wir drei in geordneter Prozession dorthin, meistens trägt unser Hund einen alten durchgekauten Pantoffel von Konni im Maul. Er kriegt dann ein besonders schönes Leckerli, verschwindet in seinem Haus, dreht sich dort dreimal um sich selbst, und erst wenn er mit einem tiefen Seufzer auf das dicke Kissen fällt, dürfen wir weggehen. Im anderen Fall holt er uns zurück. Besonders schön findet er es, wenn wir ihm zweistimmig ein Nachtlied vorsingen

Telefongespräche

Kahlhut. »Frau Wolkenreich, die Situation ist prekär, Senfftleben macht Druck. Er ist stark verärgert über den Verlauf der Komiteesitzung, und ich fürchte, er könnte seine Mittel zurückziehen. Machen Sie Ihren Kauf-bei-uns-Kollegen klar, dass die Vergaben gelaufen sind, es ist nichts zu holen.«

»Wir sollten uns treffen. Vielleicht dürfen wir Sie zu unserem nächsten Treffen einladen, Herr Bürgermeister. Ich glaube, Sie sollten Ihren Standpunkt ohne den Umweg über mich darlegen.«

Er seufzte. »Ich habe wirklich genug zu tun. Können Sie mir das nicht abnehmen?«

Ich blieb hart. »Unter keinen Umständen. Holen Sie doch Herrn Groß von der *EC* dazu, er ist schließlich Mitverursacher.«

»Ja, wäre denkbar.«

»Wo ich Sie einmal am Telefon habe – wurde bedacht, dass die Solisten untergebracht werden müssen?«

»Ich glaube, die *EC* hat Zimmer im *Goslarer Fürstenhof* reserviert.«

»Das ist doch der blanke Unsinn. Die Leute müssen mit uns proben, also verfügbar sein zum einen, zum anderen gibt es hier oben doch wirklich genügend Unterkunftsmöglichkeiten. Manchmal denke ich, Sie wollen gar nicht wiedergewählt werden.«

»Na ja, Herr Groß sagte, Qualität und Exklusivität – aber Sie haben natürlich recht. Ich werde sehen, dass wir das ändern.«

»Wir brauchen Zimmer auch für sechs auswärtige Chorsänger und wahrscheinlich vier zusätzliche Bläser. Das Orchester hat nicht genug und muss zukaufen.«

»Sind die Mehrausgaben mit unserem Schatzmeister abgesprochen?«

»Das weiß ich nicht.«

»Ja, aber dann mal schnell. Ich gebe ihnen die Nummer von Herrn Biermann.«

»Ist eine weitere E-Mail gekommen?«

»Nein, zum Glück nicht.«

WOLFGANG SCHMIDT-LEHMANN. »Du sagtest, du hättest Ideen für die Besetzung der Nebenrollen. An wen denkst du?«

»Janina Jansen ist – war eine Gesangschülerin von mir. Sie könnte gut die Erste Brautjungfer singen, wenn ich ein bisschen mit ihr trainiere. Unser Oberpolizist Horst Lorenz hat einen sehr schönen Bariton. Wenn wir ihn für den Ottokar nehmen, kommt der gesamte Polizeiapparat des Oberharzes samt Anhang in die Vorstellungen.«

»Gut, bleibt Samiel mit seiner Sprechrolle. Je nachdem, was Vito an Regieeinfällen ausbrütet, spricht er unter Umständen aus dem Off. Wir brauchen in jedem Fall eine kräftige Männerstimme. Soll ich mich umhören?«

»Ja, fein.«

»Weißt du was von einer neuen E-Mail?«

»Nein, zum Glück nicht.«

Winni Müller. »Sollen wir die Chorprobe erst mal auf Mittwoch lassen?«

»Mittwoch passt gut. Ich bin allerdings im Zweifel, ob wir mit einer Probe pro Woche hinkommen. Es ist ganz schön viel Zeugs.«

»Das dachten wir auch schon. Was hältst du von einem Probenplan?«

»Willst du nicht lieber den gesamten Chorvorstand dazu zusammenrufen? Ich könnte dazukommen.«

»Wunderbar, wie ist nächster Montag 19 Uhr bei dir im Café?«

»Abgemacht.«

Konni. »Bulli ist gestorben.«

»Oh nein, das ist ja traurig. Ich hatte gar nicht mitgekriegt, dass er in Lebensgefahr war.«

Stille, dann putzte er sich die Nase. »War er auch nicht. Es war eine Embolie. Passiert manchmal, haben sie gesagt. Friederike, würdest du auf der Beerdigung singen? *Ave Maria* oder so was?«

»Muss es unbedingt das sein? Es ist das Gebet einer unbefleckten Jungfrau zur Mutter Gottes.«

»Ich glaube, ja. Die Beerdigung ist noch nicht festgesetzt, die Polizei hängt an dem Fall. Es ist ja jetzt Körperverletzung mit Todesfolge, vielleicht sogar Mord.«

Ich sagte zu.

DETLEV NIEHAUS von der Apotheke. »Friederike, wir müssen die nächste Sitzung vorverlegen. Es hat sich rumgesprochen, dass sämtliche Aufträge nach außen vergeben worden sind. Die Leute sind stinksauer.«

»Nicht alle. Heinzi Eggers, glaube ich, hat die Kulissenmalerei übernommen.«

»Prozentual viel zu wenig. Wie ist heute in einer Woche?«

Mein schöner Doppelkopfdonnerstag. »Ja, aber nachmittags.«

Wir verabredeten uns für 15 Uhr, er wollte die Leute zusammentrommeln.

JANINA JANSEN. »Mama sagt, Sie haben angerufen. Ich wollte mich aber auch schon bei Ihnen melden. Ich möchte wieder Gesangsunterricht haben.«

»Aber an der Musikschule mache ich im Moment nichts.«

»Könnte ich nicht vielleicht privat kommen?«

Für maximal bis zu den Aufführungen. »Ja, vorübergehend. Hör mal, du hast bestimmt mitgekriegt, dass ein Opernprojekt geplant ist. Hättest du Lust mitzumachen?«

Zögern. »Ja, wie denn?«

»Die Erste Brautjungfer wäre zu besetzen. Was hältst du davon?«

»Ist das *Wir winden dir den Jungfernkranz*?«

»Ja, ich spreche jetzt aber vom Solo. Das Ganze ist ja Solo und Chor im Wechsel. Drei Strophen, nichts Riesiges, aber es wäre eine schöne Aufgabe.«

»Lust hätte ich schon, aber es wird ja sicher ein Aufwand mit Proben und so. Ich müsste erst mit meinen Eltern reden.«

»Klar. Ruf mich an, wenn du dich entschieden hast.«

* * *

Konni, Ratte und Batz kamen verspätet zu unserem Doppelkopfabend, der heute im Café stattfand. Ratte war immer noch Hilfskellner, wird aber von Sandra, die seit einem halben Jahr mein Tango-Café hauptamtlich bekocht und verwaltet, donnerstagabends freigestellt.

Sandra und Konni sind ein Paar. Sandra nach einer sehr unglücklichen Ehe und Konni aus jahrelangem Alleinsein heraus hatten sich mit derartiger Intensität in diese Beziehung gestürzt, dass ich jetzt nach einem guten halben Jahr immer noch das Gefühl hatte, dass die Blitze flogen, wenn sie sich trafen.

Konni mochte es nicht, wenn man sie als „Zeus und Hera" beschrieb, ein Vergleich, der was mit der Körpergröße und der breiten Statur der beiden zu tun hatte. »Der Wichser hat seine Alte doch ständig betrogen, oder war der das nicht? Würde ich nie machen.« Und dann strahlten seine wachen blauen Augen aus all dem grauen Gestrüpp, das um Kopf und Schultern flog, Richtung Sandra, und wir waren alle gerührt.

Ratte sprudelte wie meistens, während Batz und Konni auffallend still waren. »Wir machen 'ne starke Beerdigung. 'n Korso, wenn du weißt, was ich meine. Mit Foto von Bulli und Hupen und so was.«

Konni hielt ihn fest. »Hör auf damit. Bisher haben wir noch gar nichts festgelegt.«

Die Karten lagen auf dem Tisch. So richtig nach Spielen war ihnen nicht.

»Ist die Polizei eigentlich schon weiter mit der Fahndung nach den Tätern?«, fragte ich.

»Wir haben nicht viel gehört. Allerdings hatte Joschi einen Fahrgast, die Frau von einem Freund vom Förster in Bad Grund. Die haben anscheinend über den Diebstahl geredet.«

Konni und Motorradkumpel Joschi haben eine Firma gegründet, *Rent-a-Biker*, und kutschieren gegen Bares Leute auf dem Sozius oder im Beiwagen durch die Harzer Kurven.

»Und da hat er die Gelegenheit genutzt und gefragt –«

»Ja, klar. Es ist wohl so, dass die jetzt irgendwen engagiert haben, der ermitteln soll, wo die Bullen nicht hinkommen.«

Was hieß denn das? Und wo sollte das wohl sein?

»Es heißt, der Holzklau findet nicht nur in unserem Forstrevier statt, sondern quer über den Harz, also auch länderübergreifend.«

»Vielleicht nicht nur im Harz, sondern auch im Fichtelgebirge und so«, sagte Batz. Er hatte heute ein flammendrotes Hemd an, das frisch gebügelt und gestärkt um ihn herumstand. Für ein revitalisiertes Liebesleben sprach auch, dass er auffallend schlank geworden war.

»Organisiertes Verbrechen.« Ratte war hingerissen.

»Quatsch«, sagte Konni.

Ich dachte an was anderes. Christian arbeitete für ungeklärt dunkle Auftraggeber, über die er sich nie weiter ausließ. Wir hatten bisher nur Vermutungen anstellen können. Die

Vorstellung, dass ein bisschen Holzdiebstahl irgendwelche höheren Ämter aktivieren würde, fand ich zwar etwas unwahrscheinlich, aber schließlich war jetzt ein Mord im Spiel, und die Verbindung Christian und Holz in diesem Zusammenhang alarmierte mich. Holz kaufen – so ein unglaublicher Blödsinn. Er war hinter irgendwas her. Ermittelte er etwa in dieser Schießereiangelegenheit? Wenn er sich unterstand und Mario in irgendwas Finsteres hineinzog, würde er mich richtig kennenlernen.

»Wie geht es mit deiner Oper?«, fragte Konni.

Ich berichtete, wie ich zu der Ehre der Chorleitung und Mitgliedschaft im Komitee gekommen war.

»Irgendwer meuchelt an dem Chorfritzen rum, damit du den Laden übernehmen kannst. Hammer. Vielleicht Arsen in kleinen Mengen.« Mit Ratte ging die Fantasie durch.

»Lass die blöden Witze und denk an Bulli«, sagte Batz. »Bei dem war's eindeutig Fremdverschulden. Friederike hat davon nix erwähnt, klar?«

»Beim Chorleiter ist es was mit dem Darm.« Es tat mir leid, Rattes ausgeprägten Sinn für Dramatik enttäuschen zu müssen.

»Eine Verschlingung«, Ratte konnte es nicht lassen und gackerte – immerhin verhalten – vor sich hin.

»Halt's Maul«, sagte Batz, »du nervst.«

Alle drei versanken in Schweigen und brüteten in ihre Gläser.

Schließlich nahm Konni die Karten, seufzte tief und mischte. »Los jetzt. Wir sind ja nicht zum Spaß hier.« Er grinste. »Komm, Ratte, wir seifen die beiden jetzt mal richtig ein.«

Oh, wie schön gruselig!

Vito Knoll und Ina Kelic quälten sich aus ihrem kleinen Sportwagen. Kahlhut hatte Wolfgang Schmidt-Lehmann mitgebracht und war angesichts des Charakters unseres Ausflugs erstaunlich zurückhaltend gekleidet.

»Können wir nicht alle in Ihrem Wagen mitfahren, Frau Wolkenreich«, fragte Kahlhut.

Ich verstand schon, was er meinte. Bei der letzten Erörterung des Themas war die schlechte Zuwegung zur Sprache gekommen – Kahlhut hatte Angst, dass er mit seinem tief liegenden Porsche im Dreck stecken bleiben könnte.

»Was ist mit Herrn Senfftleben?« Vito hielt Inas Händchen. Hatte nicht irgendwer was von einer Frau Knoll und sogar Kindern erwähnt?

»Der ist leider verhindert.« Ein scharfer Blick flog von Kahlhut zu mir, und er zog den Mund schief – es hatte Ärger gegeben.

Wir fanden den Ort ohne Zwischenfälle. Es waren nicht mehr als knappe 10 Minuten Fahrzeit, und die letzten hundert Meter, die als Forststraße ausgewiesen waren, hatten weit weniger Schlaglöcher als vermutet.

»Was wird denn die Forstverwaltung dazu sagen, wenn wir hier sechshundert Leute langtransportieren?«, fragte ich.

»Kein Problem, der Status „Forststraße" wird für die Dauer der Proben und Aufführungen aufgehoben. Wir werden einen Shuttleservice vom Parkplatz an der Hauptstraße einrichten für die Zuschauer, die nicht laufen wollen.«

Ich stieg aus und hielt die Luft an. Die Szenerie war im wahrsten Sinne des Wortes atemberaubend.

Vor uns öffnete sich der hohe Fichtenwald auf eine

Art Lichtung mit dem Blick auf die Ruine einer alten Zeche, komplett mit bröckelnder Ziegelmauer, eingefallenem Schornstein und halb überwuchertem Förderturm. Dahinter erhob sich die Wand eines ehemaligen Steinbruchs, oben gesäumt von einer scharfgezackten Baumlinie. Links erstreckte sich die schmale Zunge eines Teiches, der sich nach hinten verbreiterte. Es war der absolut perfekte Platz für eine Freilichtaufführung des Freischütz, wir brauchten eigentlich überhaupt kein Bühnenbild.

»Hier vorn, wo wir stehen, werden die Zuschauertribünen anfangen, zwei Stück in weitem Winkel zueinander.« Kahlhut beschrieb weite Gesten. »Die linke hat den Blick übers Wasser auf die Bühne, die wir vor die Mauer setzen. Die rechte Tribüne geht dort bis zu den Bäumen. So erhalten wir eine Art Amphitheater. Gefällt es Ihnen?«

Ich nickte. »Wirklich schön. Wer hatte die Idee?«

»Mein Freund Bodo, Baron Ebersbach, ein alter Freund, lebt jetzt im ehemaligen Osten. Ihm ist es gelungen, nach der Wende sein Schloss zurück zu erhalten. Ich hoffe, ich kann ihn überreden, die Schirmherrschaft für unser Projekt zu übernehmen.«

Ein Baron, drunter machte es Kahlhut nicht.

Vito lief auf dem Gelände herum, machte lange Schritte und maß anscheinend irgendwas. Ina Kelic hatte sich angesichts des Unterholzes nicht aus dem Auto heraus getraut. Hätte ich mit ihren Schuhen auch nicht, goldene Riemchen, etwa 16 Zentimeter hoch.

Wolfgang war ebenso hingerissen wie ich. »Schön ist es«, sagte er. »Was machen wir denn mit den Garderoben? Die Musiker müssen ihre Instrumentenkästen irgendwo lassen, die Sänger wollen sich schminken und umziehen, wir brauchen eine Cafeteria mit Brötchen und Getränken. Der Chor muss den 2. Akt über irgendwo sitzen können. Wie ist das gedacht?«

Kahlhuts rechter Arm beschrieb einen weiten Bogen. »Also da rechts direkt hinter der ersten Baumreihe ist Platz, da können wir zwei große Zelte aufstellen, habe ich schon mit der Forstverwaltung und dem THW abgeklärt. Der Platz dort, wie auch der Platz hier vor der Mauer, muss natürlich gesäubert und planiert werden. Für die Bühne legen wir Bretter auf Lagerhölzer.«

»Nicht erhöht?«, fragte ich.

»Das ist nicht nötig. Die Leute sehen uns ja von einer Tribüne zu.«

Wolfgang hatte starke Zweifel. »Ist das alles zusammen denn groß genug für Orchester und Bühne? Nein, das geht nicht, Herr Kahlhut, wir können das Orchester nicht auf die gleiche Ebene wie die Sänger platzieren, jedenfalls nicht, wenn es vor dem Geschehen sitzen soll, wie es ja sein muss.«

Kahlhut kaute auf seiner Unterlippe. »Gut, dass wir darüber sprechen, sehen Sie, dafür ist ein Ortstermin da.« Er fuhr sich durch seine hellbraune Tolle. »Dann müssen wir die Bühne eben einen Meter hochsetzen.«

Vito kam zurück und verbreitete mit dem, was er sagte, Angst und Schrecken. »Die Kegelbahn geht von rechts nach links. Allerdings haben wir vier Meter zu wenig. Wir brauchen eine kleine Insel im See.«

»Teich«, sagte ich automatisch.

»Wie?«

»Teich, im Oberharz sind das Teiche. Sie haben die Bergwerke mit Wasser versorgt. Ein äußerst geschickt ausgeklügeltes System, Herr Knoll.«

»Ist doch völlig egal, dann eben ein Teich. Die Insel hat den Vorteil, dass ich aus Samiel einen Wassergeist machen kann. Er entsteigt dem Wasser und spricht von der Insel zum Publikum. Sehr eindrucksvoll.«

»Er spricht zur Kegelbahn?« Ich hatte Mühe, an mich

zu halten und sah aus dem Augenwinkel, dass Wolfgang rote Flecke am Hals hochstiegen.

Kahlhut blieb zum Glück ruhig. »Die Insel ist ausgeschlossen«, sagte er. »Der Teich ist Teil des Oberharzer Wasserregals und hat den Status Weltkulturerbe. Den sind wir im Handumdrehen los, wenn wir eine Insel bauen.«

»Die Insel brauchen wir.«

»Es geht nicht. Tut mir leid.«

Wir sahen, dass Vito an einer Antwort kaute. »Dann müssen wir doch die Jahrmarktsbuden aufstellen«, murmelte er. »Samiel spricht aus dem Riesenrad. Eine Art Rübezahl, aber richtig böse. Coole Idee. Das geht.«

Er nahm seine Wanderung wieder auf. Wolfgang sah abwechselnd zu Kahlhut und mir.

»Herr Knoll scheint mir etwas –«

»Ja, er ist ein Anhänger der Spontanität. Aber sehen Sie es mal so, lieber Herr Schmidt-Lehmann, es hat doch auch sein Gutes. Spontane Menschen lassen sich umstimmen.«

Mir platzte der Kragen über so viel Unprofessionalität. »Wann, glauben Sie denn, werden wir eine endgültige Version erwarten dürfen? Wir können doch nicht endlos proben. Wenn ich den Chor hier zusammentrommele, muss das Konzept stehen. Es sind Laien, Herr Kahlhut, mit normalen Berufen, keine professionellen Sänger, die nichts anderes vorhaben, als herumzustehen und zu lernen, wo sie zu welchem Zeitpunkt mit welchem Gesichtsausdruck zu stehen haben.«

»Ich werde mein Bestes tun, liebe Frau Friederike.«

»Wolkenreich.«

»Lassen Sie uns doch nicht um Kleinigkeiten streiten. Ich freue mich so, dass wir jetzt den Rohbau zusammengezimmert haben, dass das Budget steht und alle Posten besetzt sind.«

»Was ist denn mit dem Senfftleben? Hat er seine Zusage

zurückgezogen?«

»Nein, Gott bewahre. Er ist allerdings leider etwas verschnupft, denn er fürchtet um das Niveau der Veranstaltung. Ich habe lange mit ihm gesprochen und Ihren Standpunkt, der selbstverständlich auch meiner ist, verdeutlicht. Aber es nützte nicht viel. Die Auftragsvergabe ist gelaufen, es bestehen feste Verträge, beim besten Willen war da nichts zu machen. Herr Knoll scheint sich bei der ganzen Sache recht – sagen wir – intensiv eingebracht zu haben. Ich muss ehrlich sagen, dass mir vor einem halben Jahr nicht bewusst war, dass eine gemeinsame Entscheidungsfindung geschickter gewesen wäre. Nun ja, nun müssen wir die Tatsachen als gegeben verwalten.«

Er schwieg einen Moment und schnippte sich eine Tannenadel vom rechten Oberschenkel. Dann versenkte er die Hände in den Hosentaschen seines rehbraunen Anzugs, hob die Schultern und sagte: »Was allerdings die Unterbringung angeht, konnte ich einen Erfolg verzeichnen – die Leute werden hier oben bei uns wohnen. Die Fäden hat hat meine Sekretärin in ihre fähigen Hände genommen.«

Vito kam zurück. Er erinnerte mich an einen kleinen Hund, der mal hier und mal da einem Stöckchen hinterher springt, munter und durch nichts zu beeinflussen. »Wir kriegen 4-5 Geschäfte unter. Zuckerstangen, Bällewerfen, Schießbude und – großartige Idee, Sie werden's nicht fassen – die Geisterbahn, aus der Samiel auftaucht.« Er sah sehr selbstgefällig aus. »Die Inszenierung wird ein Meilenstein, sage ich Ihnen. Schießpulver muss her, es soll richtig krachen, nicht so lächerliche Platzpatronen.«

Ich hätte mir gewünscht, er würde ein paar mehr Gedanken daran verschwenden, wie seine Sänger unterzubringen waren. Der Platz wirkte auf mich recht klein. »Glauben Sie denn, dass wir zwei Chöre stellen können?«

»Wieso zwei?«

»Jäger – und gemischten Chor.«

»Sind Sie sicher?« Ich fasste es nicht. Vielleicht hätte er den Text mal lesen sollen. »Hm, ja, richtig.« Nix. Es war ihm gar nicht klar gewesen, dass einige Male beide gleichzeitig auf der Bühne sind. Er sah sich um. »Eine Galerie. Wir bauen eine Galerie. Da oben.«

Er zeigte auf das Dach des eingefallenen Zechenhauses. Lieber Himmel. Ich wollte nicht schon wieder stänkern. Aber ich würde hart bleiben, wenn er versuchte, den Chor zu teilen. Die Plattform würde einen feuchten Kehricht nützen.

Kahlhut räusperte sich mit einem ängstlichen Blick zu Wolfgang und mir. »Ich schicke ein paar Fachleute da hoch, die sollen sehen, ob sich dort eine Plattform errichten lässt.«

»Was machen wir bei Regenwetter?«, fragte Wolfgang.

»Unser Ortsbrandmeister sagte, man könnte vom Steinbruch bis zur Ziegelmauer mehrere Meter nach vorn eine Art Bühnenüberdachung ziehen, das ließe sich machen. Die Zuschauer müssen Regencapes und Schirme mitbringen, das ist leider so.«

»Und das Orchester?«

»Eventuell ein wandloses Zelt, oder einige von diesen mobilen Pavillons nebeneinander. Wie viele Leute haben Sie denn?«

»Etwa 30.«

»Muss ich mit Kalle Müller besprechen.« Der nette Preussag-Mann, der in meiner Kapelle schon mal Umbauten überwacht hatte, war also jetzt auch Oberharzer Ortsbrandmeister im Nebenberuf.

Während wir nach Hause fuhren, schwärmte Vito Knoll ununterbrochen von seiner Jahrmarktsidee. Vom Stil der 60er Jahre war er nicht abzubringen.

Christians Plan

Mario ist seit sechs Wochen wieder da, es fühlt sich aber so an, als wäre er nie weg gewesen.

Er kam gerade mit seinem Fahrrad aus der Uni, als ich auf die Zufahrt zum Zechenhaus des Barbara-Schachtes einbog. Drinnen bellte Herr Karl empört, weil wir uns erst ausgiebig begrüßten, bevor wir die Haustür aufschlossen.

»Wie war's?«, fragte er, als wir uns alle drei auf der kleinen Rasenfläche zwischen Kapelle und Abhang installiert hatten – Mario und ich mit einem Becher Kaffee auf unseren edlen Gartensesseln, die wir mit Blick aufs Innerstetal dicht aneinander gerückt hatten, und Herr Karl vor uns, die Schnauze auf meinen, die Hinterläufe auf Marios Füßen. Er kaute eine Weile auf Konnis Pantoffel herum und schlief dann ein.

»Arme Friederike. Du musst Qualen leiden.«

Ich wusste, dass er sich nie über meinen Kontrollwahn lustig machen würde, sein Mitleid war echt. Er akzeptiert, dass er eine Frau geheiratet hat, die gern alles rechtwinklig zueinander hat.

»Abgesehen davon, dass ich unprofessionelle Leute nicht leiden kann, die aber so tun, als ob sie's wären, finde ich es bequemer zu wissen, woran ich bin. Stell dir vor, ihm fällt ein, den Chor auf irgendeine Weise zu teilen – das müsste ich doch üben. Man kann Laienchöre nicht einfach splitten. Na, egal. Erzähl du. Wie war's in der Uni?«

Dann stellte sich heraus, dass er mit Christian unterwegs gewesen war.

»Entschuldige, natürlich – Freitag hast du ja frei. Blöd von mir. Wo wart ihr denn?«

»In Hohenebersbach, das ist ein kleines Kaff irgendwo

zwischen Quedlinburg und Gernrode – liegt wunderschön an einem kleinen Fluss mit vielen Bäumen.«

»Ebersbach.« Ich wühlte in meinem Gedächtnis. »Es gibt einen Baron Ebersbach. Hat es mit dem zu tun gehabt?«

»Ja, klar. Woher kennst du ihn?«

»Kahlhut hat heute Nachmittag den Namen erwähnt. Er soll die Schirmherrschaft für die Oper übernehmen. Sie sind angeblich befreundet.«

Mario grinste. »Ja, das erklärt einiges. Also –«

Mit viel Hin und Her und Nachfragen erfuhr ich, dass sie bei diesem Baron zu Besuch gewesen waren.

»Bodo Freiherr von Ebersbach sitzt tatsächlich in einem kleinen Schloss mit je einem Turm rechts und links und Park dahinter. Wir kriegten Kaffee aus dünnen Tassen, und der Baron eröffnete uns, dass sein lieber Freund Kahlhut uns empfohlen hätte. Und zwar geht es um Holzdiebstahl in ziemlich großem Stil.«

»Nee.« Ich erzählte von Konnis ermordetem Kumpel Bulli. »Hängt das zusammen?«

»Weiß nicht, könnte schon sein.«

»Habt ihr denn schon Näheres erfahren über die Diebstähle?«

»Der Freiherr sagte, es ginge schon lange so. Er hat seine 50 Hektar bestes Waldland nach der Wende mit dem Schloss zusammen zurück erstritten, was anscheinend gar nicht so leicht war. Ich glaube, sein Argument, dass er das kleine Residenztheater, das zu DDR-Zeiten völlig verkommen ist, wieder aufbauen und auch betreiben würde, hat schließlich den Ausschlag gegeben.«

»Was machen die da?«

»Er hat nicht viel darüber geredet, es gibt anscheinend eine richtige kleine Opernsaison.«

»Dann hat er viel Geld.«

»Das sicher, ja, aber es gibt auch einen Bruder, der in Hohebersbach ein holzverarbeitendes Unternehmen hat, der sich in dem Theaterbetrieb stark engagiert.«

»Und der Bruder verkauft das Holz aus dem freiherrlichen Wald.«

»Genau. Erntet und sägt es dann zu Brettern.«

»Also hat er auch ein Sägewerk.«

»Richtig.«

»Und wenn er es ist, der das Holz klaut?«

»Also hör mal. Er kommt doch umsonst dran.«

»Stimmt. Was machen die denn da für Opern?«

»Frag den Baron, Frieda, wenn wir da sind. Woher soll ich das wissen.«

Wenn er mich Frieda nennt, liebe ich ihn besonders, dann ist alles gut.

Nachdem wir anschließend eine Weile mit uns selbst zu tun gehabt hatten (Herr Karl musste so lange ins Haus), fragte ich ihn, während ich meine Kleidung in Ordnung brachte: »Was solltest du denn nun bei der ganzen Unternehmung? Christian hätte doch wahrhaftig allein hinfahren können, oder nicht.«

Es vergingen drei Augenblicke, bevor er sagte: »Es ist so, dass Christian anscheinend eine Art inoffizielle Agentur hat.«

Ich setzte mich gerade hin. »WAS?«

»Wusstest du das nicht? Er sagte, er hat kein Schild an der Tür, weil er grundsätzlich verdeckt ermittelt. Wenn du es noch nicht erraten hättest, und ich es dir erzählen wollte, wäre das zwar in Ordnung, ich sollte dich aber bitten, unter keinen Umständen weiter drüber zu reden. Das ist ihm wirklich wichtig, Friederike. Du musst dich dran halten, bitte.«

»Und seine Aufträge kriegt er, zumindest teilweise, über Kahlhut.« Ich fasste es nicht. Da war die Verbindung, die jedes Puzzleteilchen an seinen Platz rückte. »Nein, natürlich rede ich nicht drüber. Ganz sicher nicht.«

»Übrigens sagte der Freiherr –«

»Gibt es eigentlich einen Unterschied zwischen Freiherr und Baron?«

»Ich glaube nicht. Also der Freiherr sagte, ich solle meine reizende Gattin doch mal mitbringen, er habe von ihrer schönen Stimme gehört.«

Der Satz blieb in der Luft hängen. Unten im Tal überholte ein kleines rotes Auto ein noch kleineres silbernes, das sich anschickte, die Serpentinen hoch zu kriechen. Die Sonne war nicht mehr sehr warm.

»Was ist denn jetzt deine Rolle in dieser Sache?« Eigentlich wollte ich das gar nicht fragen, weil ich die Antwort ahnte. Und prompt, es kam, was ich erwartete.

Wieder dauerte es einen Moment, dann sagte er: »Christian hatte die Idee, ob ich nicht Lust hätte, ihm ab und zu zu helfen.«

Nein. Ausgerechnet. Was zum Teufel führte Christian im Schilde? »Das ist doch nicht wahr, oder? Ich meine, dass du das willst.«

Stille.

Doch, er hatte Lust. Er langweilte sich. Er wollte Abenteuer, es reichte nicht, dass er zwei Jahre in China mehr oder weniger gekidnappt festgesessen hatte, dass ich vor Angst und Sorgen fast gestorben wäre, weil ich keine Ahnung hatte, wo er war.

»Friederike, ich weiß es nicht. Doch, ich weiß es, aber ich weiß auch, dass du dir Sorgen machen würdest. Und weil ich das nicht will, werde ich absagen.«

Oh Himmel, jetzt hatte ich den Schwarzen Peter.

Ich stand auf und ging die zwei Schritte nach vorn bis zur Abhangkante. Es war kühl geworden. Eine Landschaft, wie das Innerstetal da unten vor mir, verursacht keine Sorgen, sie ist einfach da. Warum konnte nicht alles im Leben so sein, so friedlich, so schön, so – neutral? Ich wollte einfach keine permanente Angst mehr haben – zu gegenwärtig waren mir die beiden chinesischen Jahre, in denen ich keinen Morgen aufgewacht war ohne Sehnsucht nach Mario und grauenvolle Angst um ihn.

Er stellte sich neben mich. »Quäl dich nicht, Friederike, das ist die Sache nicht wert. Ich muss es nicht tun. Ich finde etwas anderes, glaub mir.«

Doch, natürlich musste er es tun. Wie sollte ich denn weiterleben, wenn ich ihm etwas wegnahm, das er dringend haben wollte.

Beim Herrn des Holzes

In der Vorstandssitzung am Montag einigten wir uns darauf, dass wir vorerst bei einer Chorprobe pro Woche bleiben wollten, würden den Chor aber darauf vorbereiten, dass mit Beginn der heißen Phase sich die Frequenz erhöhen könnte. Dann stellte ich die Frage, wer denn mit dem Männerchor probte.

Staunen. »Sie, wer sonst.«

»Was, in diesen zwei Wochenstunden?«

»Geht das nicht?«

»Wer hat das denn gemacht, als Herr Köhler noch der Chorleiter war?«

»Wir hatten keinen Männerchor.«

Meine Güte. Die Hügel, die zwischen mir und den Aufführungsterminen lagen, wuchsen gerade zum Himmel.

»Das geht nicht. Wir brauchen einen zweiten Termin.«

»Dann müssen die Männer zweimal pro Woche singen?«

»Entweder das oder kein Freischütz.«

Gut, wir einigten uns auf den Dienstag, vorausgesetzt, der würde zu den Terminen des Schützenvereins und der Ortsfeuerwehr passen. Ich nahm mir vor, mit dem Festivalkomitee zu reden, denn meine Aufgaben hatten sich gerade verdoppelt, was ich nicht ohne Honoraranpassung hinzunehmen bereit war.

Als ich nach Hause kam, saß Mario am Schreibtisch mit dem Telefon in der Hand und klopfte mit dem Kugelschreiber an seine Zähne.

»Christian fragt, ob wir morgen Abend mit nach Hohenebersbach kommen könnten, der Baron hätte recht spontan zu einem informellen Abendessen in kleinem Kreis geladen. Ausdrücklich auch dich. Wir sollen die Leute kennenlernen. Und ob du was singst.«

»Nein.«

»Habe ich schon gesagt. Er sagt, hat er auch schon gesagt, gefragt wäre trotzdem worden.«

»Mario, hör auf.« Wir lagen lachend wegen eines so schönen Satzes auf dem Sofa.

* * *

Ich entschied mich für das kleine Schwarze mit viel Schmuck und sah meinen Mann an. Er war wirklich sehr schick in seinem Anzug mit offenem weißen Hemd. Ich liebe die gerade Linie seines schwarzbraunen Haaransatzes über dem länglichen Gesicht, und wenn er so braun gebrannt ist wie jetzt, leuchten die blauen Augen fast türkis heraus. In solchen Momenten kann ich gar nicht fassen, dass wir zusammen sind. Verdammter Störenfried Christian.

An wenigen Stellen war die alte DDR in Hohenebersbach noch sichtbar – Zäune aus Betonfiligran, wie wir die gegossenen Elemente nannten, und drei verschiedene Fliesensorten am Sockel. Ansonsten Gartenzwerge, Baumarktbeleuchtung und Außengrillanlagen genau wie im Westen.

Allerdings revidierten wir unseren Eindruck, als wir aus dem Dorf hinaus Richtung Schloss fuhren, denn wir passierten die ehemaligen LPG-Gebäude. Niedrige verfallende Ställe, aufgelassene Jauchegruben, Autowracks, überwucherte Scheunen, rostzerfressene Gerätschaften – wir fragten uns, warum man das nicht abgerissen hatte.

»Am besten fünfhundert Gramm Dynamit«, murmelte Mario.

Dann leuchtete hinter der nächsten Kurve ein großes Schild *Sägewerk Ebersbach - Tischlerei und Holzverkauf* an einem größeren Gebäude aus Fertigbauteilen mit Wellblechdach, daneben eine großzügig sanierte Gründerzeitvilla mit drei Säulen vor dem Eingang, an dem eine herrlich blau blühende Glyzinie in die Höhe strebte. Die knalllila Kinderschaukel davor reduzierte allerdings den Eindruck von Größe. Noch zwei Kurven, und wir standen vor dem Schlösschen. Idylle pur, gemähte Rasenflächen, Kiesauffahrt, ein paar alte Bäume, eine kleine Freitreppe, hohe unterteilte Fenster und eine schöne barocke Flügeltür.

Ich parkte unseren kleinen Renault zwischen Kahlhuts tomatenrotem Porsche und einem dunkelbraunen Jaguar.

Ein steinerner Bediensteter – Butler? – machte die Tür auf. »Herr Doktor Malatesta und Gattin, darf ich annehmen.« Ich hielt an mich. Warum sollte ich den armen Mann belehren, dass ich einen eigenen Namen hatte.

Marmor und roter Plüsch, Spiegel und bronzene Damen, die Lampen in die Höhe hielten, an Gemälden hauptsächlich Landschaften und Stillleben.

»Die Herrschaften sind im Salon.« Er sprach seltsam akzentuiert, jedes Wort hatte eine Betonung.

Wir wurden geradeaus an einer breiten geschwungenen Treppe vorbei durch eine große Flügeltür geleitet.

Noch einmal »Herr Doktor Malatesta mit Gattin« – es fehlte, dass der Angestellte dreimal mit dem Stock auf den Boden gestoßen hätte. Sechs Gesichter drehten sich zu uns.

Merkwürdig, dass man zuerst die bekannten sieht. Christian in weißem Anzug mit offenem schwarzen Hemd war absolut stimmig angezogen zu seinen langen schwarz-grauen Haaren, Kahlhut daneben in lindgrünem Seidenanzug mit rosa Hemd, burgunderroter Fliege und Schuhen hatte was von einem Tropenvogel. Wenn ich ihn so sehe, überlege ich regelmäßig, ob die Tatsache, dass sein Aufzug jeden Blick von seinem Gesicht ablenkt, der tiefere Sinn der Farbenfreude ist – Tarnen und Täuschen in Multicolor.

Der ältere der beiden unbekannten Männer kam auf uns zu. Groß, weißhaarig, Raubvogelprofil, Anzug mit Krawatte. »Bodo von Ebersbach, wie nett, Sie kennenzulernen, Frau Wolkenreich.« Er hatte gelernt. Leider ließen weder er noch der andere Mann, den er als seinen Bruder vorstellte, den Handkuss aus.

»Meine Frau Charlotte.« Freundliche ältere Dame in grauer Seide, eine Frau, die es sich zur Aufgabe gemacht hat, möglichst unsichtbar zu bleiben.

»Mein Bruder Jochen, seine Frau Helene.« Der etwas kleinere Jochen Ebersbach könnte jeden Beruf haben, der ihm einen Vorteil versprach. Mit seinem glatten Gesicht, den flinken kleinen Augen hinter der Hornbrille und dem vollständig neutralen Gesichtsausdruck sah er Kahlhut ähnlich, wäre nicht der kahle Kopf gewesen, über den er quer ein paar Haarsträhnen geklebt hatte. Nein, sein Mund war weicher, fast ein Schmollmund.

Seine Frau allerdings machte alles wett. Der Rock des quietschbunten Kostüms war zu kurz, die Haare zu purpurfarben, der Schmuck zu plastikartig, die Absätze zu hoch, das Gesicht zu bunt, die Wimpern zu lang, die Stimme zu laut. »Heißen Sie nun Wolkensturm oder Mala-dingsbums?«

»Weder noch,« antwortete ich so freundlich wie möglich. »Mein Nachname ist Wolkenreich.«

»Ah, Sie sind nicht verheiratet.«

»Doch, wir haben unsere Namen behalten.«

»Aha.« Ihr Gesichtsausdruck sagte alles. Charlotte von Ebersbach rettete mich. »Lenchen, lass doch Frau Wolkenreich erst mal was trinken. Was möchten Sie denn, vielleicht ein Glas Sekt?«

Nach einer Viertelstunde ging die nächste Tür auf, wir stellten unsere Gläser ab und gingen in den Nachbarraum, der sich mit einer halbrunden Fensterfront zum Park öffnete. Kleine Sofas neben Tischchen mit gebogenen Beinen, Spiegel und Gemälde an den Wänden, dazwischen halbhohe Schränkchen mit Intarsien, hier und da ein Geweih und ausgestopfte Pelztiere, links in der Ecke ein schöner großer Flügel mit Holzmaserung und böhmische Glaslüster von der hohen Decke.

In der Mitte war eine Tafel gedeckt für acht Personen, darauf Blumen und Porzellanfiguren, doppelte Teller und eine Unmenge Besteck und Gläser. Ich dankte dem Himmel, dass wir nicht nach englischer Sitte auseinandergesetzt wurden. Nein, ich saß neben Mario und hatte als Gegenüber Jochen von Ebersbach und Lenchen. Christian und Kahlhut saßen links, der Freiherr und Charlotte rechts von uns auf den äußerst unbequemen Stühlen mit viel zu gerader Lehne.

Es gab eine Wildpastete mit Preiselbeeren, dann eine Kräutersuppe mit geräucherter Forelle. Lenchen schob ihren Teller weg. »Ich mag das nicht. Die haben so viele Gräten.«

Alles beruhigte an ihr herum. Der beanstandete Teil des Tieres sei zum einen nur gering vorhanden, zum anderen weich, denn es habe einen ausführlichen Räuchervorgang hinter sich.

»Nein, ich esse das nicht, einer Freundin sind mal die Augen aus dem Kopf gequollen, als sie so was im Hals hatte. Sie sah plötzlich selbst aus wie ein Fisch.«

Jochen saß unbeeindruckt, er war seine Frau gewöhnt. Charlotte hatte Mitleid. »Hubert, nehmen Sie meiner Schwägerin den Teller weg.«

Dann sagte der Freiherr: »Übrigens werden die Holzdiebe immer dreister. Jetzt stehlen sie schon tagsüber. Unser Förster hat sie gestern Morgen gesehen, aber leider nicht mehr erwischt.«

»Warum benutzen Sie keine Tracker?«, fragte Christian.

»Na ja, die sind ganz schön teuer, und man brauchte einen für jedes Polter.« Bodo von Ebersbach faltete seine Serviette zusammen. »Und soweit ich weiß, gibt es schon Gerätschaften, die sie orten können.«

»Ein Polter, sächlich, also das Polter, ist ein Holzstapel«, murmelte Mario neben mir, immer auf der Höhe der Sprachgewandtheit. »Ein Tracker eine Art Sender.«

Bodo drehte sein Weinglas in der Hand. »Im Eichsfeld hat mal jemand Schwarzpulver in die Baumrinde seiner Stämme gerieben. Als in der Nähe ein Ofen hochging, wusste man, wer der Holzdieb war. Das waren allerdings kürzere Holzabschnitte. Mir wird vor allem Langholz gestohlen, was besonders schmerzhaft ist.«

»Wie ist das denn im Oberharz?«, fragte Jochen, »sind die Leute da auch so dreist wie hier?«

Kahlhut winkte ab. »Wir hatten sogar einen Mord, na ja, einen Totschlag.«

Lenchen richtete sich auf. »Das ist nicht wahr." Sie liebte anscheinend Sensationen. »Hat man die Schläger erkannt? Man ist ja seines Lebens nicht mehr sicher.« Sie ließ kein Klischee aus.

»Nein, sie sind von außerhalb gekommen.« Christian spielte mit seinem Besteck. Er wirkte so schläfrig wie meistens, hatte aber die ganze Tischgesellschaft im Blick.

»Und wie wollen Sie nun vorgehen?«, fragte Jochen. »Wie ermittelt man denn gegen Holzdiebe?«

»Ich ermittele eigentlich nicht, ich sehe mich nur mal ein bisschen um. Nein, die Polizei ist ja eingeschaltet, die werden das schon machen.«

Ich fühlte den Druck von Marios Bein an meinem und verstand, dass ich meinen Mund halten sollte.

»Ich dachte, mein Bruder hat Sie beauftragt?«, sagte Jochen ohne Sinn für Diskretion.

Christian sah zum Freiherrn, zog die Augenbrauen hoch und schüttelte ganz leicht den Kopf. »So habe ich das eigentlich nicht verstanden. Eher als kleinen Freundschaftsdienst – nur eine Unterhaltung, ein Austausch von Oberharzer Fakten und Erfahrungen aus dem Harzvorland, mehr nicht. Herr Kahlhut, was anderes war doch nicht geplant?«

Ich war fasziniert. Christian schaffte es mit links, der Hälfte der Anwesenden Sand in die Augen zu streuen. Was er damit bezweckte, war mir nicht klar, denn wir saßen ja lediglich mit der Familie zusammen. Aber er war effektiv, denn niemand widersprach.

Mario lenkte ab. »Sie haben hier ein kleines Theater, haben wir gehört?«

»Ja, das sollten Sie sich unbedingt mal ansehen. Die alte Rokokoausstattung haben wir vollständig restauriert.« Der Baron war stolz auf seinen Einsatz.

»Jochen sagt, man könnte daraus noch viel mehr machen«, sagte Helene von Ebersbach, hielt vornehm die linke Hand vor den Mund und fischte dahinter mit der rechten etwas aus ihren Zähnen. »Sagst du das nicht immer, Jochen?«

»Mein Bruder würde dieses Schloss gern zu einem Hotelbetrieb umbauen. Meine Frau und ich können uns mit dem Gedanken allerdings nicht so recht anfreunden.« Das verstand ich. Die Idee passte zu dem, was ich von Jochen heute Abend gesehen hatte. Jochen machte Geschäfte, wo er nur die Gelegenheit dafür fand. Als sein Bruder sprach, senkte er die Augenlider und knüllte seine Serviette zusammen. Eine leichte Röte stieg an seinem Hals hoch und verteilte sich zwischen den quer liegenden Haarsträhnen auf dem Oberkopf. Wenn ich die Zeichen deuten sollte, würde ich sagen, er war irgendwas zwischen sauer und sprachlos vor Wut.

»Was haben Sie denn so auf dem Spielplan?«, fragte ich.

»Dieses Jahr hatten wir Donizetti und Mozart, den Liebestrank und die Entführung.« Klar, wenig Platz, kleines Orchester.

»Und die Vorstellungen laufen gut?«

»Oh ja. Wir erfahren zwar von verschiedenen Seiten finanzielle Unterstützung, arbeiten aber sehr erfolgreich.«

»Vergiss nicht den Donizetti-Club, Mausi.« Mausi war anscheinend Jochen, von liebevoller Gattin so betitelt. Die liebevolle Gattin machte dabei ein Gesicht, das ich zuerst nicht deuten konnte, das aber mit überquellender Liebe eindeutig nichts zu tun hatte.

Jochen kniff den Mund zusammen und mordete sie mit seinen Blicken. Bodo versteinerte und Charlotte spielte mit der Kuchengabel.

Natürlich, das war nicht gestichelt, das war der Versuch eines kräftigen Stichs in die Herzgegend. Wäre interessant zu erfahren, warum sie das Thema anschnitt und was so brisant daran sein mochte. Rache? Eifersucht? Eventuell ist es ein Männerclub? In dem Fall wären ihre Gefühle verständlich, denn was machen Männerclubs schon?

Christian deutete die Situation ähnlich. »Das klingt ja interessant. Ich bin ein großer Opernliebhaber. Sagen Sie, kann man eventuell Mitglied werden?«

Ich würgte an einem Lachanfall. Christian und Oper.

Marios Druck gegen mein Bein verstärkte sich. »Ich auch«, sagte er. »Und meine Frau singt ja selbst, vielleicht dürfen wir mal probehalber...?«

»Eine Sponsorengruppe«, Bodo versuchte verzweifelt, die Situation zu retten, denn beide Gattinnen pressten das Kinn auf die Brust. »Sie verstehen schon, ein paar alte Zausel, die zusammensitzen und ein Glas Champagner auf die gelungene Vorstellung trinken. Nicht Berühmtes.«

Charlotte stand auf und ging hinaus. Zu ihrer Ehre sei gesagt, dass es ihr gelang, ihrem Abgang keinerlei Anstrich von Vorwurf zu geben. Helene schmollte. »Ich darf nie mit. Und du redest nicht drüber.«

»Lass das jetzt.« Wenn Jochen je für irgendetwas Schuld auf sich geladen hatte, war er durch diese Ehefrau gestraft. »Ich gehe auch nicht mit zu deinen Botoxveranstaltungen.«

Kahlhut schwieg. Vielsagend? »Sind Sie auch Mitglied?«, fragte Mario ihn.

Bevor er antworten konnte, trugen Hubert und ein Mädchen den nächsten Gang auf, gefolgt von Charlotte in untadeliger Haltung.

Es gab Rebhühner mit Sauerkraut, aber leider war ich schon fast satt.

»Sie wollen auch eine Oper aufführen?«, fragte Lenchen, während sie eine Keule schwang. »Will das denn da oben überhaupt jemand hören?«

Wieder war es Charlotte, die ihre Schwägerin entschärfte. »Erzählen Sie uns doch von Ihrem Projekt, Frau Wolkenreich. Von Herrn Kahlhut haben wir schon ein bisschen gehört. Das ist ja ein sehr spannendes Vorhaben.«

Ich versuchte, möglichst nicht ins Detail zu gehen, dachte dann aber, ich könnte vielleicht sogar nützlich werden. »Wir haben mit großer Freude zur Kenntnis genommen, dass Sie unser Schirmherr sein werden, Baron Ebersbach.«

Er lachte. »Nun ja, mein Freund Kahlhut hat mich gefragt, aber so viel Öffentlichkeit ist eigentlich nicht meine Sache. Ich überlege, wenn Sie sich entscheiden könnten, uns etwas vorzusingen...« Ein ziemlich blauer Blick flog zu mir herüber.

Ich musste auch lachen. »Das ist Erpressung. Aber in diesem Fall ist es ja für die gute Sache. Würden Sie mich begleiten?«

»Nein, meine Frau spielt Klavier.«

Und das tat sie hervorragend. Wir arbeiteten uns durch *Gretchen am Spinnrad*, dann Rusalkas *Gesang an den Mond*, etwas *West Side Story* und schließlich das unvermeidliche *Memory*.

Bodo war begeistert und ließ sich nicht lumpen. »Ein Deal ist ein Deal, dann kann ich mich wohl nicht drücken. Rudolph, in Ordnung, ich mach's.«

Auf der Rückfahrt sagte Mario versonnen: »Sag mal, der Bruder hat die Holzhandlung, oder?«

»Ja, es sei denn, es gibt noch mehr Ebersbäche. Wenn die Zugehörigkeit zum Ort auf dem Schild gemeint gewesen wäre, hätte es doch *Sägewerk Hohenebersbach* heißen müssen, oder?«

»Mhm.«

»Und was wundert dich?«

»Na ja, so wie ich Christian verstanden habe, baut die

Tischlerei Ebersbach deine Tribünen. Aber wieso hat keiner davon geredet?«

Spät am Abend rief Konni an und erklärte, die Beerdigung für Bulli sei auf Freitag 12 Uhr angesetzt. Joost Hellbard würde die Orgel spielen und wäre schon vorgewarnt. »Wegen der Jungfrau, du weißt schon.«

Die zweite E-Mail

Während ich auspackte, murmelte und tuschelte es in allen Ecken.

Der Geräuschpegel im Chorsaal sank nur langsam. Ich versuchte, mich durchzusetzen: »Wir singen jetzt konzentriert eine Stunde und werden in der Pause alles bereden, was zu bereden ist, aber lasst uns endlich anfangen. Ich heiße Friederike, was ja für euch nichts Neues ist, und möchte jetzt ein paar Stimmübungen mit euch machen. Steht auf und Ruhe jetzt bitte.«

Wir fingen mit dem Victoria-Chor aus dem ersten Akt an, in dem es für den Sopran schon ganz schön zur Sache geht, aber die Leute machten es nicht schlecht. Zwar musste ich die meisten Frauen vom ersten in den zweiten Sopran schieben, weil der erste zu hoch war, aber die Chinesinnen schafften die A's mit Bravour – zu dünn natürlich, aber sie waren da und brauchten nur ein bisschen professionelle Verstärkung.

Als in der Pause einige zum Rauchen rausgingen, kam ein schmächtiger junger Mann aus dem Tenor zu mir. Hellbrauner Vollbart und in den runden blauen Augen einen besorgten Ausdruck.

»Frau Wolkenreich –«

»Friederike, wenn man zusammen Musik macht –«

»Ich weiß, duzt man sich. Okay. Friederike, ich bin der Ortsvorsitzende vom *Harzbund*. Wir haben große Bedenken, dass die gesamte Logistik des Festivals einen unangemessenen Eingriff in den Landschaftsschutz des Harzes bedeutet. Ich muss dir sagen, dass ich nicht weiß, wie ich meine Kollegen von Aktionen abhalten soll. Ich weiß noch nicht mal, ob ich das will.«

»Was für Aktionen?«

»Das kann ich dir natürlich nicht sagen, aber ihr seid schließlich davon abhängig, dass die Zeche erreichbar ist, dass nicht plötzlich Bäume fallen zum Beispiel.«

»Also hör mal – wie heißt du?«

»Ludger.«

»Ludger, das ist nicht dein Ernst. Man kann durchaus Einwände gegen so eine Sache haben, aber denkst du nicht auch, die sollte man geordnet an der richtigen Stelle vorbringen, statt mit Sabotage zu drohen? Was hältst du denn von dem ganzen Plan?«

»Ich –«, er zupfte an seinem Bart – »habe große Lust dazu, weil ich gern singe. Aber ich verstehe auch meine Freunde, die sagen, dass das Wild verschreckt wird und Stellen gerodet werden, wo Steinpilze wachsen. Außerdem gibt es in der Nähe einen Adlerhorst.«

»Weißt du, das Liebste wäre mir, wenn du zur nächsten Sitzung des Festival-Komitees kommst und mit den verantwortlichen Leuten redest. Was hältst du davon?«

»Ja, okay, bist du auch da?«

Gut, das war erledigt. Als nächste Gruppe schob sich eine Gruppe aus dem Bass heran. „Schob“ in dem Sinne, dass immer wer anders vorn war, denn alle versuchten gleichzeitig, sich im Hintergrund zu halten.

»Wir sind vom Knappenverein *Glück Auf* Abteilung Oberharz. Wir haben einen schönen Spielmannszug und wollten fragen, ob wir damit vielleicht ins Vorprogramm dürfen.«

Die Idee fand ich gar nicht schlecht, konnte darüber aber natürlich nicht allein entscheiden. Als dann allerdings noch der Hausmusikverein *Harmonie*, der Kindersingkreis *Lerchennest* und der Gospelchor *Praise the Lord* mit dem gleichen Anliegen erschienen, fing ich an zu schwitzen. Ich vertröstete alle und wollte gerade wieder zu meinem Pult gehen, als Beate Most herankam.

»Hör mal, warum singen wir das Ganze denn nicht ein bisschen tiefer? Was soll das denn mit den teuren Zukäufen – der Chor ist doch groß genug. Theo hat oft zu hohe Sätze einfach runtergesetzt.«

Einerseits – endlich jemand, der Theo Köhler vermisste. Andererseits – ich hatte selten so einen Blödsinn gehört. Verzweifelt versuchte ich ihr klarzumachen, dass wir von einem großen Orchester begleitet würden, bei dem jedes einzelne Instrument umgeschrieben werden müsste. Und dass Weber sich was bei seinen Tonarten gedacht hat. D-dur klingt anders als Des-dur. Und dass die Bässe, die ohnehin schon im Keller singen, – verdammt noch mal – die tiefen Töne vielleicht nicht mehr kriegen würden.

»Was regst du dich denn so auf? Es war doch nur ein Vorschlag. Aber natürlich kommt er von mir und kann deshalb schon nichts taugen. Ich verstehe.«

Was sollte ich dazu sagen.

Als ich endlich müde und abgearbeitet zu Hause ankam, Herrn Karl und Mario – in dieser Reihenfolge – gebührend begrüßt und gewürdigt hatte, und gähnend meinen Klapprechner anstellte, um jetzt kurz vor dem Abendessen noch mal kurz eingegangene Mails zu lesen, fiel mein Blick auf den Text: „*Wir haben euch gewarnt, keine Oper.*" Garniert mit vielen Ausrufungszeichen. Absender: *KO@keineoper.to.*

Die Beerdigung und eine Körperverletzung

In der folgenden Nacht schlief ich schlecht, wachte oft auf und hörte den nächtlichen Geräuschen zu. In der Zwischendecke flitzten Mäuse hin und her, draußen knackten Zweige, und ein Kauz schrie. Dann sprang der Bewegungsmelder an, der die Gartenbeleuchtung in Gang setzt. Ich fühlte, wie mein Herz schneller schlug. Wahrscheinlich lief nur ein Fuchs oder ein Waschbär ums Haus. Oder was anderes? Ich kannte Mails, die alles mögliche anpriesen, hatte aber noch nie eine anonyme Drohung auf diesem Wege bekommen. Wie nah war diese Person, die nicht wollte, dass wir eine Oper aufführten? Und was würde passieren, wenn wir es doch täten?

Kahlhut hatte nichts zu lachen in der Kauf-bei-uns-Sitzung am Donnerstag. Ich aber auch nicht, denn der Ärger der Versammlung entlud sich auf uns beide. Beate machte sich zur Sprecherin und beschimpfte uns als Verräter an der lokalen Idee. Kahlhut, unvorsichtigerweise besonders bunt gekleidet, musste sich anhören, dass sie ihn für einen nutzlosen Pfau hielt, worauf er sich mehrfach räusperte und die Augen zum Himmel drehte. Ich war ihrer Meinung nach ein überschätztes Mitglied des anwesenden Gremiums, viel zu neu in Clausthal, um die Gepflogenheiten zu kennen, und vorlaut.

Als sie das sagte, war es aus. Ich konnte mir das Grinsen nicht verkneifen und verärgerte sie damit so sehr, dass sie ihre Kostümjacke griff und das Café verließ.

»Schade«, sagte Kahlhut, »ich wollte sie eigentlich für

den Würstchenstand vorschlagen. Aber nun will sie ja scheinbar nicht teilnehmen. Ärgerlich, da muss ich wohl Köhler in Altenau fragen.« Familie Köhler ist eine Art Allgemeinversorger in Altenau, Bäckerei, Hotel, Finkenzucht, Fleischerei, Bürgermeisteramt und Quad-Verleih – alles läuft unter dem Namen Köhler.

Die Veranstaltung endete unentschieden, weil Kahlhut keine Zugeständnisse machen konnte oder wollte, und sich nur auf's Beruhigen verlegte, während die Geschäftsleute immer saurer wurden, aber stillhalten mussten, um ihn nicht zu verärgern. Sie fürchteten, sollten doch noch Kuchenstücke verteilt werden, leer auszugehen.

Christian, Mario und ich waren übereingekommen, dass wir Kahlhut erst mal nichts von der anonymen Nachricht sagen wollten. Christians erste Frage war gewesen, ob ich aufgeben wollte. Sein Tonfall war fast mitfühlend, ich hätte leicht ja sagen können. Aber – nein, so beunruhigt ich auch war, aufgeben wollte ich auf keinen Fall. Allerdings stellte ich die, wie ich fand, berechtigte Frage, ob wir uns nicht um Schutz kümmern sollten. Darauf eierte er nur noch herum: »Die Polizei ist doch dran, und wir ermitteln ja auch intern.« Dieses Kaliber etwa, wie immer nichts Konkretes oder womöglich gar Konstruktives.

Mario versuchte, mich zu beruhigen. »Er macht das schon, Frieda, lass ihn. Wenn er denkt, es ist nötig, wird er schon was anleiern.« Das fand ich etwas zu vertrauensselig, schließlich waren wir es, die ungeschützt auf der Waldbühne herumstehen würden.

Am Freitagmorgen war ich kurz vor halb 12 auf dem Weg zur Friedhofskapelle in Zellerfeld. Joost und ich wollten das *Ave Maria* sicherheitshalber vor der Beerdigung einmal durchsingen. Merkwürdigerweise war die Straße vollständig leer. Es gab parkende Autos, aber keine fahrenden. Vielleicht irgendwo ein Unfall mit Vollsperrung. Dann – ich war fast angekommen – hörte ich plötzlich ein dumpfes Brummen und schrilles Hupen.

Als es nach einigen Schritten immer lauter wurde, blieb ich stehen und drehte mich um. Aus Richtung Clausthal kam eine Motorradformation die Straße herauf. Es waren sicher 50 Motorräder oder mehr, die so fuhren wie Wildgänse fliegen. An der Spitze vorneweg – erkennbar an den grauen Locken, die aus dem Helm flatterten – Konni, der Präsident, das stark vergrößerte Porträtfoto eines etwa 30jährigen lachenden Mannes mit offenem Blick vor die Brust geschnallt. Dahinter, pfeilförmig immer sehr knapp versetzt nach außen, zwei weitere nebeneinander, dann drei, dahinter mehrere Viererreihen. Sie fuhren sehr eng aufeinander und so langsam, dass man um ihre Stabilität fürchten musste, schwarze Bänder flatterten an allen nur möglichen Teilen der Motorräder im Fahrtwind, und alle hatten den Finger an der Hupe. Es war ein ohrenbetäubender Lärm, aber auch unglaublich rührend. Die Passanten blieben stehen und sahen mit offenem Mund hinterher. Fenster gingen auf, und ich sah, dass sich ein dunkelhaariger Mann bekreuzigte.

Ich fragte mich, wie sie die örtliche Polizei dazu gebracht hatten, die Goslarsche Straße beidseitig zu sperren, immerhin eine der wenigen Durchgangsstraßen, bis mir einfiel, dass seit einigen Monaten Polizeiobermeister Sven Möller Mitglied der *Flying Devils* war.

Dramaturgisch sehr wirkungsvoll verstummte dann eine Hupe nach der anderen, als sie an der Friedhofskapelle angekommen waren und ihre Motorräder die Seitenstraßen entlang parkten. Joost und ich sahen ein, dass es unmöglich war, jetzt noch zu proben, verabredeten uns auf ein bestimmtes Tempo und auf das, was wir sonst so mit dem *Ave Maria* anfangen wollten.

Der Sarg stand im Mittelgang, bedeckt mit der Vereinsfahne, auf der ein roter Teufel einen Blitz schwingt, und Blumen in den Farben Rot/Schwarz/Weiß der *Flying Devils*. Rechts und links davon die Totenwache, je drei Kumpel in voller Montur, den Helm unter dem jeweils äußeren Arm, während ihnen die dicken Tränen übers Gesicht liefen. Ich muss ehrlich sagen, dass ich Mühe hatte, vor meinem Einsatz den Kloß runter zu räuspern, den ich im Hals hatte. Als zum feierlichen Auszug in voller Lautstärke das *Leader of the Pack* ertönte, hielt es mich auch nicht mehr. In dem Lied, gesungen von seiner Liebsten, fährt hörbar ein Motorradfahrer in den Tod.

Ich schnaubte meine Nase und dachte, wie blöd, dass man über den Tod eines Menschen heult, den man kaum kennt. Ich dachte aber auch, wie einfach es ist, Stimmungen zu erzeugen, und wie gefährlich, wenn es die falschen Leute tun. Und ich dachte, wie schrecklich und sinnlos dieser Tod war. Ich hoffte nur, dass Christian in verdeckter und die Polizei in offener Arbeit die Täter finden würden.

Hinterher strebte ich zum Café. Ich war mit Mario dort zum Mittagessen verabredet.

Sandra hatte *Ein Birnbaum steht am Bachesrand* auf die Tafel mit den Tagesgerichten geschrieben. Ihre fantasievollen Namen waren nicht immer verständlich, durchweg aber amüsant und brachten viele Leute dazu, die Gerichte zu bestellen. Was sie heute unter diesem Etikett servierte, war geräuchertes Forellenfilet mit Birnen-Meerettich-Pürree und einfach hinreißend.

Sandra kocht mit ihrem ganzen Herzen, dass heißt natürlich mit dem, was Konni davon übrig lässt. Das reicht aber noch, um unser Café mittags mit einer steigenden Zahl von Abonnementessern zu füllen. Die Idee hatte sie vor einigen Wochen geboren.

»Lass uns doch Wochenbons verkaufen, wir geben ein

bisschen im Preis nach, können aber besser kalkulieren und müssen weniger wegwerfen.« Das Angebot war so erfolgreich, dass es schon einen Haufen Interessenten für ein entsprechendes Abendangebot gab.

Das Tango-Café gehört eigentlich mir. Allerdings hatte sich im vergangenen Jahr mein Leben so turbulent gestaltet, dass ich keine Zeit für eine kontinuierliche Präsenz hatte und mich sehr freute, als Sandra mich fragte, ob sie vielleicht verantwortlich einsteigen könnte. Seitdem prange ich regelmäßig am Personaltisch und mache die Buchführung. Neben mir bevölkert ihn natürlich Mario (wenn er zuhause ist und sich nicht gerade vortragend in der Welt herumtreibt) und unsere Freunde Konni, Ratte und Batz. Christian erwähne ich nur zögernd in diesem Zusammenhang, aber er ist auch oft da.

Draußen und drinnen war jeder Tisch besetzt. Ratte flitzte mit Tellerbergen hin und her, und ein Blick sagte mir, dass er es ohne Ärger auf Seiten der Gäste nicht allein schaffen würde. Hinter der Theke stand Mario und schenkte Getränke ein. Er warf mir einen Kuss zu, als ich an ihm vorbei ins Hinterzimmer ging, um mir eine unserer eleganten, langen rot-schwarzen Schürzen um zu wickeln. Dann ackerten wir alle eine gute Stunde, bis wir erschöpft am Personaltisch niedersanken.

»Wir brauchen unbedingt Verstärkung für den Sommer«, sagte Sandra und wischte sich den Schweiß mit der Schürze von der Stirn. Ihre aschblonden Haare krausten sich, und ich dachte wieder, was für eine schöne Frau sie ist.
Bei uns ist es so üblich, dass alle von uns helfen, wenn es nötig ist, das ist in erster Linie Konni. Der hatte aber immer öfter mit seinem jungen Unternehmen *Rent-a-Biker* zu tun. Batz kam nicht mehr in Frage, der hatte seinen Job und – wahrscheinlich – auch sein Liebchen in Vienenburg gefunden. Ein

studentischer Hilfskellner, der eine Weile ausgeholfen hatte, war ins Studium zurückgekehrt und hatte nur außerhalb des Semesters Zeit – ja, und mehr gab es nicht. Der Gedanke, jemand Fremdes einzustellen, gefiel uns allen nicht.

»Eigentlich braucht ihr sogar zwei.« Mario war als Erster mit seinem Teller Thunfischpasta fertig gewesen. Wie erwartet war die Forelle im Handumdrehen ausverkauft.

»Wir können ja den da fragen«, sagte Sandra und zeigte grinsend zur Tür.

Christian kam hereingeschlendert mit den Händen in den Hosentaschen. Wieder fragte ich mich, wer seine blütenweißen Hemden wusch und derart makellos bügelte.

»Alle am Platz«, sagte er, sah aber nur mich dabei an. »Friedchen, du schwitzt ja, hast du etwa gearbeitet?«

»Mit Sicherheit mehr als du.« Ich weiß nicht, warum ich jedes Mal auf seine Sticheleien einging.

Mario lachte und stand auf. »Du willst sicher was trinken, Kaffee?«

»Gern stark, ja.«

Ich mochte Christian und Mario nicht so gern gleichzeitig in einem Raum, jedenfalls nicht in meiner Nähe. Es war nicht so, dass sie feindselig miteinander umgingen, im Gegenteil, nun arbeiteten sie ja anscheinend sogar miteinander. Ich hatte auch öfter einen durchaus kumpeligen Ton in ihrem Umgang miteinander gehört. Trotzdem lag eine Spannung in der Luft, durchaus verhalten zwar, aber sie hatte etwas zu tun mit Platzhirsch und Herausforderer. Ich tröstete mich mit dem Gedanken, dass das wohl der Normalfall wäre, wenn zwei starke Persönlichkeiten aufeinander treffen. Die Erklärung reichte aber nicht, um mich in ihrer Gegenwart vollständig entspannen zu können.

Schließlich hatten wir alle eine Tasse vor uns stehen. Ratte bediente die wenigen Gäste in den Korbstühlen vor dem

Café.

»Auf Jochen von Ebersbach ist geschossen worden.« Christian schob eine gebrauchte Tasse zur Tischmitte.

»WAS?«

»Es gab eine Bockjagd im freiherrlichen Jagdrevier. Ein Schuss aus einer .270 Winchester hat sich verirrt und schlug neben ihn in eine Fichte.«

»Ja, und? Konnte das Gewehr sichergestellt werden?« Mario beugte sich vor.

»Wie denn? Zwölf der 20 Jagdgäste schossen mit diesem Kaliber, und Polizei oder Spurensicherung war ausdrücklich unerwünscht.«

»Hätte er sich geirrt haben können? Jäger schießen doch öfter mal irgendwohin, oder?«, sagte ich.

»Friedchen, deine Vorurteile in Ehren, aber nein, sie schießen nicht wild in selbstgewählte Richtungen. Es gibt Regeln, wenn man zu mehreren unterwegs ist. So, wie Jochen die Sache schildert, ist es ein Mordversuch.«

»Kannst du dir ein Motiv vorstellen?«, fragte ich.

»Ja«, sagte er langsam. »Lasst uns mal alles zusammen nehmen. E-Mails, Holzdiebstahl, Körperverletzung, ein Toter im Oberharz hier bei uns. Holzdiebstahl im Harzvorland, ein Attentat auf den Besitzer einer holzverarbeitenden Firma, die von 50 Hektar Nutzwald profitiert, warum soll hier kein Zusammenhang bestehen? Es ist alles so – hölzern.«

»Eine Jagd mit Treibern?«

»Ich weiß nicht, ob das im Mai erlaubt ist. Aber denkbar ist das schon.«

»Ja, und jetzt?«, fragte Mario.

»Ich denke, ich werde mir die Jagdtruppe mal ansehen. Sieh mal, was ich heute aus der Post gezogen habe.«

Er klappte einen auf Oktavheftgröße gefalteten Bogen auf. Das schwere Büttenpapier war bedruckt mit dem

Schattenriss einer Frau mit Rokokokostüm und -perücke im Profil, die auf ihre Brustspitze zeigte. *Einladung zur Sitzung des Donizetti-Clubs* stand daneben in verschnörkelter Schreibschrift. Als er das Blatt weiter aufklappte, war die gleiche Dame nackt in voller Farbe und Schönheit mit deutlich enthaartem Schritt zu sehen, daneben in der gleichen Schreibschrift *Sitzungsbeginn des Herrenabends: Freitag, den 16. Mai, 22.30 Uhr.*

»Tja, Mario, ich würde dich ja gern mitnehmen, aber ich glaube, du darfst nicht.«

»Ich weiß wirklich zu schätzen, dass du mir diese Tortur abnehmen willst, Christian. Welch ein Opfer.« Beide lachten, und ich fühlte mich ausgeschlossen.

»Glaubst du, die Leute sind identisch?« Ich versuchte, mir den Ärger nicht anmerken zu lassen. »Die Mörder, die Briefeschreiber, die Jäger und die Unzüchtigen?«

»Findest du nicht, dass du ein bisschen zu hart bist in deinem Urteil? Jäger haben schließlich auch ihr Gutes.«

»Ja, einverstanden, solange sie sachlich und fachmännisch an die Sache herangehen und nicht ein bescheuertes Theater daraus machen. Oder Böcke am Baum festbinden, damit auch der blinde Vorsitzende noch mal trifft.«

»Wir treffen heute mit unseren Themen leider nicht den Geschmack deiner Frau, Mario. Tut mir leid.«

»Ich finde euch beide gleichermaßen überflüssig und nervtötend.« Ich stand auf und ging zur Theke. »Kundschaft.«

»Friederike, komm wieder her. Ich mache das schon. Und ihr beide, hört auf, sie zu ärgern. Euer machistisches Getue würde euch der Dümmste nicht abnehmen.« Sandra hatte eine unnachahmlich leichte Art, problematische Situationen zu entschärfen. Wie oft hatte ich das schon im Zusammenhang mit Gästen erlebt.

Ich setzte mich wieder hin und nahm mich zusammen.

»Also – glaubst du, Christian, die Gruppen sind identisch?«

»Ich halte das schon für möglich. So groß ist die Auswahl an Gleichgesinnten sicher nicht im Kreise Hohenebersbach.«

»Ich kann mir nicht helfen, aber ich finde, dass das alles nicht zum Baron passt. Die Jagd vielleicht, aber nicht dieser – Männerclub. Zu seinem Bruder Jochen, ja, aber –«

»Friedchen, komm, steig von deinem moralischen Streitross herunter, es ist nichts weiter als eine Truppe älterer angetrunkener Jungs mit viel Geld, die sich amüsiert.«

»Vorausgesetzt, die Damen sind einverstanden.« Ich hörte selbst, wie eng ich klang. Ich fand's widerlich. Kopulation, egal in welcher Form, vollzogen oder nicht, mit Leuten, die ich nicht kenne, ist nicht meine Sache. Ich weiß auch ehrlich gesagt nicht, wo der Kick sein soll. Ich merkte aber, dass ich meine Abneigung von der Sache auf die Leute übertrug, die sie ausübten. Ist aber normal, oder?

»Wenn du mit Christian mitfahren willst, Mario, zu – hm – Forschungszwecken, musst du das machen. Ich hindere dich nicht.«

Statt einer Antwort nahm er mich in den Arm. »Ganz sicher nicht.« Über seine rechte Schulter sah ich, dass Christian angestrengt ein Gastehepaar beobachtete, das sich gerade in die Korbstühle fallenließ. Seine Brauen waren zusammengezogen. Er trommelte einen Moment auf dem Tisch, dann stand er auf. »Muss gehen. Macht's gut.« Und war weg. Neben seiner Tasse lag ein Fünfeuroschein.

Bühnenproben

Kahlhut muss ran

Etwa drei Monate später, die zum Glück ohne weitere Attentate oder E-Mails vergangen waren, saßen Mario und ich an der gleichen Stelle im Café.

Nach unserer letzten Unterhaltung damals war Christian verschwunden. Wir hatten nichts weiter von ihm vernommen als eine SMS mit dem Text: *Muss eine Weile ins Ausland, alles in Ordnung. Bis bald.*

Wir dachten sofort an Kidnapping und ähnlich Finsteres, also schrieb ich zurück: *Chrissie, muss Harald Schnorr anrufen, hab aber keine Nummer. Wo soll ich suchen?* Schnorr war unser gemeinsamer Klassenlehrer gewesen und hatte gern mit seinen Fahrradtouren von seinem Haus auf dem Land zu unserer Schule in Braunschweig geprahlt, während er die Klammern aus seinen Anzughosen löste. Den Namen Chrissie hatte ich mit Bedacht dazugesetzt, denn niemand hatte ihn je so nennen dürfen, ohne mit heftigsten Sanktionen rechnen zu müssen.
Die Antwort kam umgehend. *Lass den Chrissie-Scheiss und such in Veltenhof.* Also war er wohlauf. Hätte jemand anders geantwortet oder er unter Zwang, wäre ein Teil der Antwort vielleicht richtig gewesen, nicht aber beide. Wir kamen uns sehr schlau vor.

Nach dem aufregenden Auftakt unseres Opernfestivals war mit Christians Abreise plötzlich alles ruhig geworden. Eine leicht gespannte Stille hatte sich über Clausthal-Zellerfeld gesenkt. Außerhalb der Chorproben redete niemand mit uns, und wir hörten auch nichts Besonderes.

Irgendwann rief der Baron uns an und fragte nach Christian. »Ist er nicht langsam zurück?«

»Das wissen wir nicht«, antwortete ich. »Wir haben auch keine Ahnung, wo er ist. Sie vielleicht?«

»Ja, möglicherweise. Ein österreichischer Freund von mir war gewissen – sagen wir mal – Schwierigkeiten ausgesetzt. Unseligerweise habe ich bei der Gelegenheit auch von meinen gesprochen und wohl dabei den Namen von Herrn Neuville erwähnt. Nun denke ich, er hat ihn mir ausgespannt – hm, ja – vielleicht hat er besser bezahlt.«

»Wir hörten, dass es einen Angriff auf Ihren Bruder gab. Hat sich so etwas wiederholt?«

»Nein, er hat mir gestanden, dass er jetzt eine kleine .22er in der Tasche hat und diesen Tatbestand auch jedem erzählt, ob man es hören wollte oder nicht. Seitdem nicht wieder, nein.«

»Und die Holzdiebstähle?«

»Fast unverändert, vielleicht leicht zurückgegangen. Auf Anraten Ihres Freundes habe ich mir zwei von diesen kleinen GPS-Geräten angeschafft. Aber es gibt, wie immer auf dem Gebiet der Abwehrmaßnahmen, tatsächlich schon Geräte, die die Abwehr abwehren, in diesem Fall den Sender orten. Jedenfalls war an einer Stelle das Polter weg, der Tracker aber lag noch da.«

»Das ist ja sehr ärgerlich.«

»Das kann man wohl sagen. Hoffentlich kommt Ihr Freund bald zurück. Wie geht es denn mit Ihrer Oper?«

Von Bullis Angreifer gab es keine Spur, wir hatten stark den Eindruck, die Sache schlummerte tief auf irgendeinem Polizei-Schreibtisch.

Mit beiden Chören war ich dank Probenverdoppelung einmal durch die ganze Oper gekommen. Wir hatten ein paar Turbulenzen durchleben müssen, aber es war mir mit einigen Anläufen gelungen, ihnen klarzumachen, dass ich keinen Alkohol während der Proben dulden würde, nein, auch nicht in den Pausen, und ja, auch ein kleiner Kümmel wäre dem Alkohol zuzuordnen. Außerdem hätten wir uns auf einen Probenbeginn um 19.30 Uhr geeinigt, bedeutend, dass wir um halb acht anfingen, nicht 19.45 Uhr. Was die Qualität anging, war ich dankbar, dass wir nicht die filigrane Eleganz erreichen mussten, die unbegleiteter Chorgesang erfordert. Das hätten wir nicht geschafft. Aber so, mit der Aussicht auf ein ganzes Orchester zur Unterstützung, war das Ergebnis akzeptabel.

Die Kauf-bei-uns-Probleme hatten sich ebenfalls beruhigt, vielleicht, weil Kahlhut einen Rundbrief an alle geschrieben und darin aufgezählt hat, welche Möglichkeiten sich für den lokalen Einzelhandel bieten werden, und dass man ab sofort anrufen und sich bewerben könnte. Damit hatte er, schlau wie er war, die Gemeinsamkeit aus dem Protest genommen und Konkurrenz ins Spiel gebracht. Beate Most erschien nicht mehr im Chor.

Horst Lorenz hatte fleißig geübt und beherrschte nun die Partie des Grafen mit natürlicher Autorität und schönen Tönen. Janina war eine hinreißende Erste Brautjungfer geworden. Beide kämpften allerdings mit ihrem Lampenfieber, von dessen Bewältigung ja leider sehr viel abhängt.

Es kam wieder Leben in die Sache, als Regisseur Vito Knoll zusammen mit unserer Primadonna Ina Kelic in Clausthal anreiste. Die Kommune hatte ihnen ein kleines Haus nicht weit vom Tango-Café zur Verfügung gestellt. Es war ausgelegt auf die Beherbergung aller Solisten des Freischütz, die zum größeren Teil aber erst später kommen würden. Mit Vitos Anreise sollten die Bühnenproben beginnen.

Als der erste Termin feststand, fuhr ich mit Mario zum Ort der Waldbühne.

Sie hatten wirklich ganze Arbeit geleistet. Die Plätze für die Zelte hinter der ausgedünnten Fichtenreihe rechts von uns, fürs Orchester geradeaus und die Tribünen links waren vorbildlich planiert und leicht geschottert. Die Bühne – einen knappen Meter erhöht – schien fertig, und darüber, in das eingestürzte Dach des Zechenhauses hineingebaut, war eine zweite Plattform entstanden.

Der *Harzbund* hatte sich beruhigt, nachdem sichergestellt worden war, dass sich kein Adlerhorst in nächster Nähe befand, und ein paar saftige Spenden zur Rettung der Sumpfgebiete, in denen die bedrohte Fadenwurzelige Segge heimisch war, ihren Weg in die Vereinskasse gefunden hatten.

Aber als wir uns mit Mühe die Bühne hinaufgewuchtet hatten – von einem Treppenaufgang keine Spur – sahen wir, dass die Bretter schlecht gehobelt, seitlich nicht gerade geschnitten und noch nicht mal vollständig festgenagelt waren.

»Morgen ist die erste Bühnenprobe«, sagte ich zu Mario. »Wie soll ich meine Leute da rauf kriegen? Und wenn einer seinen Schuh verliert, rammt er sich Splitter in die Füße. Großer Gott. Und siehst du irgendwo einen Stromanschluss? Wolfgang hat doch für die Begleitung bis zu den Hauptproben nur ein E-Piano. Außerdem finde ich die Bühne ziemlich klein. Das ist ein klarer Fall für Kahlhut. Komm, wir rennen ihm die Bude ein.«

Der Bürgermeister war erfreulicherweise in seinem Büro. »Frau Friederike, wie reizend. Sie sehen echauffiert aus, ist etwas nicht in Ordnung?« Tiefe Verbeugung, Handkuss, männliches Händeschütteln mit Mario. Ich argwöhnte inzwischen, dass dieses Theater ihm zum einen Zeit verschaffte, die Situation zu analysieren und über Gegenmaßnahmen nachzudenken. Es sollte zum anderen wahrscheinlich der Explosion vorbeugen, die zu befürchten stand.

»Morgen ist die erste Bühnenprobe, bestehend aus gemischtem Chor, Männerchor, Klavier und Regisseur. Dazu Chorleiterin und Dirigent, in diesem Fall als Korrepetitor am elektrischen Klavier, für das er einen Stromanschluss braucht.«

»Wie nett, Frau Friederike, dass Sie jetzt endlich in die eigentliche Arbeit einsteigen können, nicht wahr?« Sein Gesicht war völlig ausdruckslos. Er wusste immer noch nicht, was wir wollten. »Aber setzen Sie sich doch, es ist so ein warmer Tag.«

»Leider ist die Bühne weder zu erreichen noch zu betreten...«

»Was sagen Sie da? Herr von Ebersbach versicherte mir –«

»Sprechen Sie von Jochen von Ebersbach? Der Holzhandel? Wie ist der eigentlich an den Auftrag gekommen? Das stinkt doch zum –«

Mario legte mir die Hand auf den Arm. »Meine Frau ist wie einige Geschäftsleute in Clausthal-Zellerfeld mit dem Vergabesystem der Arbeiten nicht einverstanden, was Ihnen ja nicht neu ist. Aber darüber sollten wir wirklich bei anderer Gelegenheit sprechen. Wir haben gerade die Waldbühne besichtigt und einige gravierende Mängel festgestellt, die bis morgen behoben sein müssen.«

»Ja, welche sind das?« Etwas weniger freundlich, vorsichtig implizierend, dass Mario einen Dreck von der Sache verstand. Damit kam er bei mir nicht durch.

»Herr Kahlhut, wenn Sie eine anständige Aufführung haben wollen, müssen bis morgen die Bretter durchgehend festgenagelt und gut gehobelt sein, alternativ ist ein glatter Belag aufzubringen, Linoleum oder Teppichboden. Und wir brauchen wenigstens zwei Bühnenaufgänge, eher drei, rechts, links und seitlich vorn, bestehend aus drei Stufen mit einseitigem Geländer. Vorschrift.«

Ich war etwas außer Atem geraten und holte tief Luft. »Außerdem ist die Bühne viel zu klein. Wenn ich 60 Leute Chor drauf stelle, ist sie voll. Und vergessen wir nicht die Solisten, die brauchen wie wir Bewegungsfreiheit. Wann ist denn Liefertermin?«

»Sie machen mich verlegen, Frau äh –« Er wühlte in seinen Papieren.

»Wolkenreich.«

»Ganz richtig. Hm. Ja. Hier, das könnte es sein.« Er ging mit einem Blatt zum Fenster. »Was steht hier?« Man hofft doch, dass der Bürgermeister einer Universitätsstadt lesen kann. »Genau. Untere Bühne Fertigstellungstermin 21.8.2015.« Er sah hoch. »Und heute ist der –«

»25.8.«

»Richtig. Und es gibt keine Bühne?«

»Doch, ja, es gibt eine Bühne, aber nein, sie ist weder erreich- noch betretbar. Also gibt es eine Bühne, sie ist aber unbrauchbar.«

»Hm. Muss nicht der Regisseur entscheiden, ob die Bühne in Ordnung ist?«

»Der Regisseur will seine Arbeitsbedingungen bei Arbeitsbeginn einwandfrei vorfinden, ebenso wie Ihre musikalische Leitung, die zu 50 % vor Ihnen steht.«

»Aber liebe Frau –«

»Die Bühne ist auch zu klein.«

»Was?«

»Zu klein.«

»Aber das ist doch jetzt sicher Sache des Regisseurs, darüber zu entscheiden?«

»Ja, eventuell. Hat er sie denn schon gesehen?«

Kahlhut kratze sich vorsichtig in der Föhnfrisur. Also nicht. »Ja, was tun wir jetzt?«

»Ich schlage vor, Sie sprechen mit Herrn von Ebersbach,

und der schickt einen Bautrupp.« Mario hatte ganz klar etwas Diplomatisches an sich.

Kahlhut nahm sein Telefon und versuchte es, zweimal vergebens. »Keine Verbindung, noch nicht mal eine Mailbox.« Er wirkte etwas hilflos.

Mario sah mich an. »Wir könnten hinfahren.«

»Machen Sie das, Herr Doktor Malatesta, machen Sie das, eine wunderbare Idee.« Er lächelte, weil er uns los sein würde.

»Wir haben Handlungsvollmacht?«

»Ja, selbstverständlich.« Er hätte uns alles erlaubt, wenn wir nur verschwänden.

Das reichte mir nicht. »Und müssen natürlich Reisekosten berechnen.«

Kahlhut blieb in seiner Bewegung stehen. Ein fast persönlicher Blick schoss durch seine türkis funkelnden Brillengläser zu mir. »Liebe Frau Wolkenreich«, plötzlich kannte er meinen Nachnamen, »ich freue mich immer, wenn Sie Ihren Vorteil entdecken und wahrnehmen.«

Seine Ironie prallte an mir ab. Der Vorteil war etwas, das ihm geläufig war. »Und morgen Nachmittag um 17 Uhr muss ein Stromanschluss mit Steckdose vorhanden sein.«

Er machte eine tiefe Verbeugung und legte die Hand aufs Herz. »Ihr Wunsch, Frau Wolkenreich, schon erfüllt. Großes Ehrenwort.«

Er ist ein Schmierenkomödiant.

Wir waren kurz vor dem Ortsausgang Richtung Osterode, als uns ein doppelt besetztes Motorrad entgegenkam.

Es war klar Joschi, er hatte als einziger im Club dieses goldfarbene Monstrum mit aufgesprühten Flammen auf dem Tank. Und die Sozia – lange schwarze Haare flatternd aus dem roten Helm, Leopardenleggins und goldene Riemchensandalen mit mörderischem Absatz – konnte eigentlich nur Ina Kelic sein, unsere Sopranistin. Darf man überhaupt ohne anständige Montur aufs Motorrad? Wenn sie stürzen und 100 Meter übers Pflaster schliddern, hat sie kein Fleisch mehr auf den Knochen, aber darüber dachte sie sicher nicht nach. Und was machte Ina überhaupt mit Joschi? Das etwa, was sofort nahelag, wenn man ihn kannte? Und was sagte Vito dazu?

Es war nicht das einzige Rätsel dieses Tages. Zwischen Hohenebersbach und der Einfahrt zur früheren LPG kam uns ein rostig-gelber LKW entgegen mit leerem Rungenwagen. Rungen – das habe ich gelernt – sind die aufgeschweißten senkrechten Stäbe, die die Baumstämme auf der Anhängerplattform an ihrem Platz halten.

Mario drehte sich um. »Der hatte einen Nachläufer angekoppelt. Und der war grün.«

Ich schaltete in den 2. Gang und fuhr aufs Gelände der Ebersbach-Firma. »Gibt es wahrscheinlich mehrere, oder?«

»Ja, sicher. Aber er war grün.«

»Gut, wir einigen uns darauf, dass er grün war, es aber viele davon gibt.«

»Nein, es gibt zwar viele, aber er war grün.«

»Mario, hör auf damit.« Lachend kletterten wir aus unserem Auto.

Die Firma war völlig verwaist. Kein Arbeiter, keiner im Büro, kein Chef, kein Zettel an der Tür.

»Die Tür ist offen.« Mario hatte die Klinke runtergedrückt. »Sollen wir?«

Nichts. Die Bildschirme dunkel, Schubladen abgeschlossen – Mario probierte sie, ich nicht.

»Feierabend«, sagte Mario und sah auf die Uhr. »16 Uhr – bisschen früh. Aber alles, was auf Geschäftsbetrieb hindeutet, ist weggeschlossen.«

»Die haben ja gewaltig Holz herumliegen.« Durchs

Fenster nach hinten sah man die Stapel im Hof.

»Sie sägen offensichtlich auch.« Ein großes offenes Tor gab den Blick frei auf eine riesige Sägeanlage, aber auch die stand still.

»Heute ist doch kein Sonntag.«

»Nix, Dienstag, ein ganz normaler Arbeitstag.«

»Sehr merkwürdig. Warum ist dann nicht abgeschlossen?«

»Dorf, jeder kennt jeden. Hier, komm mal her.« Mario stand im Durchgang zum Nebenraum mit einer Tür, auf der ein messingfarbener kleiner Nachttopf befestigt war. Neben ihr hing eine stark vergrößerte Fotografie, am unteren Rand der Text „Jochen zum 40. Es gratuliert die Zauberflöte 2009".

Mario nahm den Rahmen von der Wand und trug ihn zum Fenster. Der erste, der uns auffiel, war ein jüngerer Rudolph Kahlhut. Er stand äußerst feierlich gekleidet inmitten des Solistenensembles einer Zauberflöten-Inszenierung mit Vito und einem lockigen Herrn im Frack in der Mitte, der wahrscheinlich der Dirigent war, eine weitere Frau in Zivil, eventuell die Kostümbildnerin, und ein gröberer Herr, der möglicherweise das Bühnenbild hergestellt hatte. Bodo von Ebersbach prangte neben Ina im Kostüm der Pamina.

»Sieh an, Vito ist ja weit herumgekommen«, sagte ich. »Er hat anscheinend auch hier einen festen Platz als Regisseur.«

Mario zückte sein Smartphone und fotografierte das Foto. »Und kennt die Frau hier. Du denkst, sie ist die Kostümbildnerin?«

»Ja«, so langsam gingen mir Lichter auf. »Das gibt es schon, dass sie sich nach der Premierenveranstaltung zusammen mit den anderen Hauptverantwortlichen verbeugt.«

»Die gesamte Truppe kennt sich. Das hält man nicht aus.«

»Kahlhut will was Großes im Oberharz veranstalten, er berät sich mit den Ebersbachern, lädt Vito ein als Regisseur, und der bringt alles mit: Hauptrolle, Kostüme, Holzarbeiten, sogar den Schirmherren. Dann türkt man ein paar Quittungen, schreibt irgendeine Abrechnung zustande und teilt die Abendkasse sowie das Geld der Sponsoren friedlich untereinander auf.«

Ich war mir nicht so sicher wie Mario. »Abrechnungen fälschen ist gar nicht so unüblich in dieser Branche, schon klar, aber – weißt du, 2009 ist lange her, und ich hatte immer den Eindruck, dass Torsten Groß von der Marketingfirma den Regisseur angebracht hat.«

In dem Moment hörten wir in der Ferne ein Auto. Wir hängten das Foto wieder an seinen Nagel und waren wie der Blitz draußen. Als der braune Jaguar um die Ecke kam, standen wir mit unschuldiger Miene oder dem, was wir dafür hielten, außen vor der Bürotür.

Jochen von Ebersbach stieg aus. »Was machen Sie denn hier?« Er kam näher und schien sich auf dem Weg für eine etwas höflichere Gangart entschieden zu haben. »Kann ich Ihnen helfen?«

»Ja, wir suchen genau Sie.« Ich wartete. Es war viel besser, wenn Mario erklärte, weshalb wir hier waren. Männer wie Jochen von Ebersbach reagieren merkwürdig in Konfliktsituationen mit Frauen. Sie halten einen schnell für begriffsstutzig bis bescheuert.

»Was meine Frau sagen will, ist, dass das, was Sie bisher als Bühne geliefert haben, völlig unzufriedenstellend ist.«

»Die Aufführungen sind erst in drei Wochen.«

»Morgen ist die erste Bühnenprobe.«

»Hat mir keiner gesagt.«

»Liefertermin 21.8. Heute ist der 25.«

»Die Bühne steht doch.«

»Ist aber nicht betretbar. Die Bretter sind weder gehobelt noch ringsum festgenagelt, und es fehlen die Aufgänge. Drei Stück mit je drei Stufen und Handlauf. Vorschrift.«

»Hat keiner bei mir bestellt.«

»Mario, komm, wir fahren zu Baron Ebersbach. Er hat vielleicht eine Idee, wie wir an eine vernünftige Bühne kommen.«

»Moment, Moment. Was fehlt denn genau?« Wir hatten ihn.

Er hörte es sich noch mal von vorne an. Schweißperlen glitzerten in seinen quergekämmten Haaren. »Heute habe ich keine Leute mehr, aber morgen früh kommen sie hoch zu Ihnen und machen das. Bis 17 Uhr? Sollten wir schaffen.« Ich sah ihn zweifelnd an.

Sein Versuch eines Lächeln geriet daneben. »Linoleum oder eine andere feste Auflage, drei Aufgänge mit Handlauf – ich hab's begriffen.«

Er wollte gerade die Tür hinter sich zumachen, als ich eine Eingebung hatte. »Sagen Sie, die Hamburger Theaternäherei, die unsere Kostüme in Clausthal näht, arbeitet normalerweise auch für Sie hier?«

»Wie kommen Sie da drauf?«

»Erwähnte irgendwer.«

»Ja. Stimmt. Einwände?« Er war ganz schön frech. Ich bedauerte außerordentlich, dass Mario mich wegzog, verstand aber, was er meinte.

Eine Erpressung

Gegen 23 Uhr saßen wir vor dem Café. Es war ein wunderbarer Sommerabend mit lauer Luft und Sternengeglitzer.

Über dem *Goldenen Löwen* uns gegenüber stand ein sehr kitschiger Halbmond leicht nach hinten gekippt. Die Gäste waren bis auf ein Paar am anderen Ende unserer Außenbestuhlung gegangen. Die beiden knutschten so heftig, dass ich überlegte, ihnen unser Sofa im Hinterzimmer für die Fortsetzung anzubieten.

Konni und Sandra hatten ihre Korbsessel eng aneinander gerückt, Mario saß dicht neben mir und Herr Karl lag, wie er es am liebsten hat, quer über unseren Füßen. Ratte ließ sich gerade mit einem großen Bier in der Hand auf einen Sessel uns gegenüber plumpsen, als eine langbeinige Gestalt ganz in Weiß um die Ecke bog.

»Christian.« Ich verschluckte mich fast an meinem Rotwein.

Er lächelte leicht. »Ja, tatsächlich, Friedchen.«

Sandra stand auf. »Einen Roten, wie gehabt?«

»Ja, danke.« Er setzte sich neben Ratte und sah ihn an. »Wie kommt's? Ohne Verbände und Pflaster?«

»Ja, Mann, wie denn. Wir schuften uns hier die Finger wund, ich komme ja kaum noch zu den Kumpels.«

»Der Laden läuft also?«

Mario löste den Arm von meinen Schultern. »Fast besser, als wir wollen. Und bei dir? Wie war's?«

»Zu viel Palatschinken und Knödel. Sonst okay. Danke, Sandra. Euer Côte-du-Rhône ist besser als der ewige Veltliner Weißwein.«

»Erzähl schon.«

»Da ist nicht viel zu erzählen. Auf einem Landratsamt in einer Wiener Vorstadt half jemand, falsche Pässe auszustellen. Und der zuständige Hofrat ist –«

»ein Freund vom Baron.«

»Richtig, Friedchen. Wie scharfsinnig.«

»Und du hast drei Monate im Büro gearbeitet, um

denjenigen zu erwischen?«, fragte Sandra.

»Ja, ich muss zugeben, dass ich mich selten so gelangweilt habe. Aber das ist alles kalter Kaffee und von gestern. Es war eine Sie, und sie sitzt jetzt auf einer Polizeidienststelle und erzählt sicher, dass sie es aus Liebe für irgendwen gemacht hat.«

Er ärgerte mich schon wieder. »Für irgendeinen Bastard, der ihr erklärt hat, dass sie die schönste Frau auf Erden ist, solange sie das tut, was er will, meinst du wohl.«

Christian faltete die Hände hinter dem Kopf und sah in den mondhellen Himmel. »Ach, Friedchen, sieh doch, wie schön es hier ist.«

Ich merkte Marios Unruhe. »Hast du was gehört?«, fragte er.

»Woher?«

»Aus Hohenebersbach.«

»Ja, tatsächlich.« Er seufzte und nahm einen tiefen Schluck. »Habt ihr eventuell noch einen?«

Ratte sprang auf. »Klar, doch, Mann.«

»Danke, Ratte. Tja, wie erkläre ich euch das. Mein Besuch im Donizetti-Club –«

»Ich wusste doch, dass du das nicht auslassen würdest.« Ehrlich gesagt, verstand ich nicht, was mich daran so sauer machte.

»Soll ich jetzt erzählen oder ereifern wir uns gemeinsam über die Existenz von Herrenclubs?«

Darauf würde ich nicht antworten.

»Mein UNSCHULDIGER Besuch im Donizetti-Club –«, er hielt an und wartete.

Unschuldig — das konnte er seiner Großmutter erzählen, aber nicht mir. Trotz meines Ärgers schaffte ich es aber, nichts zu sagen.

»Keine Einwürfe? Gut. Er war nicht umsonst. Drei Tage

später bekam ich ein gestochen scharfes Bild auf mein Handy, das mich mit einer Dame zeigte. In fast unverfänglicher Situation, Friedchen, reg dich nicht auf.« Blöder Sack. »Angehängt das Überweisungsformular einer Bank in Liechtenstein über 3000 Euro und der Hinweis, dass weitere Erinnerungsfotos eines unvergesslichen Abends zu haben seien.«

»Ich finde das erstaunlich wenig Geld. Aber ich kenne mich natürlich mit Beischlaf-Erpressung nicht aus.« Ich fand selbst, dass ich mich spitz anhörte.

Sandra lachte. »Ich würde es vielleicht anders ausdrücken, gebe aber Friederike in der Sache recht. Sind bei Erpressung nicht andere Summen üblich?«

»Die Menge macht es wahrscheinlich«, sagte Konni.

»Hat der Schrieb einen Absender?« Mario blieb sachlich.

„*Donizetti* und eine Kontonummer, unter Verwendungszweck stand *Vertrauen-gegen-Vertrauen-68*.«

Uns stand der Mund offen. »Ja«, sagte er, »so dreist und unverhohlen, das ist wirklich selten.«

»Ich sage ja, die Menge macht's«, Konni beharrte auf seiner Idee. »68 mal 3000 – da ist er schon auf etwa 200.000 Euro.«

»Wenn die 68 die Summe der erpressten Leute ist. Kommt mir ziemlich hoch vor.«

»Was machst du jetzt«, fragte Sandra.

»Ich weiß noch nicht, ich hätte Lust, mal mit dem Baron zu reden. Was hältst du davon, Mario?«

Mario fuhr mit dem Zeigefinger seinen Nasenrücken auf und ab, wie er es oft tut, wenn er nachdenkt. »Gute Idee«, sagte er langsam. »Wird der vielleicht auch erpresst?«

»Oder er hängt mit drin.«

»Kann ich mir nicht vorstellen.«

»Ich glaube eher, dass es einer der Gäste ist, der sein Taschengeld aufbessern will und nicht wusste, wer ich war, als er die Fotos gemacht hat.«

»Woher hat er deine E-Mail-Adresse?«

Christian zuckte mit den Schultern. »Er ist auf die gleiche Art drangekommen, wie der Typ, der dir, Friedchen, und Kahlhut die Mails geschickt hat. Ich nehme an, es ist leichter, als man denkt.« Er grinste. »Handys waren ja an der Garderobe abzugeben, also muss er –«

»Pistolen auch?« Ratte gackerte.

»Sicher.«

»Also kam er dort an die Sachen ran.«

»Muss wohl.«

»Zahlst du?«, fragte Sandra, die Praktische.

»Ich weiß nicht. Mich würde interessieren, was er macht, wenn nicht.«

Mario stand auf und fing an, auf und ab zu gehen. »Ich frage mich, wie die ganze Sache zusammenhängt. Hast du Leute erkannt im Club?«

Christian schüttelte langsam den Kopf. »Nein, wir hatten Halbmasken auf, und es war recht dunkel.«

»WAS?« Ich fasste es nicht. Erwachsene Männer. »Und wieso bist du dann auf dem Foto zu erkennen?«

»Es war genug von mir zu sehen.«

»Also ehrlich. Wie blöd –«

»Komm wieder runter, sieh es wie eine Art Spiel. Aber jetzt, wo du fragst – ich meine, ich habe den Namen Vito gehört. Heißt euer Regie-Fuzzi nicht Vito? Und ist der Name so häufig, dass es hier in der Gegend sogar auch noch im Zusammenhang mit Oper zwei Vitos geben könnte?«

»Ich denke«, Mario blieb stehen und schob die Hände in die Taschen, »ich denke, der Erpresser ist jemand aus dem innersten Kreis, einer der Veranstalter womöglich. Er muss wissen, wer Stammgast ist, denn an die darf er sich nicht heranwagen. Wenn wir jetzt mal voraussetzen, dass nicht die gesamte Ebene der Clubdirektoren – oder wie die heißen – gemeinschaftlich erpresst, dürfen die anderen Herren natürlich nichts davon wissen, weil er sonst rausfliegt. Denkbar wäre also der Freund oder Verwandte eines höheren Clubmitglieds, der Zugang hat zu den Daten und weiß, wen er erpressen kann.«

»Du hast eben Jochen von Ebersbach beschrieben«, sagte Sandra.

»Glaube ich nicht.« Mario wippte auf den Ballen. »Jochen hat das ganze Festival mit gegründet, er will es sogar ausbauen, mit einem Schlosshotel auf eine höhere Ebene tragen. Wenn die Erpressungen aufgedeckt werden, ist er doch den ganzen Laden los. Und ich kann mir vorstellen, dass er eins der Vorstandsmitglieder ist.«

»Und die Frauen?«, fragte Konni. »Es könnte doch eine Frau sein, die sich ausgenützt, verletzt, was weiß ich, fühlt.«

»Kann sein, aber – irgendwie kann ich mir das nicht vorstellen. Gibt es überhaupt Frauen im innersten Kreis? Ist dir denn gar nichts aufgefallen?«, fragte Sandra. »Tätowierungen, Körperschmuck –«

»Das sind Herren im gesetzten Alter, keine 20jährigen.«, sagte Christian.

»Aber die Mädchen.« Sandra wurde eifrig.

»Ja, warte. – Nein.« Aber wir alle hatten gemerkt, dass er mit der Antwort zögerte.

»Rede schon.«

»Ich erinnere mich an einen Hintern mit einer Rose drauf. Daneben ein großes R Punkt.«

»Eine Rose haben inzwischen alle Mädchen auf der Pobacke.« Woher wusste Sandra das?

»Aber nicht mit einem Buchstaben und einem Punkt.« Wir kamen nicht weiter.

»Redet ihr die ganze Zeit von diesem Hohendingsbums

da hinter'm Zaun?« Plötzlich wurde Ratte lebhaft. »Ich glaube, Joschi stammt von da oder da in der Nähe.«

»Hinter'm Zaun? Was meinst du damit?«, fragte Mario.

»Mann, Alter, sei nicht so langsam, hinterm Zaun eben, hinter, na, da, wo früher die Grenze war.« Ratte hielt nichts von political correctness. Ich gelegentlich auch nicht.

»Dann sag das so. Du beleidigst die Leute.«

»Hä? Egal. Also Joschis Schwester Karo« – wieso grinste er plötzlich wie ein Honigkuchenpferd bei dem Namen? – »hat mal 'ne schräge Sache aus diesem Hohenegelsbach oder wie das heißt, erzählt. Ein Junge ist in den Klamotten von seiner Mutter aus dem Fenster geklettert und hat angefangen, über die Strippe zu balancieren, an der das Plakatdings für's Feuerwehrfest hing. Das, was so quer über die Straße gespannt wird, ihr wisst schon. Echt mit Regenschirm und so.« Er verschluckte sich fast vor Lachen. »Muss geil ausgesehen haben, voll geschminkt und schwankend wie im Vollsuff auf'm Seil da oben, sagt Karo.«

»Und dann?«

»Der ist voll runter gerauscht natürlich. Genickbruch. Scheiße gelaufen. Ich hol mir noch 'n Bier. Soll ich wem was mitbringen?«

»Mir, einen Rotwein, danke.« Sandra sah hinter ihm her. »Ich hab die Geschichte damals in der Zeitung gelesen. Ich erinnere mich, dass keiner wusste oder sagte, warum der Junge das gemacht hat.«

»Vielleicht unter Strom«, sagte Konni.

»Rauschgift? Kann schon sein.«

»Ist denn sicher, dass es Hohenebersbach war? Und wie lange ist das her?«, fragte Christian und entwickelte plötzlich ein unerwartetes Interesse.

»Ich glaube, ein gutes Jahr. Und ich glaube schon, dass es das Dorf von eurem Baron war. Ich fand den Namen damals so albern. Danke, Ratte.«

Wahrscheinlich war ich damals noch in Schweden und mein lieber Mann Gott-weiß-wo, kein Wunder, dass ich davon nichts gehört hatte. Jedes Dorf hat wohl seine skurrile Geschichte.

Christian drehte sich zu mir. »Wie geht's denn mit der Oper? Gab's neue E-Mails?«

Ich schüttelte den Kopf. »Interessant«, murmelte er.

»Wieso?«

»Na ja, sie sind vielleicht zu anderen Mitteln übergegangen.« Er sah mein beunruhigtes Gesicht. »Oder haben einfach aufgehört.« Nachdenklich betrachtete er Ratte, der den Kopf auf die gekreuzten Ellbogen auf dem Tisch gelegt hatte und eingeschlafen war. »Und die Oper? Laufen die Vorbereitungen?«

Ich berichtete von der Bühnenpleite. »Jochen liefert schlechte Arbeit«, murmelte er, »interessant.«

Er ging mir auf die Nerven mit seinem *interessant*. »Was ist denn daran so interessant? Kannst du nicht mal was Konstruktives beitragen?«

Mario legte seine Hand auf meinen Unterarm, immer ein Zeichen dafür, dass ich zu hitzig wurde. Mit betont ruhiger Stimme beschrieb er das Foto, das wir im Büro des Hohenebersbacher Holzhandels gefunden hatten. »Passt ins Bild, sie kennen sich alle«, sagte er. »Vito, Jochen, Ina, die Kostümfrau, nur Bodo fällt irgendwie heraus. Er kommt mir ein bisschen vor wie das Aushängeschild, der Mann aus guter Familie mit Titel sogar, der der ganzen Betrügerei Glanz und Reputation verleihen soll.«

»Ja, du hast wahrscheinlich recht. Deshalb finde ich die Idee, mit ihm über den Club zu sprechen, gar nicht schlecht. Na gut. Und sonst, Friedchen, die Proben laufen gut?«

»Hör auf mit dem Friedchen, ja, es läuft gut. Wir

haben morgen die erste Bühnenprobe, vorausgesetzt, wir haben eine Bühne, auf die auch der alte Otto Kramer hochkommt. Er singt einen sehr schönen Bass, und ich würde ungern auf ihn verzichten.«

Als wir uns ans Aufräumen machten, stand Christian plötzlich vor mir. »Ich habe euch vermisst.« Er hob die rechte Hand und strich mir mit zwei Fingern leicht über die Wange.

Solange er beim *ihr* bleibt, ist es in Ordnung. Sogar nett.

Der Regisseur ist schräg

Morgens um 8 Uhr klingelte unser Telefon. Es war Kahlhut.

»Frau Wolkenreich –«, wenn ihm mein Nachname einfällt, ist es ernst. »Frau Wolkenreich, die Katastrophe ist eingetreten. Senfftleben hat seine Zusage zurückgezogen.«

»Das ist nicht wahr.«

»Doch, leider. Wir haben 10.000 Euro zu wenig.«

»Hat er Gründe genannt?«

»Er wollte ja unbedingt einen von diesen spanischen Startenören für die Rolle des Max haben, Sie erinnern sich, wir haben darüber gesprochen –«

»Nicht mit mir.«

»Nein, mit Herrn – äh – Schmidt – äh –«

Neulich hatte er den Namen noch gewusst. Entweder hatte er wirklich ein miserables Gedächtnis oder sein Interesse an der korrekten Anrede war vorzeitig erloschen. »Lehmann.«

»Sehr richtig. Es war mit ihm abgesprochen.«

»In Fällen wie diesen ist es eigentlich die musikalische Leitung, die sich um das Engagement von Solisten kümmert, wissen Sie.«

»Nicht in diesem Fall, denke ich.«

»Und auch nicht bei Agathe, wie ich verstanden habe.«

Hüsteln. »Mag sein. Jedenfalls hat der, den der Senfftleben wollte, nun abgesagt. Er hätte die Grippe.«

»Bis zu den Aufführungen sind es noch drei Wochen. Ich kann mir kaum eine Grippe vorstellen, die sich innerhalb dieser Zeitspanne nicht auskurieren lässt.«

»Ja, mir kommt das auch eigenartig vor.« Die Gage war zu niedrig oder der Ort zu popelig. Wahrscheinlich beides.

»Und jetzt?« Ich war ganz ruhig. Sollten sie mit ihrer unsäglichen Organisation doch auf dem Bauch landen. Ich hatte wirklich selten einen derartigen Dilettantismus erlebt.

»Senfftleben ist raus.« Kahlhut hörte sich an, als ob er sich am Kopf kratzte.

»Habe ich verstanden. Sollen wir absagen?«

Ein Schrei: »Nein, unter keinen Umständen.« Na also.

»Was sagt Wolfgang über den ausgefallenen Tenor?«

»Ich hab ihm noch nichts gesagt.«

Klar, ich soll ihm das verklickern. »Soll ich mit ihm sprechen?«

»Oh, ja, bitte. Das wäre ganz reizend von Ihnen. Würden Sie das tun?«

»Und wir haben selbstverständlich auch die Vollmacht, einen anderen Tenor zu engagieren?«

»Selbstverständlich.« Wenn der vergangene Tenor ein Buddy von Ina Kelic war, konnten wir uns auf was gefasst machen. Ich musste unwillkürlich grinsen.

»Herr Kahlhut, wie wäre es denn, wenn Sie das nächste Mal gleich mit den Leuten sprechen, die nachher die Reste zusammenfegen müssen? Ich bin sicher, wir hätten eine gute, zuverlässige Solistentruppe zusammengekriegt.«

»Ein nächstes Mal? Liebe Frau Friederike, ich werde

mich glücklich schätzen, wenn ich dieses Mal überlebe.«

Wolfgang hatte schon damit gerechnet. »Ich hab mir das gleich gedacht, der Typ wäre hier niemals erschienen. Ich habe eine Idee. Glaubst du, du könntest mir vertrauen?«

»Ja, sicher, solange du nicht mit einem Countertenor antrittst.«

»Ich verspreche einen lupenreinen lyrischen Tenor.«

»Für heute Nachmittag?«

»Ich versuch's.«

Es wurde doch nicht das erwartete Komplett-Chaos, zumindest nicht, was das Bühnengeschehen anging. Wolfgang und ich waren früh genug an der Waldbühne, um sein kleines Elektronium aus dem Auto zu heben und den Stromanschluss zu finden. Die Bühne war begehbar. Jochen Ebersbach hatte in seiner Not irgendwo eine Lage altes Linoleum ausgegraben, so dass die – heute nur in unserer Vorstellung vorhandenen – Jahrmarktsbuden auf hellblauen Badezimmerkacheln stehen würden.

»Kommt dein Tenor?«, fragte ich Wolfgang.

Er nickte und lachte. »Ich bin gespannt, was du sagst.«

Ich auch.

Trotz meiner früheren Appelle versuchten alle Beteiligten, mit ihren Autos bis an den Bühnenrand zu fahren, mussten dann umständlich wenden, um sich schließlich einen Parkplatz an der Straße zu suchen. Wodurch sich der Beginn zwar erheblich verzögerte, was aber nichts machte, denn von Vito Knoll, unserem Regisseur, in gewisser Weise die heutige Hauptperson, gab es keine Spur. Die Frauen packten ihr Strickzeug aus, einige bildeten Grüppchen und übten ihre Stimmen, Zeitungen wurden entfaltet, man ließ um die Wette Steine über die Teichoberfläche hüpfen, und eine entferntere Männergruppe hatte ich in Verdacht, eine Flasche herumgehen zu lassen. Zum Glück war es lauwarm, und wären die Mücken nicht gewesen, hätte man sich auf einen schönen Sommerabend freuen können.

Als es fast halb sechs war, hatte ich genug. Ich klatschte in die Hände und rief die Leute zusammen. »Wir singen den ersten Akt einmal durch, Wolfgang begleitet uns. Gemischter Chor rechts, die Männer auf der linken Seite, denn ihr seid ja parallel der Chor der Jäger. Auf geht's. Ihr kennt die Handlung – Bauer Kilian schießt besser als Jägerbursche Max, der aber das Wettschießen morgen gewinnen muss, um seine Agathe heiraten zu dürfen. Kuno, Agathes Vater, empfiehlt Gottvertrauen, der finstere Kaspar stellt die Hilfe des Teufels, hier Samiel genannt, in Aussicht, was Max vorzieht. Es geht los mit *Victoria*. Ich deute Kilian an. Wolfgang, sei so nett.«

Wir waren mit Kilians Lied genau fertig, als ein Mercedes anrollte, der die Solisten der Rollen Kilian, Kuno und Kaspar ausspuckte, eine heitere Männertruppe von der Jungen Oper Kassel.

Kurz darauf kamen Vito und Ina zu Fuß, Ina im Tarnanzug hatte sich für ein Überlebenstraining vorbereitet, Vito hatte Gummistiefel an. Ich weiß nicht, ob er damit rechnete, durch die Wut gequälter Solisten und Chorsänger womöglich im Teich zu landen.

Von Anfang an machte er keinen Hehl daraus, was er von der Aufführung hielt. Er begann seine Rede mit: »Ihr könnt euch denken, dass die Arbeit mit Laien nicht leicht ist, also werdet ihr euch besonders anstrengen müssen.« Ich hätte gedacht, dass diese Leistung eher ihm abverlangt würde. Entsprechend mürrisch sahen die Leute ihn an.

Als er den Männerchor auf die obere Plattform schicken wollte, sagte ich, das ginge nicht, weil sie unmittelbar vor- und hinterher im gemischten Chor mitsingen müssen.

»Das können sie doch auch von da oben.«

»Dann fällt der Klang auseinander. Unten Frauen, oben Männer – das geht unter keinen Umständen.«

Es endete damit, dass er alle Chorleute im Kreis ums Geschehen aufstellte, wo, – ich argwöhnte! – später die Jahrmarktsbuden stehen würden.

Und prompt. Winni hob die Hand. »Stehen da nicht später die Jahrmarktsbuden?«

Vito fuhr sich mit der Hand übers Gesicht. »Ja, kann sein. Aber jetzt sehe ich keine Buden, also bitte.«

Als wir anfangen wollten, fiel ihm auf, dass wir keinen Max hatten. »Wo ist Max?«, schrie er.

In dem Moment hörten wir einen kaputten Auspuff durch den Wald röhrend näherkommen. Ein uralter dunkelroter Ford Mustang mit Waschbärschwanz an der Antenne wurde abgestellt, und ein junger Mann in halber Feuerwehruniform kletterte heraus.

»Sorry, ich konnt mich nicht mehr umziehen. Ist aber nur heute. Ich bin Danny, ist das hier mit dem Freischütz?« Ein offener blauer Blick flog in die Runde, und ich hörte die Herzen der Chorsängerinnen, wie sie um ihn auf den Boden plumpsten. Wenn er jetzt auch noch singen konnte, wäre er perfekt.

»Ja«, knurrte Vito. »Stell dich da links hin neben Kilian. Die Bude mit der Sternscheibe steht später geradeaus vor euch.«

Wolfgang fing an. Der Chor sang, stand aber auf der Stelle und rührte sich nicht, was Vito nicht zu stören schien. Er schob an den Solisten herum, mäkelte hier und da, versuchte es entgegengesetzt, kam schließlich auf den ersten Versuch zurück und ließ ihn stehen.

Dann setzte Max mit seinen ersten Tönen ein: »*Oh, diese Sonne*«, und wir hielten die Luft an. Ein weicher hoher Tenor mit genau der richtigen Menge dramatischem Potenzial – er sang, dass uns die Tränen in den Augen standen. Ich sah zu Wolfgang hinüber. Er saß hinter seinem Instrumenten-Martyrium, grinste mich an und zuckte leicht mit den Schultern. Das würde er mir erklären müssen.

Ab da lief alles recht gut, so dass wir die ganze Sache sogar noch einmal durchgehen konnten. Den dritten Akt, das hatten wir von vornherein beschlossen, wollten wir uns nächste Woche vornehmen. Im zweiten hatten wir nichts zu tun.

Ein älterer Tenorsänger aus dem Chor zupfte an meinem Ärmel.

»Friederike, hast du kurz Zeit?«

»Ja, klar. Was ist?«

»Hör mal, ich kenne den Regie-Fritzen.«

»Ja?«

»Ja, echt. Also – mein Schwager, der ist Amerikaner, singt im Opernchor in Stuttgart. Professionell, du weißt schon, nicht wie wir. Und vor fünf Jahren oder so, hatten die *Die Zauberflöte*. Drei Tage vor der Premiere starb seine Mutter, und er wollte natürlich zur Beerdigung nach Chicago."

»Aber die Premiere.«

»Genau. Nun hat er aber einen sehr guten Draht zum GMD –«, Generalmusikdirektor, ich weiß, »und hat mit dem verabredet, dass er eine Vertretung schicken darf.«

»Dich.«

»Ja, obwohl ich kein ausgebildeter Sänger bin.«

»Aber die *Zauberflöte* hat nicht viel Chor –«

»Richtig. Ich hab einen Tag gelernt und konnte das Bisschen schnell auswendig. Seine Kumpel hatten versprochen, dass sie mich an die richtige Stelle schieben würden, es war alles kein Problem.«

»So, jetzt kommt Vito ins Spiel.«

»Ich war also zur Generalprobe da. Es lief hervorragend,

er hat gar nicht gemerkt, dass mein Schwager nicht dabei war, sondern ich. Wir sind bis zur Pause gekommen, als plötzlich alle mitkriegten, dass Vito Knoll weg war. Nicht, dass es sonderlich auffiel, denn alles lief wie am Schnürchen, aber er war nicht mehr da.«

»Die letzte Probe vor der Premiere ist doch genau dafür da, dass Regie, Requisite und Beleuchtung den Gesamtablauf kontrollieren. Der Regisseur an erster Stelle.«

»Klar. Er war aber weg und wurde nie wieder gesehen. Es liefen dann eine Unmenge Gerüchte um, betreffend eifersüchtige Ehemänner, Knast, Gläubiger, sonst was. Vom GMD hat mein Schwager später die Wahrheit erfahren. Es war eine Mischung aus allem. Vito Knoll hatte ein Verhältnis angefangen mit einer Dramaturgin, deren Ehemann in der Buchhaltung der Stuttgarter Oper saß und mitkriegte, dass Vito eine Gehaltspfändung am Hals hatte. Die ganze Sache landete anonym bei der Presse, zusammen mit eindeutigen Fotos von Vito mit zwei verschiedenen opernangehörigen Damen. Die Intendanz war bedient und feuerte ihn fristlos aus lauter Angst vor einem Skandal.«

»Provozierte so aber den Skandal erst richtig, allerdings mit der Moral auf ihrer Seite, und verkaufte im Ergebnis die doppelte Menge Eintrittskarten.«

Er lachte. »Ganz genau.« Dann wurde er ernst. »Ich wollt's dir nur sagen. Ich weiß nicht, ob man ihm trauen kann. Also mit Geld wäre ich vorsichtig.«

Wolfgang kam herüber. »Na, was sagst du zu unserem Max?«

»Du bist ein hinterhältiger Mensch, du hättest mich vorwarnen sollen. Wo hast du ihn her?«

»Er ist der Sohn vom Hausmeister einer Behinderteneinrichtung und nimmt seit ein oder zwei Jahren Gesangsunterricht. Den Freischütz liebt er über alles, hieß es. Ich hab ihn mir vorsorglich schon mal angehört, als ich erfuhr, dass der

Senfftleben unbedingt diesen Spanier als Max haben wollte. Mir war völlig klar, dass der niemals in den Oberharz kommen würde. Bist du einverstanden?«

»Hält er drei Abende plus Generalprobe durch?«

»Wir müssen's drauf ankommen lassen, denke ich. Aber er ist jung und will unbedingt singen. Ich glaube schon, dass er genug Kondition hat. Es ist ja keine Wagner-Partie.«

»Dir ist klar, dass er vom Fleck engagiert wird, wenn ihn ein Agent hört, der alle Tassen im Schrank hat?«

Wolfgang grinste. »Er bekommt von uns einen festen Vertrag für die drei Abende, so lange wird er schon hierbleiben.«

»Und du schaffst das mit dem Honorar?«

»Ich hab noch mal mit dem Herrn Bürgermeister geredet, er will den fehlenden Betrag auftreiben. Wie ging's mit der Bühne?«

»Halbwegs. Die Geländer an den Aufgängen sind nicht fest genug, und ich finde die Bühne einfach zu klein, aber ich glaube, mehr ist nicht zu machen. Wenn wir Ebersbach dazu bringen, die Geländer anständig zu befestigen, müssen wir mit dem Rest wahrscheinlich einverstanden sein.«

»Auch mit himmelblauem Fliesendruck auf dem Bühnenboden.«

»Das wird Vito Knoll nicht zulassen.«

Noch eine Körperverletzung

Am Freitag darauf war ich abends im Café vollständig eingespannt. Es war knallvoll, der letzte Platz war besetzt. Konni zapfte, was das Zeug hielt. Ratte und ich rannten und brachten Getränke und Sandras duftende Kompositionen an die entsprechenden Tische. Wir merkten alle, dass wir am Rand unserer Kräfte angekommen waren.

Um elf Uhr abends sanken wir am Personaltisch nieder, die Außenbestuhlung war geordnet und gesichert, und als letzten Handgriff hatte Ratte das Schild *Geschlossen* von innen an die Tür gehängt.

»Leute, echt jetzt, ohne Verstärkung packen wir das nicht mehr.« Er band seine lange Schürze ab und ließ sich in den Korbsessel fallen.

Ratte hatte sich im vergangenen halben Jahr stark verändert. Aus dem fipsigen Mann mit huschendem Blick ohne einen Hauch von Selbstbewusstsein war ein lächelnder flinker Kellner geworden, der in genau dem richtigen Maß mit den Gästen flirtete, kumpelte oder auch vor ihnen stramm stand. Ich staunte immer wieder, was ein regelmäßiges Einkommen neben der Gewissheit, gebraucht zu werden, im Menschen bewirkt. Sein braunes Haarschwänzchen war frisch gewaschen und von einem schönen roten Bändchen zusammengehalten. Er war braun gebrannt und sein Nagetiergebiss, wie manche Leute es unfreundlich nennen, leuchtete weiß unter seinen blauen Augen.

Wir hatten leider noch nichts bewirkt, was seine fäkalorientierte Ausdrucksweise anging. Flüche in jeder Schattierung waren ein Teil seines Wortschatzes, und wenn etwas besonders schön war, drückte er seine Begeisterung mit *„Scheiße, Mann, ist das geil."* aus. Komischerweise störte das die Gäste nicht. Sie hielten ihn für ein Original und verteilten reichlich Trinkgeld, das Ratte anscheinend sparte, denn wir sahen ihn selten in was anderem als in den verordneten Jeans und T-Shirt ganz in Schwarz unter seiner Kellnerschürze.

»Kennt ihr jemanden?«, fragte Sandra. »Ich würde so ungern wen Fremdes einstellen.«

Wir nickten alle in tiefem Einverständnis. Ich sah auf die Uhr. Mario war mit Christian heute nach Hohenebersbach gefahren und hätte eigentlich längst zurück sein sollen.

Ratte hatte eine Idee. »Ich hab Joschi heute getroffen. Er hat übrigens 'ne neue Schnitte. Voll geiles Teil, singt und so, und Joschi also hat 'ne Schwester, die von ihrem Alten weg ist. Die könnte ich ja mal anhauen.«

»Sucht sie einen Job?«

»Na ja, Joschi sagt, er hat sie jetzt auf der Tasche. Muss wohl.« Ratte stand auf. »Ich spüle mal die Luft aus dem Glas. Noch wer was?«

Joschi war mit Ina unterwegs? Das konnte nur Ärger bedeuten. Joschi ist ein Hallodri, der ohne störende Hemmung nimmt, was ihm angeboten wird.

Noch etwas war mir aufgefallen – hatte ich mich geirrt, oder war da ein rosiger Schein auf Rattes Gesicht erschienen bei der Erwähnung der Schwester? Hatte er nicht schon mal von ihr geredet, vor noch gar nicht so langer Zeit? Ich sah, dass Sandra feixte, also hatte ich recht, Ratte hatte eine neue Flamme.

»Schaffst du das denn in der Küche oder brauchst du da auch Hilfe?«, fragte ich sie.

»Nein, aber nur, solange ich morgens vorkochen kann und Konni die Einkäufe macht. Ehrlich gesagt gehen wir alle ziemlich auf dem Zahnfleisch. Auf der anderen Seite ist fast September, und sobald die Außenbestuhlung wegfällt, ist das Ganze sowieso kein Problem mehr.«

Die Idee kam mir, als sie das Wort September aussprach. »Was haltet ihr davon, wenn wir den November über ganz schließen?«

Ratte setzte sich hin. »Einen ganzen Monat dicht? Und wo kommt die Kohle her?«

Ich sah Sandra an, Sandra sah mich an. Sie sprach es

aus. »Ratte, wir haben einen so guten Umsatz gemacht, dass ich denke, wir können dir einen Grundlohn auszahlen, was denkst du, Friederike?«

»Ich denke schon.«

»Aber kein Scheiß, lieber Freund, dass das nur klar ist. Urlaub heißt nicht, dass du die nächste Villa angehst. Verstanden?« Konni schoss blaue Blitze aus seinem grauen Gestrüpp.

Ratte nickte eingeschüchtert. »Würde ich nie machen, Alter. Großes Ehrenwort.« Gleich darauf leuchteten seine Augen wieder: »Soll ich denn Karo mal fragen?«

Sandra nickte. »Karo? Joschis Schwester? Von mir aus, – Friederike?«

»Ja, ich denke möglichst bald. Je schneller sie kommt, desto besser. Wenn die Touristen erst weg sind, brauchen wir niemand mehr zusätzlich. Aber erst mal nur bis zum Ende der Saison.«

Konni zwirbelte an seinen Bartfransen. »Hör mal, Ratte, was den November angeht – wir könnten wen bei der Clubhaus-Renovierung gebrauchen, es muss gestrichen werden und soll einen Anbau kriegen. Wärst du dabei?«

»Klar, Mann, wenn ich Zeit habe.«

In dem Moment klingelte mein Mobiltelefon. Mario. »Frieda, du musst uns abholen. Wir stehen vor dem Sperberhaier Dammhaus.« *Frieda* hieß, mach dir keine Sorgen.

»Was ist passiert?«

»Erzählen wir nachher. Kannst du gleich kommen?«

»Sicher. 10 Minuten. Seid ihr heil?«

„Mehr oder weniger."

»Bis gleich.« Ich zitterte trotz der *Frieda* so, dass ich die Abstelltaste auf meinem Mobiltelefon dreimal verfehlte.

Konni stand schon. »Ich komme mit. Ratte, du machst mit Sandra den Laden dicht. Los geht's.«

»Nein«, sagte Sandra, »kommt hierher zurück, wir müssen vielleicht Dinge in die Wege leiten.« Kluge, tatkräftige Sandra.

Wir rannten zu meinem Auto und schafften die Strecke in fünf Minuten.

Sie standen vor dem dunklen Haus, in dem nur im obersten Stockwerk zwei Fenster gelb erleuchtet waren. Beide Männer waren schmutzig, was an Christians weißem Aufzug besonders auffiel. Marios Nase hatte geblutet, und er hatte eine Platzwunde über dem Auge, im Übrigen sah er aber heil aus. Christian hatte ein zugeschwollenes Auge und hielt sich die rechte Rippenseite.

»Elegant seht ihr aus. Und wo ist euer Auto?«

Konni zwängte sich mit Mario auf den Rücksitz. »Geh du nach vorn, Christian, du siehst aus, als hättest du ein paar Rippenprellungen.«

Er war bleich und stöhnte leise, als er sich vorsichtig neben mir in den Sitz schob, und ließ Mario reden.

»Sie haben uns erwischt, als wir aus dem Schloss kamen und gerade ins Auto steigen wollten. Wir hatten sofort gesehen, dass die Windschutzscheibe kaputt war. Christian sagte: „Nichts wie weg hier“, aber da waren sie auch schon da. Zwei Leute mit Baseballschlägern. Wir versuchten wegzufahren, das Auto sprang aber nicht an. Wahrscheinlich haben sie es manipuliert oder das Benzin abgelassen.«

»Rede nicht so viel«, sagte ich, »Konni, halt ihm zur Not den Mund zu, wir müssen erst mal bei Licht sehen, ob wir sie nicht ins Krankenhaus fahren sollten.«

Dumpfe Protestlaute vom Sitz neben mir. »Fahr nach Hause, Friedchen«, flüsterte Christian, »ich will in deiner Nähe sein.«

Komischerweise beruhigte mich das. Wenn er Blödsinn reden konnte, ging es ihm nicht ganz schlecht.

Ratte und Konni zogen Christian mit vereinten Kräften aus dem Auto und halfen ihm auf unser orange-grün-beige-kariertes Sofa im Hinterzimmer. Ratte holte die Flasche, auf der *Für Notfälle* stand, und schenkte ein Wasserglas halb voll.

Sandra tastete ihn ab. »Da sind keine Brüche«, sagte sie. »Aber Prellungen, die sich sehen lassen können. Kuck mal.«

Sein ganzer Brustkorb war blaurot mit dick geschwollenen Striemen durchsetzt. Und da war das kleine Muttermal, an das ich mich so gut…

Sandra warf mir einen ihrer kurzen Blicke zu und schob Konni an meine Stelle. »Hier, Konni, wasch ihn sauber und reib ihn anschließend gut hiermit ein. Friederike, hilf mir mal eben bei Marios Platzwunde. Da, drück die Ränder zusammen, damit ich die Pflasterstreifen richtig fest kriege. Ratte, knöpf ihm das Hemd auf, ich will sehen, ob er auch Brustverletzungen hat.«

Zum Glück war nichts zu sehen. Auch ihm wurde ein Riesenschnaps in die Hand gedrückt, und als Christian mit seinem fertig war, hatte er seine Sprache wiedergefunden.

»Diese Dreckskerle, ich hätte wissen müssen, dass wir nicht ungeschoren wegkommen.« Er redete leicht verschwommen, denn sein Glas war leer und seine geschwollene Oberlippe tat ein Übriges.

»Habt ihr was gegessen? Ratte, komm, wir machen schnell ein paar Brote.«

Sandra verschwand mit ihm in der Küche, während ich das Verbandszeug wegräumte, das wir wohlweislich auf hohem Niveau der Vollständigkeit hielten, Wasserschüsseln ausgoss und die vollgebluteten Handtücher in die Waschmaschine stopfte.

Schließlich hatten wir uns gemeinsam installiert mit einem Stullenberg, einer vollen Literkaraffe mit Rotwein für uns und Bier für Ratte, der „dies saure Gesöff nur mit kräftig

Zucker" vertrug. Christian, halb aufgerichtet, und Mario neben ihm in der anderen Sofaecke kauten gemeinschaftlich, wir hatten unser Glas in der Hand und sahen sie erwartungsvoll an.

Langsam breitete sich eine zarte Röte in den Gesichtern der beiden aus, die aber auch mit dem Alkoholpegel zu tun haben konnte. Christian verschlang eine Stulle nach der anderen, während Mario begann zu berichten.

»Wir waren für 19.30 Uhr beim Freiherrn angemeldet. Christian hatte keinen Zweifel daran gelassen, dass wir mit ihm allein sprechen wollten.«

»Vielleicht war das ein Fehler.« Christian war schwer zu verstehen, weil sein Mund voller Mettwurstbrot war. »Schmeckt gut, habt ihr noch mehr?«

»Später«, sagte Sandra. »Wir wollen erst alles hören. Wer von euch redet jetzt?«

Mario deutete auf Christian. »Er hat alles abgemacht.«

»Okay.« Der Mund war inzwischen leer. »Ich habe von meinem Besuch im Donizetti-Club gesprochen, was ihn verlegen machte. Der Baron weiß von dem Laden und schämt sich. Ich glaube aber nicht, dass er regelmäßiges Mitglied ist. Er hätte anders reagiert. Dann habe ich ihm die Bilder auf meinem Smartphone gezeigt und den angehängten Brief. Da wurde er sehr sauer. Er entschuldigte sich und ging raus. Im Nebenzimmer hörten wir ihn ins Telefon schreien. Ob er mit seinem Bruder sprach, wissen wir nicht, nehmen es aber stark an. Er kam zurück und sagte, wir sollten das alles ignorieren, er würde sich drum kümmern.«

»Dann«, es hielt Mario nicht länger, »hat Christian ihm klargemacht, dass er damit nicht wegkommt, denn er, Christian, wäre ja sicher nicht der einzige Betroffene. Der Freiherr beruhigte sich etwas und bat ihn, erst mal stillzuhalten, er würde die Sache regeln. Und derlei würde natürlich sofort aufhören. Dann habe ich gefragt, ob er wüsste, dass sein Bruder mit Vito zusammen bei unserer Operninszenierung herummauschelt, da kriegte er einen Wutanfall. Sein Bruder wäre ein einziges Ärgernis, er würde ihm ja ständig wegen des Umbaus vom Schloss zu einem Hotelbetrieb in den Ohren liegen, aber damit wäre jetzt endgültig Schluss, er wüsste schon, was er jetzt tun müsste.«

In dem Zusammenhang fiel mir etwas ein. »Ist eigentlich je geklärt worden, wer auf Jochen bei der Jagd damals geschossen hat?«

Alle sahen Christian an. »Mario hat dran gedacht.«

»Ja, ich hab ihn danach gefragt. Der Freiherr ist fest davon überzeugt, dass sein Bruder sich irrt. Es wäre ein fehlgeleiteter Schuss gewesen.«

Sandra stand auf. »Vielleicht hat er selbst geschossen, um endlich den prolligen Verwandten loszuwerden. Ich mache die Karaffe noch mal voll, oder?« Allgemeines Nicken.

Mario zog sein Bein hoch. »Keine schlechte Idee. Wer will schon diese Art Bruder. Es war übrigens noch eine Sache merkwürdig.«

Wir hingen an seinen Lippen. »Hast du mitgekriegt, Christian, dass der Butler den Baron duzt?« Kopfschütteln. »Doch, aber vielleicht warst du abgelenkt. Als Bodo zurückkam von seinem Telefongespräch im Nebenzimmer, noch rot vor Ärger, stieß er fast mit Hubert – weiß eigentlich jemand seinen Nachnamen? – zusammen, der gerade mit Nachschub auf dem Tablett durch die andere Tür hereinkam. Und Hubert sagte zu Bodo: »Du solltest etwas leiser reden, wenn du nicht willst, dass man dich hört.« Sagte es in verhaltener Lautstärke, ich hab's aber deutlich gehört. Danach stand er stramm wie immer, redete kaum, und wenn, dann in dieser fast karikierenden Butlerdiktion. »Wie Herr Baron wünschen«, so in der Art, 3. Person Plural. Da stimmt irgendwas nicht.«

»Da stimmt eine ganze Menge nicht.« Christian rutschte in den Kissen, die wir hinter seinen Rücken gestopft hatten, etwas höher. »Ich hab mich mal ein bisschen erkundigt. Die Eltern von Bodo und Jochen von Ebersbach sind in den 60er Jahren in den Westen gekommen und haben auf einem kleinen Gut in Oberfranken gewohnt. Nach der Wende –«

»Wissen wir, hat er das Schloss zurückgekriegt.« Ratte wurde leicht ungeduldig.

»Ja, wisst ihr. Was aber selbst dir, du Nase, neu sein könnte, ist, dass Bodo rasant im Kunsthandel tätig war. Er war in den 80er Jahren einer der großen Vermittler von Kunstgegenständen, Gemälden, Skulpturen und Kirchenkunst. Es wird stark vermutet, ist also fast bewiesen, dass es sich dabei in der Hauptsache um Artefakte aus der DDR gehandelt hat.«

»Schalck-Golodkowski«, murmelte Sandra, während sie versonnen Konnis Nacken kraulte. Der hatte die Augen halb zu und war abgetreten, wobei unklar blieb, ob aus Müdigkeit, Langeweile oder schierer Wonne.

»Schalck wer?«, fragte Ratte.

»Schalck-Golodkowski, Leiter des Bereichs für kommerzielle Koordination, eine geheime Abteilung im Außenministerium der DDR.«

»Ach so, so'n Scheiß.« Ratte verlor das Interesse.

Konni wachte auf.

»Der Drecksack hat doch den Museen und Leuten, die das Regime nicht mochte, Antiquitäten abgepresst und in den Westen verscheuert, oder?«

»Ganz genau. Die Ebersbacher Zweigsippe in Oberfranken war mit dem bayrischen Ministerpräsidenten Franz Josef Strauß eng befreundet, und der –«

»hat mit Golodkowski zusammen den Milliardendeal zur Stützung der DDR-Zahlungsfähigkeit Anfang der 80er ausgehandelt.«

»Westdeutsche Banken, ich glaube, es war 1983, haben eine Milliarde hochgehustet, um das DDR-Regime zu stützen.« Mario schüttelte den Kopf. »Unfassbar. Aber so kommt natürlich die Verbindung vom Freiherrn mit Golodkowski zustande. Über den bayrischen Franz Josef.«

Das fand ich nun wieder unfassbar. In einer Schicht über der von uns Normalbürgern gibt es eine zweite, in der riesige Geschäfte laufen, die völlig frei von moralischen Erwägungen abgehandelt werden, weitgehend unbemerkt von uns da unten. Eine Art Club ist das da oben, sie lassen uns nicht in ihre Karten sehen, und wer mitspielen will, muss sich zuerst durch Ellbogen und absolute Moralabstinenz auszeichnen.

»Bodo von Ebersbach hat also geholfen, DDR-Kunst im Westen zu verscheuern«, sagte Sandra. »Es ist doch eher unwahrscheinlich, dass jemand in seiner Umgebung davon weiß, oder? Ich kann mir nicht vorstellen, dass seine Mitbürger mit Freude erfüllt wären. Das würde bedeuten –«

»dass sein Bruder ihn mit dem Wissen erpressen könnte, ganz genau.« Christian trank sein Glas aus.

Mir schwirrte der Kopf. »Und warum ist das Schloss dann nicht schon lange ein Hotel?«

»Weil Bodo zurückerpressen kann mit dem Donizetti-Club. Lass mich mit meiner Vergangenheit in Ruhe, dann kannst du in Frieden fremdvögeln.«

»Aber die Erpressung der Clubmitglieder ist anscheinend dann doch zu viel. Ihr habt ja gesagt, er wäre am Telefon sehr sauer gewesen, oder?« Ich kraulte versonnen Marios Füße, die auf meinem Schoß lagen, und hoffte, dass der Abend nie zu Ende ging. Der Liebste ist da, die Freunde sind da, man hat ein gemeinsames Thema, über das man sich erhitzen kann, der Wein fließt, es ist warm und schummrig – schöner geht's nicht.

Ratte kam auf das Wesentliche. »Jetzt kommt doch mal über diesen Schalckdings weg und sagt, wie ihr an die Beulen gekommen seid. Wie ging es denn weiter?«

»Baron Bodo fragte noch, ob wir was über den Holzdiebstahl rausgekriegt hätten, was wir leider verneinen mussten, dann dankte er uns abrupt, und wir waren eigentlich entlassen.«

»Wieso eigentlich?«

»Weil Christian sich in der Tür noch mal umgedreht und gefragt hat, ob er von der Geschichte mit dem Jungen auf dem Drahtseil gehört hat. Und seine Reaktion war – auch merkwürdig.«

»Inwiefern?«

»Er wurde mehr oder weniger zu Stein. Ja, aber diese Geschichten würden ja, wie man wüsste, wer weiß wie von der Presse aufgebauscht. Und er hätte damit nichts zu schaffen. Dann schwieg er einen Moment und sagte schließlich, wir sollten diese alten Sachen doch bitte ruhen lassen.«

»Unfreundlich.«

Christian löste ihn ab. »Unfreundlich – nein, mehr. Vielleicht eher: wehe, du belästigst mich mit diesem Thema. Drohend trifft es eher. Die Reaktion war auf jeden Fall nicht adäquat.« Und mit einem Blick zu Ratte, der den Mund schon offen hatte: »Unpassend. Passend wäre gewesen: ach ja, der arme Junge, und fertig.« Er schwieg einen Moment. »Da sitzt was, und ich kriege es raus. Ich hab mir zwei Wege überlegt. Zum einen herausfinden, ob nicht Hubert-der-Butler was von diesem skurrilen Selbstmord weiß. Wenn es zuträfe, dass das Schloss damit zu tun hat, erfahren wir von Bodo und Jochen gar nichts, vielleicht aber vom Personal. Zum anderen kenne ich wen bei der Quedlinburger Polizei. Vielleicht haben die noch Unterlagen über den Vorfall.«

Christian kennt überall wen. »Und wie kommt ihr an

Hubert-den-Butler dran?«

Ratte meldete sich, richtig mit der Hand in der Luft. »Karo«, sagte er. »Ich fahre mit Karo mal hin. Die kommt aus dem Kaff und kennt ihn vielleicht.«

Christian und Mario sahen sich an. Christian antwortete, nachdem wir ihn über Karos Identität aufgeklärt hatten: »Gute Idee, aber ich komme mit. Hat deine Karo eine eigene Maschine?«

»Sure, Alter, 'ne Honda wie ich.«

»Kann ich bei dir mitfahren?«

Das wollte Ratte nicht. Er hatte sich den Ausflug mit dem Objekt seines Interesses sehr schön ausgemalt, sah jetzt die vertraute Zweisamkeit gefährdet und sträubte sich nach Kräften. »Nee, echt, die Idee ist voll kacke. Wir machen das schon, Alter, vertrau mir.« Womit er genau das getroffen hatte, wozu Christian nicht bereit war.

Wir redeten zu fünft auf Ratte ein, der so keine Chance hatte und schließlich maulend nachgab. »Ja, okay, ich sag dir Bescheid. Wenn ich dich nicht erreiche, bist du aber draußen, klar?«

»Wie ging euer Besuch denn weiter? Das zerkleinerte Auto fehlt noch«, sagte Konni.

Mario stellte sein Glas hin. »Dann kamen wir unten bei unserem Wagen an und sahen die Bescherung. Windschutzscheibe im Eimer und auf einer Seite die Tür eingebeult. Weil es schon halb dunkel war, haben wir die beiden Gangster nicht gesehen, die auf der Lauer lagen. Sie droschen mit Baseballschlägern auf uns ein, hörten aber auf, als plötzlich der gesamte Schlossvorplatz hell erleuchtet wurde und Hubert-der-Butler in der Schlosstür stand. Er hat uns anschließend rein geholt und wollte auch erste Hilfe leisten. Sein Schwager aus Altenau, der gerade zu Gast war, war aber schon mitten im Aufbruch. Und weil der anbot, uns bis zum

Sperberhaier Dammhaus mitzunehmen, sind wir natürlich sofort mit ihm aufgebrochen. Wir durften euch dann von seinem Telefon aus anrufen, denn meins habe ich bei der Prügelei verloren, und Christian – deins ist im Auto, oder?«

Der nickte, dann sagte er: »Hör mal, Mario, hast du bei Hubert-dem-Butler irgendwas von Familie gesehen? Eine Frau oder gerahmte Fotos auf der Kommode?«

Mario schüttelte den Kopf. »Nein. Ich weiß schon, was du meinst. Wieso hat er einen Schwager, wenn von Schwester oder Ehefrau nichts zu sehen ist. Fandest du ihn verdächtig in irgendeiner Hinsicht?«

»Nein, nur die Anhangslosigkeit.«

Ich fand das albern. »Das musst du gerade sagen. Du hast nicht ein einziges Foto herumstehen.«

»Woher weißt du das? Rund um mein Bett hängen Farbfotovergrößerungen aller meiner Verwandten.«

Sandra lachte. »So siehst du aus.«

Konni sagte: »Wir haben einen Hänger, wenn ihr wollt, können wir morgen deinen Wagen holen.« Er dachte einen Moment nach. »Und bei der Gelegenheit vielleicht mit Hubert-dem-Butler sprechen.«

»Nee, hallo, das machen wir«, protestierte Ratte.

»Besser wir schicken die beiden vor. Ich werde mich völlig im Hintergrund halten, gezwungenermaßen mitgekommen, so in der Art. Wenn Karo aus dem Dorf kommt, hat Hubert-der-Butler vielleicht eher Vertrauen zu ihr und sagt was Interessantes. Was wir aber machen können, ist, bei der Gelegenheit jemanden mit *Angie 2010* auf dem linken Unterarm suchen. Es lebe die Tätowierung.« Christian war zu Kräften gekommen. Seine schwarzen Augen blitzten, er löste das Gummiband, das seinen stark ramponierten Pferdeschwanz am Platz hielt und zwirbelte die ganze Sache neu zusammen. »Ich habe auch schon eine Idee, wo wir suchen müssen. Friedchen, ist deine Bühne denn ganz in Ordnung?«

»Nein, die Handläufe sind viel zu locker.«

»Ruf Jochen von Ebersbach an und bedrohe ihn so gut du kannst mit Schadenersatzklagen oder was immer dir einfällt, jedenfalls soll er seine Leute schicken, den Kram festzumachen. Aber subito.«

Konni lachte. »Und du tauchst ganz zufällig bei den Reparaturarbeiten auf und betrachtest versonnen die anwesenden Unterarme.«

»Ganz genau.«

Konni nickte. »Wir sind dabei, was, Ratte?«

»Der nicht«, sagte Sandra. »Wir brauchen ihn hier im Café, und er ist noch auf Bewährung. Du hast genug Leute in deinem Club, die nichts gegen eine Prügelei haben, bitte. Und – Ratte, wär schön, wenn du uns deine Karo mal vorstellst.«

Der stand auf. »Mach ich. Ich glaube, ich haue jetzt ab. Macht's gut, Leute. Bis morgen.«

Christian lag inzwischen fast lang auf dem missfarbenen Sofa. »Kann ich nicht heute Nacht hier schlafen? Ich glaube, ich komme meine Treppe nicht mehr rauf.«

»Von mir aus. Sandra hat sicher auch nichts dagegen«, sagte ich.

Die war schon aufgestanden und holte eine Wolldecke. »Ich lege einen Schlüssel auf die Theke und schließe von außen ab. Lass ihn in den Briefkasten fallen, wenn du gehst, bevor wir morgen früh kommen.«

Mario zog an mir. »Komm jetzt, ich bin müde.«

Im Hinausgehen – warm und sicher in Marios Arm – drehte ich mich noch mal um. »Sollen wir Herrn Karl hierlassen, damit du dich nicht fürchtest?«

Seine Augen öffneten sich zu schwarzen Schlitzen. »Ich hatte gehofft, dass du hierbleibst, Friedchen. Wir könnten es so schön haben.«

Eine Umbesetzung

Es war Freitagmorgen vor dem Wochenende zwischen den ersten beiden Bühnenproben. Ich war allein mit Herrn Karl im Café. In der Ferne hörte ich den Lärm vom Herbstfest auf dem Schützenplatz.

Sandra hatte plötzlich eine Schwester im Schwäbischen offenbart. »Sie hat mich damals, als ich den Emmerich geheiratet habe, für verrückt erklärt und gesagt, sie könnte sich nicht vorstellen, länger als fünf Minuten mit ihm im gleichen Raum zu sein.«

»Ganz schön egoistisch, dich so allein zu lassen.«

»Ich fand sie auch nicht so prickelnd, sie lebte ja selbst in einer Art Scheinehe. Ihr Mann ist Landrat, wird überall eingeladen und repräsentiert vor sich hin, was sie wunderbar findet. Dabei betrügt er sie nach Strich und Faden. Und kann sie ganz offenbar auch nicht leiden.«

»Und warum geht sie nicht einfach weg?«

»Sie haben einen Sohn.«

»Es gibt kaum etwas Anpassungsfähigeres als Kinder. Es ist doch ein Märchen, dass man derart schwerwiegende Konflikte vor ihnen geheimhalten kann. Deshalb sind sich viele Experten einig, dass man seine Verantwortung wahrnehmen und ihnen zeigen sollte, dass man als Erwachsener durchaus in der Lage ist, seine Probleme zu lösen.« Sprach Friederike, die Kinderlose. Muss man denn eigene Kinder haben, um so was zu wissen?

»Du erhitzt dich, Friederike.«

»Ja, weil es mich ärgert. Eine falsche Idylle, in der die Luft so gespannt ist, dass es regelmäßig blitzt, schadet Kindern mit Sicherheit mehr als eine saubere, gut erklärte Trennung.«

»Ich denke ja auch, dass es Helga gar nicht um das Kind ging, sondern um den schönen Status ihres Mannes. Landratsgattin zu sein, genießt sie so sehr, dass ihr der Rest egal ist. Schließlich ist der Sohn lange aus dem Haus.«

»Ist sie älter als du?«

»Nein, etwas jünger.«

»Und da willst du jetzt hin.«

»Ja, ich hab lange drüber nachgedacht. Ich will versuchen, sie zu segnen.«

»Was?«

»Ich hab mal von einer Therapeutin gehört, dass man die Leute, die einem was angetan haben, segnen soll.«

»Ganz schön abgefahren.«

»Du musst ihnen was Schönes geben, dann fühlst du dich groß.«

»Sandra, du spinnst.«

»Nein, probier's mal, es funktioniert.«

Ich sah sie an. Hatte sie ihren Emmerich, der sie damals geprügelt, ausgenützt und und schließlich sogar beraubt hatte, auch gesegnet? In diesem knappen Jahr, das wir jetzt zusammen arbeiteten, war sie mir nie als Heilige vorgekommen, immer als die Pragmatische, Praktische. Vielleicht war also was dran.

»Es ist das Herbstfest-Wochenende, die Leute werden sich sowieso eher auf dem Clausthaler Schützenplatz herumtreiben, als zu uns zu kommen. Das Wetter soll ja schön bleiben. Und du hast Karo und Ratte zur Verstärkung. Vielleicht kann Mario sich um die Getränke kümmern, wenn's eng wird. Oder du fragst Christian. Übrigens denke ich, dass ihr beiden euer Verhältnis mal klären solltet.«

Oh, das Thema wollte ich unter keinen Umständen anschneiden. »Ja. Nein. Eventuell.«

»Er ist ein Schlitzohr, Friederike, aber es ist manchmal etwas anstrengend, euch zuzuhören. Für mich klingt es so, als ob irgendwas Unausgesprochenes zwischen euch ist, und ich bin ganz ausdrücklich der Meinung, dass ihr darüber reden solltet. Er leidet darunter, und glaub mir, dir würde es auch besser gehen.«

»Also, das ist doch wirklich Quatsch. Der leidet bestenfalls an seiner Arroganz und seinem Zynismus, weil er weiß, dass ihm irgendwann mal jemand dafür was auf's Maul gibt.«

Sandra schwieg einen Moment und sah mich an. Ich mochte ihr ruhiges Gesicht, das mit dem Wust von gekrausten aschblonden Haaren, die sie zu einem losen Knoten im Nacken zusammen schlang, an Porträts von klugen Frauen aus den 20er Jahren erinnerte. Sie hatte einen sehr geraden Blick. »Du weißt, dass ich recht habe.«

Ich fixierte ihren obersten Blusenknopf. »Ich mache das mit dem Wochenende, aber lass mich in Ruhe mit Christian. Ich hab einfach zu viel um die Ohren im Moment.«

»Vergiss es nicht. Nimm dir einen Zeitpunkt nach den Veranstaltungen vor und halte ihn ein. Versprich es.«

»Ja, in Ordnung. Aber Schluss jetzt damit. Mach dir keine Sorgen, ich schaffe das Wochenende, ich hab's ja früher auch schon gepackt.«

Zum Glück lachte sie wieder. »Ich weiß, Frieda«, jetzt fing sie auch noch damit an. »Du bist in vieler Hinsicht eine sehr starke Frau.«

Dann hatte sie gepackt und war wahrscheinlich jetzt im Moment auf dem Sozius an ihren Konni geklammert mit etwa 200 km/h über die Autobahn Richtung Freiburg unterwegs.

Mario war in der Uni und hatte sich anschließend mit

dem Glaser verabredet. Wir wollten von innen Zweitfenster vor die Spitzbogenfenster setzen, um sie dichter zu kriegen. Nun war die Frage, ob und wie man das kostengünstig regeln konnte. Über den Denkmalschutz mussten wir nicht nachdenken, denn der war schon erloschen, als mein malender Vorgänger Tanner-Mehlhaus vor gut 60 Jahren die Kapelle bewohnbar gemacht hatte.

Ich war mit den Vorbereitungen für den Tag fertig. Weil ich mit Sandras Kochkunst gar nicht erst in Konkurrenz treten wollte, hatte ich die alten Speisekarten auf den Tischen verteilt – Suppe und Salat des Tages, eine Gemüselasagne, Kuchen, fertig. Angesichts der Tatsache, dass die Sonne vom Himmel strahlte und Herbstfest war, würde sowieso kaum jemand kommen. Karo und Ratte waren auf dem Schützenplatz und hielten sich bereit. Wir hatten verabredet, dass ich sie im Bedarfsfall herrufen durfte.

Karo hatte uns gut gefallen. Was Ratte an ihr mochte, war uns spätestens aufgegangen, als wir merkten, dass sie etwas durchaus Mütterliches hatte. Ihre Papiere legten ihr Alter auf 45 fest, sie hatte eine Kodderschnauze wie Ratte, eine natürliche Sexualität, die sie bereitwillig zur Schau trug, zusätzlich aber eben auch das freundlich Gemütvolle, Sichere einer Mutterfigur. Der dünne Ratte schien sich zwischen ihren recht voluminösen Brüsten sehr wohl zu fühlen und verschwand dort, wann immer er die Gelegenheit dazu fand.

Karo kleidete sich schwarz, zeigte viel Busen und schminkte sich kräftig, sah jeden offen an und machte keinen Hehl daraus, wenn ihr jemand nicht gefiel. Angesichts ihrer Ausdrucksweise fragte ich mich manchmal, was die Gäste davon hielten. Auf der anderen Seite war sie nie mürrisch, sondern außerordentlich freundlich.

An ihrem zweiten Tag hatte ich gehört, wie sie zu einem Gast an Tisch 10 gesagt hatte: »Wenn dir die Suppe zu kalt ist, Alter, sag Bescheid, ist kein Problem, wir machen sie halt noch mal warm.« Dass das mit dem Alter und dem Du nicht ging, hatte ich ihr hinterher klargemacht, wobei ich erstaunlicherweise auf bereitwillige Einsicht stieß. Zum Glück hatte meine Kritik nichts an ihrer grundsätzlich freundlichen Einstellung den Gästen gegenüber verändert. Und alle Kinder liebten sie. Ich hatte ihr verbieten müssen, ein 12jähriges Mädchen zu ermuntern, zusammen mit ihr die „Wichser" am Langen Tisch zu bedienen. Als Erklärung lieferte sie: »Aber sie will auch gern Kellnerin werden.«

Herr Karl brummte vor sich hin. Er hatte ein neues Objekt der Begeisterung gefunden – es war ein Lederhut, den ein Gast vor zwei Wochen liegengelassen hatte. Ich weiß nicht, was er in dem Ding sah, aber er kaute ihn durch, dann schubste er ihn ein Stück durch den Raum, um sich anschließend mit einem hohen Satz drauf zu stürzen und von vorn anzufangen.

Ich hatte also Zeit und wollte gerade mit einer Einkaufsliste für Montag anfangen, als die Tür aufging und Kahlhut hereinkam. Die Ärmel seines pinkfarbenen Hemdes waren hochgekrempelt und enthüllten dünne haarlose Unterarme. Das Jackett des lindgrünen Anzugs trug er über der Schulter. Die Gestalt endete unten in orangefarbenen Schnürschuhen.

»Frau Friederike, wie reizend, Sie zu sehen. Und allein, wie praktisch, ich dachte, wir unterhalten uns ein bisschen.«

Oh je, da war irgendwas im Argen.

»Darf ich Ihnen was anbieten?«

»Ja, gern, einen kleinen Rotwein.« Morgens um 10 Uhr? Aber bitte.

Ich holte mir einen Milchkaffee und kehrte mit den Getränken an unseren Personaltisch zurück.

»Wie kommt es denn, dass Sie nicht an der Rollschuhrallye teilnehmen? Oder Preise verteilen?«

»Lassen Sie uns ernst bleiben. Glauben Sie, ich dürfte mir eine Zigarre genehmigen?«

»Von mir aus, so lange kein Gast da ist.«

»Wie laufen denn die Vorbereitungen für unser Opernprojekt?«

»Gut, wieso?«

Er paffte vor sich hin. »Tja, man hört so vieles.«

»Was denn? Hat sich jemand beschwert?«

»Lassen Sie uns ernsthaft reden. Sie wissen, dass Senfftleben ausgestiegen ist.«

»Ja, und wir sind zehntausend Euro ärmer. Ich hatte aber Herrn Schmidt-Lehmann so verstanden, dass ja dadurch, dass der spanische Tenor abgesagt hat, Geld freigeworden ist, denn der neue Max wird ja weit weniger an Gage bekommen.«

»Richtig, aber das ist nicht alles. Ehrlich gesagt wird mir das alles ein bisschen viel. Die Bauten, die Leute, die Finanzen, der Vorverkauf, die Kulissen, wir brauchten für die ganze Organisation eigentlich einen Hauptberufler.« Er wischte sich den Schweiß von der Stirn. Ich überlegte, ob seine hellbraune, sorgfältig geföhnte Haartolle mit Haarspray festgeklebt war, weil sie trotz der Hitze ihre Form behielt.

»Und jetzt weiß ich gar nicht, ob das mit dem Baron als Schirmherr wirklich eine gute Idee war. Wissen Sie, ich habe Roman Faust – der Glasladen, Sie wissen schon —«, das, was er *Glasladen* nannte, war eine sehr gut laufende große Firma für Industrieglas, »– eingeladen, er wird gleich kommen. Und ich dachte, der Schmidt- äh –«

»Lehmann, wie Sie genau wissen.«

»Richtig, den habe ich auch hergebeten.«

Ich kommentierte das nicht lange. Es war witzlos, auf Kahlhut loszugehen und ihn zu beschimpfen, dass er eine Konferenz einberuft, ohne mir vorher Bescheid zu sagen. Er würde überhaupt nicht begreifen, wovon ich rede.

Ich griff mein Telefon und rief Ratte an. »Tut mir leid, aber wenigstens einer von euch beiden muss herkommen. Ich sitze plötzlich in einer ziemlich wichtigen Besprechung.«

»Ich komme, Karo hat zwei alte Freundinnen getroffen, sie will lieber hierbleiben. Bis gleich.«

Roman Faust kam an unseren Tisch und hielt mir die Hand hin. Ein netter unaufgeregter Mann, dessen glatte rötlich blonde Haare über dem runden Gesicht mit spitzer Nase kurz geschnitten waren und in alle Richtungen standen. Sein Geld sah man ihm absolut nicht an.

»Roman«, sagte er.

Na gut. »Friederike.«

Er hielt sich nicht auf. »Wie ich Rudolph verstehe, haben wir mehrere Problemkreise, die Organisation, die Finanzen und das Erscheinungsbild.« Er lachte. »Also eigentlich alles.«

»Fangen wir doch mit den Finanzen an«, schlug ich vor. »Wieviel fehlt denn?«

Kahlhut zog eine Kostenaufstellung aus der Tasche. »Hier, Max war veranschlagt mit 15.000. Jonas Senfftleben wollte den Gonzales so gern mal hören.«

Klar, und sein Hörerlebnis als Spende von der Steuer absetzen. »Das ist doch lächerlich«, sagte ich. »Ina als Agathe – was geben Sie ihr? 10.000? Aber Ännchen nur 5.000? Wer hat das denn ausgehandelt?«

»Knoll und die *EC*, Thorsten Groß.«

»Das ist völlig unverständlich. Frau Kurz, die das Ännchen singt, hat einen hervorragenden Ruf, während von Frau Kelic ehrlich gesagt noch kein Mensch was gehört hat. Es müsste, wenn überhaupt, umgekehrt sein. Aber auch das ist Quatsch. Drei Vorstellungen und drei Proben – eine Woche Arbeit, da wären die Hauptrollen wirklich gut beraten mit 5-6.000 Euro plus freier Unterbringung.«

Die beiden saßen stumm und sahen mich ungläubig an. Kahlhut fasste es in Worte. »Sind Sie sicher?« Ich nickte. »Aber dann sind wir ja ganz schön über den Tisch gezogen worden.«

»Ja.«

»Hm. Was machen wir jetzt?«

»Ich nehme an, dass die Verträge unterschrieben sind, da kommen Sie nicht raus, aber die Gage vom Tenor ist ja frei geworden. Und wenn Sie jetzt dem Max 5.000 geben, freut der sich wie ein Schneekönig, und der Verlust ist ausgeglichen.«

»Nicht schlecht, Frau Wolkenreich.«

Auch Roman grinste. »Klasse, dann brauche ich nicht mehr Bares hochzuhusten.«

»Waren Sie denn bereit dazu?«

»Mir liegt an der Sache. Clausthal-Zellerfeld kann neben dem ganzen technischen Uni-Kram auch mal durch was Kulturelles glänzen. Und ich fände es besonders schön, wenn es eine lokale Gemeinschaftsleistung würde und nicht sowas von außen Hergebrachtes.«

»Die Organisation«, sagte Kahlhut, »liegt mir schwer im Magen.«

Bevor wir weiter darauf eingehen konnten, kam Wolfgang zur Tür herein. Er hatte ein Plakat in der Hand und mehrere Falten auf der Stirn. Bis er an unserem Tisch angekommen war, hatte er zwei Stühle umgeworfen. »Hier, kennen Sie das?« Er legte es auf den Tisch. »Zahlen wir die *EC* eigentlich eigens für die Vermarktung des Freischütz oder haben die einen festen Vertrag zur Vermarktung unserer Gemeinde und handeln im Rahmen dessen?«

»Das Zweite. Guten Tag, Herr Schmidt.« Kahlhut hatte vor der Bewältigung des Doppelnamens scheinbar die Segel gestrichen, was ich nicht begriff, denn er hatte ihn vor einiger Zeit sehr schön gegenüber unwilligen Komiteemitgliedern verteidigt.

»Dann können wir also nicht nörgeln?«

»Um was geht es denn?«

»Sehen Sie sich das doch mal an.«

Das Plakat war völlig unübersichtlich. Zwischen gelben und roten Bällen auf grünem Grund standen irgendwo Titel und Zeiten, die Schriften veränderten sich laufend und weiß Hervorgehobenes konkurrierte mit einem unerträglichen Türkis. Nach längerem Hinsehen taten einem die Augen weh, aber man erkannte eine Jahrmarktsschießbude.

Etwas so Unprofessionelles hatte ich noch nicht gesehen. »Der Grafiker muss blind sein, oder er war betrunken.«

»Das ist völlig inakzeptabel«, sagte Wolfgang. Sein Adamsapfel sprang auf und ab. »Und hier – kein Hinweis auf das Orchester oder den Chor. Wer verhandelt jetzt mit denen, denn das muss natürlich geändert werden?«

»Das werde ich schon tun.« Kahlhut rückte hin und her. »Ich habe noch eine schlechte Nachricht. Frau Kelic fällt erst mal aus. Sie sei stark erkältet. Wie ich verstanden habe, hat sie sich bei Ausflügen im scharfen Harzklima eine Grippe geholt.« Ja, auf dem Sozius hinter Joschi. Oder im Gebüsch unter Joschi.

Wolfgang lachte. »Ich weiß nicht, ob sie die Erkältung niedergeworfen hat. Ich habe von einem Bekannten gehört, der neben dem Solistenhaus wohnt, dass die Ehefrau von Vito Knoll angereist ist. Vielleicht ist das eher der Grund.«

»Frau Kelic hat mir erzählt, dass sie und Vito bald heiraten wollen.« Kahlhut wunderte sich.

»Der Mann ist verheiratet«, sagte Wolfgang, »und wie er und seine Angetraute auf dem Weg vom Auto bis zur Haustür turtelten – Uwes Worte – scheinbar auch nicht gerade unglücklich.«

»Großer Gott.«

Wolfgang war mit seiner Empörung noch nicht fertig. »Hast du denn schon die neueste Entwicklung gehört, Friederike? Knoll hat endlich auch begriffen, dass die Bühne zu klein ist und will den Chor nun zwischen Bühne und Orchester stellen.«

Mir schwoll der Hals. »Mit dem Rücken zum Publikum? Oder mit dem Rücken zum Bühnengeschehen? Verdammt, es sind Laien. Wie kann man sich so einen Mist ausdenken? Die Chorleute müssen klar und deutlich den Dirigenten sehen und mit den Solisten interagieren – wir reden doch nicht von einem griechischen Chor, der einfach nur rumsteht. Das kann er sich abschminken.«

»So etwa habe ich mich auch ausgedrückt. Das Problem will er mit Monitoren lösen.«

»Und das Geflimmer sieht dann auch das Publikum, oder wie? Läuft er jetzt Amok?« Ich stand auf. »Ich brauche einen Moment Bewegung. Möchte noch jemand außer mir einen Kaffee?«

Zum Glück kam Ratte herein, denn ich sah, dass draußen zwei Tische besetzt waren. Hoffentlich noch nicht so lange.

Während ich die Tassen und einen Keksteller aufs Tablett stellte, fasste ich einen Entschluss.

Als jeder eine Tasse vor sich hatte, sah ich Kahlhut an. »Ich glaube, es ist so weit.« Ich straffte mich und setzte sorgfältig Wort hinter Wort. »Die ganze Sache findet mit Herrn Knoll oder mit mir statt.«

Eine Sekunde lang betrachtete er mich schweigend durch seine hellblau blitzenden Brillengläser, bevor er den Mund aufmachte. »Dann malen wir mal ein Szenario, wie es ohne ihn weitergehen würde.«

Ich war sprachlos. Sie hatten schon drüber nachgedacht.

Der ganze Zweck dieses Treffens war, auszuloten, wie weit ich zu gehen bereit war.

Wolfgang fing an. »Friederike und ich könnten die Regie schaffen. Nein, nicht widersprechen, warte. Erstens hast du Erfahrung. Du hast biblische Opern in deinem Kaff da oben in Schweden inszeniert, oder nicht? Zweitens bist du mit dem Einstudieren der Chöre doch fertig. Was an Sicherheit fehlt, könnte ich übernehmen, wenn es dir zu viel wird. Wir sind doch schon bei den Bühnenproben, ich sitze am Klavier und kann jeden Einsatz geben.«

Alle drei sahen mich an. »Was? Wir reden ja nur theoretisch, oder? Ja, wie Wolfgang sagt, wäre es durchaus möglich, die Chöre loszulassen, sie machen ihre Sache gut.« Ich hustete, wischte mit der Hand über den Tisch, fand einen Kekskrümel im Mundwinkel, überlegte, wo Herr Karl wäre und machte erst, als ich merkte, was ich tat, mit den ganzen Übersprungshandlungen Schluss. Die bringen nie was. »Also –«

»Liebe Frau Wolkenreich, wenn es der Entscheidungsfindung dient – der Herr Knoll hat schon vor vier Tagen in meinem Büro mir gegenüber gesessen und hat genau Ihren Satz gesagt.«

»Welchen?«

»Entweder er oder Sie.«

»Aber dann werden wir ihn doch los, ohne vertragsbrüchig zu werden.« Roman Faust war begeistert. »Ich fand diese ganze Sch... – verzeihen Sie – mit Jahrmarkt und Kegelbahn Brechreiz erregend, wenn ich das so sagen darf. Können wir nicht einen Harzer Freischütz machen?«

»Mit Tannenzapfen und Fichtenrauschen.«

»Mit Musketen und Radschlosspistolen.«

»Mit historischen Kostümen und Sternschießscheibe.«

Plötzlich lachten alle außer Kahlhut. »Stellen Sie sich das

nicht so einfach vor, die Kostüme sind genäht, die Kulissen sind gemalt, und die Leute wollen ihr Geld. Da ist nichts über für Ihre folkloristischen Vorstellungen.«

»Wer ist denn an den Kulissen dran?«

»Heinzi Eggert.«

»Ruf ihn an«, sagte Roman Faust. »Frag, wie weit er ist. Es sind immerhin noch fast drei Wochen bis zu den Aufführungen.«

Heinzi Eggert, so erfuhren wir, hatte bisher nichts weiter unternommen, als die großen Platten zu grundieren. Seinem Bruder, ebenfalls Maler und Lackierer, war vor drei Wochen der Blinddarm entfernt worden, und er hatte für ihn einspringen müssen.

»Wie günstig«, das fand nun auch Kahlhut. »Ja, denken Sie denn, wir können mit so einem historischen Freischütz punkten?« Ich konnte mir vorstellen, dass es ihm genau darum ging.

Roman Faust verstand was von Opern. »Aber gerade. Jeder Regisseur, inzwischen leider weltweit, überlegt verzweifelt, wie er seine Oper verfremden kann, ob mit Aktentaschen, Kalaschnikoffs oder Taucherbrillen, da ist es geradezu revolutionär, das zu machen, was der Komponist in seine Partitur hineingeschrieben hat. Wir werden berühmt werden.«

Der letzte Satz zauberte – wie erwartet und wahrscheinlich auch wie beabsichtigt – einen rosigen Schimmer in Kahlhuts Gesicht. »Das heißt, ich soll Herrn Knoll anrufen und ihm sagen, ich hätte mich, was sein Ultimatum angehe, entschieden?«

»Ja.« Drei Leute gleichzeitig.

»Zum Glück habe ich einen Zeugen für seinen Satz, denn meine tüchtige Frau Seelhoff war gerade im Zimmer.« Er hatte ein bisschen Angst vor dem Gespräch.

»Bleiben die Kostüme«, sagte ich.

Wolfgang rieb sich das Kinn. »Ich könnte mir vorstellen, eine Lösung zu wissen. 60er Jahre sind im Moment der Knaller. Jeder inszeniert in die 60er hinein. Ich kenne ein paar GMDs, die sollen mal vorfühlen, ob uns nicht jemand die Kostüme abnimmt. Natürlich nicht für den vollen Preis. Aber wo kriegen wir unsere Dirndl her?«

»Trachten.« Ich war schon tief in Gedanken. Man würde sich erkundigen müssen, was die Leute im Böhmischen Wald damals am Leib hatten, alternativ das in Erfahrung bringen, was Weber in seiner Uraufführung auf der Bühne hatte. »Die Leute in Wildemann wollen nähen. Osteroder Tuche kann den Stoff liefern. Wenn wir uns beeilen, schaffen sie es noch. Ich kümmere mich drum. Übernimmst du die Verhandlungen mit der Hamburger Schneiderei, Wolfgang?«

»Ja, ich frage mal rum, ob irgendwer den Kram brauchen kann. Und dann rede ich mit Hamburg, ja. Etwas ungewöhnlich, aber warum nicht.«

Kahlhut raschelte mit seinen Papieren und war noch nicht zufrieden. »Wir brauchen Verantwortliche. Wir brauchen einen Mann, der dafür sorgt, dass Eintrittskarten und Wechselgeld da sind, –«

»*EC*.« Fast alle gleichzeitig.

»Funk und Presse werden auch von der *EC* verwaltet, oder?«

»Ja. Auch Internetauftritte.«

»Heinzi malt. Catering – ?«

»Fritze Breitmaul ist ganz scharf drauf. Geben Sie ihm den Schnittchenstand, dann organisiert er den Rest.«

»Einen hat er schon, den anderen musste ich nach Altenau geben. Ja, das kann ich machen, müsste funktionieren. Parkplätze und Beschilderung?«

Und so ging es weiter. Uns fiel für jedes Fach jemand ein.

Wir warteten nicht lange, sondern riefen die Leute gleich an, um eine Bestätigung oder Absage zu erhalten. Winni Müller übernahm gern die Chororganisation, ich glaube, er hatte immer noch Angst, dass sie mit Theo Köhler, dem Darmgeplagten, weitermachen mussten.

Wolfgang und ich verabredeten uns für eine Sitzung mit Winni und Feuerwehr-Müller, der sich zum Sprecher des Männerchores gemacht hatte, um eine endgültige Regie festzulegen. Jeder würde ein Freischütz-Libretto bekommen, an dem wir wie an einem Drehbuch entlang arbeiten wollten.

Ganz am Ende sagte Kahlhut: »Wir müssen auch noch über eine ordentliche Premierenfeier reden.«

Ehe ich es festhalten konnte, war es heraus. »Denken Sie an eine Art Donizetti-Club?«

Oh, hätte ich doch geschwiegen. Ein Blick wie ein geschleuderter Blitz funkelte mich stahlblau an. »Was wollen Sie damit sagen, Frau Wolkenreich?«

Also auch er. »Gar nichts, Herr Kahlhut. Sie haben sicher auch Post bekommen. Nur einmal?«

Er stand auf. »Ich habe keine Ahnung, wovon Sie reden. So, das wäre wohl alles, meine Herrschaften. Die Feinplanung hat ja noch ein paar Tage Zeit. Ich danke Ihnen für eine außerordentlich fruchtbringende Sitzung. Jeder weiß jetzt, was er – oder sie –«, mit einer ironischen Verbeugung in meine Richtung, »zu tun hat. Gehen wir ans Werk.« Weg war er.

Was hatte er eigentlich am Anfang gemeint, als er sagte, der Baron als Schirmherr wäre vielleicht keine so ganz und gar gute Idee? Ärgerlich, ich hatte vergessen, ihn zu fragen.

Roman Faust legte einen 50-Euro-Schein auf den Tisch. »Er hat wieder nicht gezahlt, was? Das tut er nie.«

Ich lachte und schob ihn zurück. »Danke, ist nett, aber dieser Schaden ist kleiner als der, den er sonst schon mal angerichtet hat.«

»Das müssen Sie mir gelegentlich erzählen. Und was war das mit dem Club? Also dann, Friederike, wenn Sie an irgendeiner Stelle Geld brauchen, rufen Sie mich ruhig an. Etwas ist noch übrig. Tschüß.« Er federte stark durch beim Gehen und hatte wirklich große Ähnlichkeit mit Tim von Tim und Struppi.

Mir schwirrte der Kopf. Ratte und ich erledigten das Mittagsgeschäft, das so lau verlief, dass ich überlegte, den Laden zu schließen. Wie üblich konnte ich mich dazu nicht durchringen, denn zuverlässige Öffnungszeiten sind ein wichtiger Faktor im Gastwirtsleben.

Mario kam gegen 14 Uhr und wollte alles wissen. Ich ließ Ratte allein und verzog mich mit meinem lieben Mann und zwei schönen großen Tellern voller Spaghetti an den Personaltisch.

Es sei gar nicht so schwierig, Fenster davor zu klemmen, ein Rechteck mit der Spitze der vorhandenen Fenster als Höhenmaß, aber öffnen könne sie man natürlich nicht.

»Wie weise, die Spitzbogenfenster kriegen wir auch nicht auf.«

»Habe ich ihm wörtlich gesagt. Er kratzte sich am Kopf, rechnete und rückte einen Preis heraus.« Erschwinglich.

»Und? Lieferzeit?«

»Einen Monat.«

»Zuschlagen, oder?«

»Frieda, sei geduldig, lass mich ein zweites Angebot einholen. Schmeckt herrlich, hast du das gekocht?«

Ich nickte und merkte, dass ich gedanklich wo ganz anders war.

»Erzähle.« Was ich dann tat.

»Also habt ihr, du und Wolfgang, letztlich jetzt die ganze Sache am Hals.«

»Ja.« Irgendwie musste ich grinsen. Seit der ersten Sitzung der Kauf-bei-uns-Truppe war mir klar gewesen, dass die ganze Freischütz-Geschichte so nicht funktionieren und schlimmstenfalls in einer Katastrophe enden würde. Ich glaube, ich grinste, weil ich recht behalten hatte.

»Du hast recht behalten, aber die Sache am Hals.«

»Ich hab die Sache am Hals, aber recht behalten.« Wir lachten beide und fingen unpassenderweise an zu schmusen, bis Ratte die Musik lauter stellte. »Hört schon auf jetzt, Leute, Kundschaft.«

Ein Mord

Christian hatte die Szene betreten, schick im kurzärmeligen weißen Hemd und weißen Hosen. Er nahm die Sonnenbrille ab, musterte mich mit seinem trägen Blick und sagte: »Ich störe wohl, Friedchen. Dir wachsen Rosen auf den Wangen, sehe ich, die – wie langweilig – dein eigener Mann blühen ließ.«

»Red keinen Blödsinn.« Mario schob ihm einen Sessel zurecht. »Setz dich und sag, was du möchtest.«

»Gern, Kaffee.« Er schob eine große Plastiktüte, die er in der rechten Hand getragen hatte, unter den Tisch, und schwieg, bis Ratte mit seiner Tasse heran war. Seine schmalen schwarzen Augen glitzerten.

»Danke. Ich war in Hohenebersbach.«

»Allein?«

»Ja, Ratte und Karo sind irgendwie nicht so weit gekommen.«

»Wir mussten hier rumschuften wie die Ackergäule.« Als ob Ratte Ackergäule kannte. Er setzte sich. »Flaute gerade.

Rede schon, Alter, hast du was rausgekriegt?«

»Ich wurde sehr nett von Hubert-dem-Butler zum Kaffee eingeladen.«

»Wie hast du das gemacht?«

»Ich habe mich noch mal herzlich für die Hilfe am Abend des Überfalls bedankt. Dann habe ich mich für das Geschirr interessiert, das auf dem Tisch stand. Echtes Meißen erfuhr ich. Dann das Silber, dann –«

»Wir haben's begriffen, Christian, komm zur Sache.« Mario grinste.

»Ihr wolltet es doch genau wissen. Jedenfalls kamen wir auf das Thema Kaffee und waren uns einig, dass deutsche Kaffeeröstereien –«

»Christian, es reicht.«

»Okay. Cyriak war sein Sohn.«

»Was?«

»Cyriak, der Junge mit dem griechischen Namen in Frauenkleidern mit dem Regenschirm auf dem Drahtseil war der Sohn von Hubert-dem-Butler. Der übrigens kein Butler ist, sondern ein – ich weiß auch nicht, was eigentlich – im Butleraufzug.«

»Das gibt's nicht.« Wir staunten.

»Er war erst nach und nach zu Einzelheiten bereit. Erst nachdem ich ihm von meiner Liebe zu griechischen Epen berichtet habe, und dass ich es eine Unverschämtheit finde, dass einige Literaturwissenschaftler Homer nicht mehr als den Status des bloßen Redakteurs des Gesamtwerks zubilligen.«

Ich verschluckte mich. »Du und griechische Epen? Wir hatten zwar zusammen sieben Jahre Lateinunterricht, von griechisch aber keine Spur.«

»Frieda, lass ihn reden.«

»Der Name hat mich schon stutzig gemacht. Wer nennt

seinen Sohn freiwillig Cyriak? Nur jemand, der sehr gläubig ist, also den heiligen Cyriak meint, oder aber griechische Namen schön findet. Dazu kam, dass in seinem Wohnzimmer sämtliche einschlägigen Attribute herumstehen – Büsten, zerlesene Bücher, Plakate von Ausstellungen, Literatursymposien – der ganze Mann ist ein einziger Altsprachler, er wirft lateinische Zitate um sich. Als ich ihn danach fragte, kam heraus, dass er Lateinlehrer war.«

»Und arbeitet als Butler.«

»Hausmeister.«

»Jacke wie Hose.«

Mario reichte unser Geplänkel. »Was ist denn jetzt mit dem Sohn?«

So weit war ich noch nicht. »Und warum hat er mit Unterrichten aufgehört?«

»Er kochte uns schließlich einen Kaffee und sagte, ich würde es ja doch herauskriegen, wenn ich nur genügend Energie investieren wollte. Es folgte ein Geständnis, eingeleitet durch das Zitat *Bibe si bibis.*«

Mario lachte. »Ein Saufkopp.«

Ratte gähnte und stand auf. »Scheiß-Latein. Draußen ist Kundschaft, Leute, bis gleich.«

Christian sah hinter ihm her.

»Meine Erinnerung erschöpft sich auch schnell, aber das habe ich noch zustande gebracht – *wenn du schon trinkst, dann richtig*. Der arme Kerl hat im Vollrausch einen Fahrradfahrer umgefahren, der darauf starb. Und Hubert hat die Sache nicht besser gemacht dadurch, dass er weitergefahren ist.«

»Hat er nichts mitgekriegt?«

»Er sagt, sowohl sein Wahrnehmungsvermögen wie auch anschließend seine Erinnerung waren durch den Genuss von flüssigen Rauschmitteln stark eingeschränkt. Er schien die

Ereignisse als die Erfüllung des Zitats *abyssus abyssum invocat* zu sehen.«

Was immer das bedeutet. Bevor jetzt noch mehr Zitate kamen, wollte ich die Geschichte mit dem Sohn wissen. »Und nun kommen wir zu Cyriak.«

»Ich will wissen, was das heißt«, sagte Mario. »Und du auch, Friederike, gib's zu.«

»*Ein Unglück kommt selten allein.* Er meint den Suff gefolgt vom Unfall mit der Scheidung als Abschluss.«

Das ging mir zu schnell. »Kannst du nicht mal so reden, dass man was begreift?«

»Will ich ja gern, wenn du mich lässt. Hubert-der Butler sollte von seinem Gymnasium an ein anderes versetzt werden, nachdem ihm Unfall und Fahrerflucht nachgewiesen worden waren, kündigte aber in tiefster Reue und wurde vom Freiherrn eingestellt. Er und der Freiherr kannten sich.«

Ratte war auf dem Weg zur Küche neben unserem Tisch stehen geblieben. »Woher?«

»Weiß ich noch nicht. Ich kann Karo mal fragen.«

»Ja, mach das. Jetzt kommt Cyriak. Nach dem Unfall ging also die Ehe in die Brüche, und seine Frau zog nach Göttingen.«

»Wir waren bei Cyriak.«

»Ja doch. Sohn Cyriak blieb bei ihm, war ein vielversprechender Oberschüler mit starkem Hang zu musischen Fächern und beging auf diese bizarre Weise Selbstmord, nachdem er in der Nacht davor nicht nach Hause gekommen war.«

»Abschiedsbrief?«

Christian kaute auf der Unterlippe. »Sehr kryptisch. Es stand wohl nur drauf *Ich will das so nicht.*«

»Seine Schrift?«

»Der Vater sagt ja.«

»Was meint er mit *das*? Das Leben? Das Wohnen im Schloss? Das Leben allein mit seinem Vater?« Mir ging das nicht in den Kopf. Wieso begeht jemand Selbstmord in Frauenkleidern? »Vielleicht war er schwul und traute sich nicht, sich seinem strengen Vater zu offenbaren.«

Für Ratte war die Sache klar. »Mann, Bullshit, es gibt inzwischen doch haufenweise Schwuchteln, die alle glücklich vor sich hin schwulen. Is doch nix mehr dabei. Mit dem Vornamen hätte ich mich allerdings auch erschossen.«

Mario kratzte sich am Kopf. »Ich verstehe nur nicht, wieso der Vater kein einziges Bild seiner Familie irgendwo hängen hat. Ich verstehe wohl, dass er die Ehefrau aus seinem Gedächtnis tilgt, mir will sich aber kein Grund erschließen, warum er kein Foto seines Sohnes aufgestellt hat.«

Wir schwiegen eine Weile, bis Christian sagte: »Übrigens habe ich noch was Interessantes gehört. Jochen soll den Verdienstorden des Landes Sachsen-Anhalt für seine Verdienste um die Kultur in der Region erhalten.«

»Gibt es keine geeigneteren Personen?« Es machte mich angesichts des Donizetti-Clubs und schlechter Arbeiten und Wer-weiß-was-sonst-noch sauer. »Wofür eigentlich?«

»Er hat das Theater aufgebaut.«

»Ich denke, Baron Bodo war dabei federführend?«

»Scheinbar nicht.«

Eine Frau in Kniebundhosen kam durch die Tür und bis auf zwei Schritte an unseren Tisch heran. »Ist hier Selbstbedienung oder kommt wer?«, worauf Ratte sein Gesicht in die Breite zog und losschoss. »Bin schon da, gnädige Frau«, was uns zum Prusten brachte, kaum war die Tür hinter ihnen zu.

Mir ließ das Thema keine Ruhe. »Ich halte nicht für ausgeschlossen, dass andere Ordensträger ihren danach zurückgeben werden. Wahrscheinlich hat ihn jemand vorgeschlagen, der eifriger Gesellschafter des Donizetti-Clubs ist.«

»Friedchen, du bist missgünstig. Gönn den Leuten doch ihre Auszeichnungen.« Christian hatte wieder Oberwasser. »Und noch eine Sache wird euch vom Stuhl reißen. Ich habe mir die Freiheit genommen, nach meinem Besuch bei Hubert-dem-Butler ein paar Schritte durch die Holzhandlung zu schlendern. Diesmal auch hinten durch den Schuppen mit dem Blockbandsägewerk. Und ich habe – wartet mal.«

»War wieder keiner da?«

»Richtig. Jochen ist Extremgolfer, hat Hubert erzählt. Er spielt im Golfclub Schloss Rabenfels, das ist nicht weit von Hohenebersbach. Er scheint sich meistens dort aufzuhalten.«

»Klientel für den Donitzetticlub.«

»Und wer steht im Holzhandel gerade?«

»Er hat einen Vorarbeiter, einen gewissen Wolter. Aber wartet mal, ich habe was –« Er bückte sich und suchte unter dem Tisch. Herr Karl fasste das als Aufforderung zum Spielen auf. »Nein, du Untier, geh weg, nein, ich will dich nicht küssen. Ab, weg da.« Christian tauchte wieder auf. Herr Karl kam sofort hinterher und stupste seine Nase so lange an Christians Oberschenkel, bis wir ihn wegzogen.

»Euer Hund ist sehr liebebedürftig, scheint mir. Warum muss er eigentlich zölibatär leben?«

»Herr Karl ist kastriert und jenseits aller Wünsche. Jetzt komm schon zu Potte«, sagte Mario.

»Hier.« Christian zog aus der großen Tüte eine Holzscheibe, offenbar das Ende eines Baumstammes, sauber abgesägt. Darauf war in neongelb eine Kombination aus Buchstaben und Zahlen gesprüht. »Das habe ich auf einem Haufen mit Holzabschnitten gefunden, der als Brennstoff neben einem Ofen aufgeschichtet war. Gesicht nach unten natürlich.«

Er legte sie auf den Tisch. »Das da ist die Markierung, die der Förster aufsprüht, um den fertigen Holzstapel einem bestimmten Käufer zuzuordnen. Hier ist das Kürzel HJS für

Holz-Jäger in Seesen, dies B für die Sorte B, also normale Waldqualität, und dies das Erstellungsdatum. Genau diese Buchstaben-Zahlen-Kombination stand auf jedem 18-Meter-Stamm, der vor einem Monat als ganzes Polter im Buntenbocker Forst hier oben bei uns plötzlich verschwunden war.«

Ich staunte, wie weit Christian sich in die Materie einarbeitete, mit der er gerade beschäftigt war. Und das bei wechselnden Fällen – ich hätte keine Lust dazu, immer wieder in anderen Löchern zu bohren.

»Wahnsinn, Alter«, sagte Ratte, den die Neugier kurz zurück an unseren Tisch gespült hatte. »Der Verdienstordensträger klaut Holz in großem Stil.«

»Das ist nicht gesagt. Es kann doch sein, dass er gar nichts davon weiß, und jemand in seinem Betrieb dahinter steckt.«

Es kamen Gäste und Ratte zog murmelnd ab. Wir verstanden noch so viel, dass wir Idioten wären, wenn wir das glaubten.

»Also hatten wir mit dem grünen Nachläufer Recht, Friederike.« Ich nickte. »Ja. Der gesamte Holzklau läuft über die Hohenebersbacher Holzhandlung.«

»Wissen wir nicht. Es sieht nur ganz danach aus, dass dieser Stamm in Hohenebersbach klein gesägt worden ist. Zumindest, sagen wir, neutralisiert wurde. Vielleicht weiß Jochen nichts davon.«

»Also wird das Holz dort verarbeitet, bevor es an den endgültigen Empfänger geht.«

»Scheint so. Zumindest unkenntlich gemacht.«

»Aber das ist ja auch schon eine kriminelle Handlung.«

»Sicher.«

»Hast du Unterarme gesehen?«

»Nein. Unser Trick mit den Handläufen hat ja auch

nicht funktioniert, oder?«

»Es war noch keiner da.«

Dann berichtete ich von den neuesten Erkenntnissen.

»Ja«, sagte Christian. »Kahlhut hat mich schon angerufen. Wieso ich euch erzählt hätte, dass er vom Donizetti-Club erpresst worden wäre.«

»Er muss vor dem Griff nach dem Telefon kaum einen Fuß durch unsere Tür gesetzt haben«, sagte ich.

»Ja, er war sehr aufgebracht und ließ sich kaum beruhigen. Erst als ich sagte, dass es mich auch erwischt hätte, kam er wieder runter.«

»Hat er gezahlt?«

»Ich glaube, ja.«

»Und du? Willst du zahlen?«

»Ich denke nicht dran. Ich möchte aber gern noch mal eingeladen werden.« Dazu sagte ich gar nichts. »Wir müssen schließlich die Dame mit der Rose finden.« Selbstverständlich gab es keinen anderen Grund.

Genau in dem Moment klingelte sein Telefon.

»Na«, sagte er, nachdem er einen Moment zugehört hatte, »das vereinfacht die Sache, oder? – Ja, Friederike hat das schon erzählt. Weiß man Näheres? – Ja, ich rufe ihn an. Na, gut, dass du dir schon einen Ersatz gesichert hast. – Okay. Over.«

OVER. Er ließ wirklich nichts aus. »Was habe ich schon erzählt?«

»Dass du die Regie bei eurem Laienspiel in die Hand nehmen wirst.«

»Du bist wirklich der –«

Mario hatte mitgekriegt, dass etwas passiert war. Er hob die Hand. »Erzähl schon und lass Frieda in Ruhe.«

Christian stand auf und streckte sich. »Knoll ist tot. Euer Regisseur wurde erstochen.«

Das verschlug uns die Sprache. Wenn Leute sterben, die man nicht kennt, ist das möglicherweise traurig, aber Vito kannte ich persönlich. Er hatte ein Gesicht, eine Sprache, ich hatte mich mit ihm gestritten, ihn hin und herlaufen sehen – es war nur schwer vorstellbar, dass es ihn nicht mehr gab.

»Weiß man denn schon, wer und wie?« Wir sahen ihn alle erwartungsvoll an.

»Angeblich nein. Leute, ich muss los – paar Leute anrufen und so.« Er hatte es plötzlich sehr eilig.

Mario hielt ihn fest. »Wer erzählt jetzt dem Baron, dass der Holzdiebstahl über den Laden seines Bruders läuft?«

»Warte bis morgen, ich melde mich. Ciao.«

Er war kaum zur Tür heraus, als mein Telefon klingelte. »Ingo Mittenwald. Frau Wolkenreich, wir sitzen in der Tinte und hoffen, dass Sie uns helfen können.«

Den Namen kannte ich. Mittenwald war bekannt dafür, dass er Oratorien nicht zu schnell und selbst barocke gern romantisch interpretierte. Ich hatte noch nicht mit ihm gesungen aber viel gehört, meistens Gutes. »Um was geht es denn?«

»Übermorgen haben wir den *Messias* aber keinen Sopran. Können Sie einspringen?«

»Samstag?«

»Sonntag 20 Uhr, Generalprobe 14 Uhr in der Garnisonskirche auf der Festung Königstein.« Irgendwo an der Elbe, oder?

»Wenn Sie hinterher nicht mehr zurückfahren wollen –«

»Sicher nicht.«

»Übernachtung im Hotel „Elbbastei“ am Fuß des Berges.«

»Gage?« In Ordnung. »Ich muss das mit einer Vertretung klären, in spätestens zehn Minuten rufe ich Sie zurück.«

Ratte und Karo waren bereit, Mario versprach einzuspringen, und zur Not konnte man Robbie reaktivieren, der schon in den letzten Semesterferien gern bei uns gejobbt hatte. Ich sagte zu.

* * *

Den Samstag verbrachte ich in einem Rausch aus Besprechungen und Entscheidungen, der alle Gedanken an Ereignisse außerhalb des Opernprojektes überlagerte. Wir mussten alles vom Café aus machen, weil ich Ratte und Karo nicht allein lassen wollte. Was Vito Knolls Tod anging, schwirrten natürlich Gerüchte und Vermutungen durch die Luft, wo sich auch nur zwei Chormitglieder trafen. Alle hatten von seinem Tod gehört, aber weil keine Einzelheiten bekannt wurden, der Anschlag auch nicht hier in Clausthal-Zellerfeld stattgefunden hatte, hielt sich keine Interpretation der Ereignisse lange.

Im Chorvorstand hatte man geforscht und eine nachvollziehbare Böhmer Tracht gefunden. Wildemanns Behindertenwerkstätten wurden in Alarmbereitschaft versetzt, und Heinzi Eggert bekam den Auftrag, seine grundierten Platten mit Festwiesen-, Wald- und bäuerlichen Wohnzimmermotiven zu bemalen. Dann setzten wir uns zusammen und gingen unser „Drehbuch“ durch. Winni Müller versprach, mit dem Chor alles zu üben, was außerhalb von Herumstehen und Singen stattfinden sollte, seine Frau Lissi übernahm die Verhandlungen mit der Osteroder Tuchfabrik, weil sie eine Schwester in der Verwaltung hatte, und der Kassenwart, der sich bereit erklärt hatte, als Requisiteur zu agieren, erstellte eine Liste der notwendigen Utensilien. Er kannte jemanden in der Fundusverwaltung des Braunschweiger Staatstheaters und war sehr optimistisch, dass man uns mit dem Meisten helfen würde. Auf eigenes Risiko veranlasste ich den

Dorftischler, die Bühne zu beiden Seiten um je zwei Meter zu verlängern; dazu sollte er notfalls das Material von der Dachplattform benutzen.

Ich erkenne ihn wieder

Die Festung liegt auf einer Art Basalt-Gugelhupf sehr eindrucksvoll hoch über der Elbe. Es gelang mir mit einer speziellen Erlaubnis, sogar hochfahren zu dürfen, vorbei an wirklich Unmengen von staunenden, teils neidischen Wanderern. Mit dem Kleidersack über der Schulter hätte ich den Weg nicht so gern angetreten.

Ich war eine Viertelstunde zu früh dort, stand in der verhältnismäßig kleinen Garnisonskirche und fragte mich, wie der Mittenwald angesichts dieser Enge hinter dem Orchester den Chor aufbauen wollte. Die Musiker saßen schon und probten nicht besonders leise vor sich hin. Ich legte meinen Kleidersack über die Lehne der zweiten Bankreihe und setzte mich.

Kurz darauf kam schwatzend der Chor herein und dahinter der Dirigent mit den anderen Solisten. Ich traute meinen Augen nicht. Graue Locken über dem jugendlichen Gesicht – das hatte ich vor nicht allzu langer Zeit auf einem Foto gesehen. Auch wenn die Haare damals noch etwas dunkler gewesen waren – Mittenwald war der Dirigent der *Zauberflöte 2009* im Provinztheater Hohenebersbach.

Die Probe verlief gut, auch wenn unser musikalischer Leiter unerklärlicherweise darauf bestand, die vier Solisten rechts und links von sich aufzustellen. Ich kam so neben dem Tenor-Kollegen zu stehen, einem sehr netten, etwas beleibten Tschechen, der verdientermaßen auswendig sang, diesen Vorzug aber wettmachte durch einen schauerlichen Akzent und seine Angewohnheit, jeden Einsatz, und davon gab es viele, mit einem ruckartigen Ausbreiten beider Arme zu begleiten. Auf Grund der unglaublichen Enge im Altarbereich konnte ich zu keiner Seite ausweichen, und so knallte er mir jedes Mal den flachen Handrücken vor den Bauch. Ich zählte mit und hielt beim neunten Mal seine Hand fest. Zu seiner Ehre sei gesagt, dass er grinsend weitersang und die kommenden Male passgenau einen Zentimeter vor meinem Bauch anhielt.

Gegen 6 Uhr machten wir eine Pause. Der Chor hatte Brote geschmiert und Kaffee bereitgestellt. Ingo Mittenwald sprach mich an und bedankte sich, dass ich eingesprungen war.

»Es ist ja immer blöd, nicht als Erste gefragt zu werden, aber der Königsteiner Kammerchor hat eine Dauersolistin, die Mutter von einem Chorvorstand, die grundsätzlich die Sopranpartien singt. Sie ist sozusagen am Chor festgewachsen. Dieses Mal hat sie abgesagt, weil die älteste Tochter vor zwei Tagen eine kleine Tochter zur Welt gebracht hat.«

»Eigentlich erstaunlich, dass der Nachwuchs vorgeht.«

»Hat mich auch gewundert.« Er lachte. »Kennen wir uns von früheren Gelegenheiten?«

»Nein, wir haben noch keine Vorstellung zusammen gehabt. Aber ich kenne Ihr Gesicht von einem Foto.«

»Oh?«

»Ja, Sie haben 2009 die Zauberflöte in Hohenebersbach dirigiert, jedenfalls stand das unter dem Foto.«

Er betrachtete seine schwarzen Lackschuhe. »Hohenebersbach – 2009 sagen Sie?« Ich würde wetten, dass er sich erinnerte.

»Ja.«

»Hm. Ist das ein kleines Renaissancetheater in der Nähe von Quedlinburg?«

»Ja. Und ich würde so gern ein paar Sachen dazu fragen.«

Der Blick wanderte langsam nach oben. »Ich erinnere mich. Ich bin damals auch eingesprungen für einen Hamburger Kollegen, der abgesagt hatte. Ich weiß noch, dass mir der Grund damals etwas merkwürdig vorkam, aber ich war schwer begeistert, weil gerade ein anderes Engagement schiefzugehen drohte. Offen gestanden interessierte mich der Grund überhaupt nicht, Hauptsache, der Mann tauchte nicht auf. Was wollen Sie denn wissen?«

In dem Moment kam eine Chordame auf mich zu und erzählte wortreich, dass sie jetzt auch Gesangstunden nähme, um selbst bald Solopartien singen zu können. Ich äußerte Höfliches und ärgerte mich, weil Mittenwald in der Menge verschwand. »Sie müssen eine sehr gläubige Frau sein, so überzeugend, wie Sie die Arie *Ich weiß, dass mein Erlöser lebt* singen.« Ich wollte sie nicht desillusionieren und erklären, dass wir, genau wie die Schauspieler, Interpreten sind, keine missionarischen Überzeugungstäter. Der Darsteller von Mephisto kann ein sehr netter Familienvater sein.

»Übernachtet der Dirigent heute auch in der *Elbbastei*?«, fragte ich sie.

»Ja, ein schönes Hotel, es gehört meinem Onkel, wissen Sie.« Ich schüttelte sie ab und suchte mir eine stille Ecke.

»Tut mir leid, dass ich dich verprügele.« Der Tenor stand vor mir. »Zdenek Svoboda. Du singst schön.«

»Du auch. Friederike Wolkenreich. Ja, ich hatte schon überlegt zurückzuschlagen.« Wir lachten und unterhielten uns über unsere verschiedenen Erfahrungen im Konzertbetrieb. Dann kam die Altistin dazu, eine sehr resolute Bulgarin, die akzentfrei Deutsch sprach, und schließlich stieß auch der Herr Bass zu uns mit einem Wasserglas voller Weißwein in der Hand.

»Ich singe am besten unter Sprit.« Er sprach mit kräftiger Brustresonanz. »Wenn man bloß nicht ständig pinkeln müsste.« Dann lachte er, dass es durch den Saal dröhnte. »Soll ich jemandem ein Glas holen?«

Zu der Aufführung ist nichts zu sagen, nur dass ich so selig war wie immer bei den ersten Takten. Es geht halt nichts übers Singen.

Die Nachfeier fand praktischerweise in der *Elbbastei* statt. Altistin und Tenor waren abgereist, und je weiter der Abend vorrückte, desto lauter wurde mein basssingender Kollege. Schließlich verzog er sich erstaunlich leichtfüßig mit einer erotisierten Chorsängerin aus dem Alt.

Mittenwald und ich standen uns gegenüber. »Na«, sagte er, »noch einen Absacker?«

»Danke, eigentlich habe ich genug.«

»Ach was, der Abend ist noch jung.«

»Ich muss morgen früh aufstehen, ich habe Bühnenprobe für eine Freilichtaufführung *Freischütz*.« Darüber wollte er alles hören, und es gab ja auch reichlich zu erzählen. Über die Knollsche Regieidee lachte er sich schlapp. »Was meinst du, wie lange wir schon darauf warten, dass sich die Richtung ändert. Schön, dass ihr euch traut.«

Dann gab ich mir einen Ruck und fragte: »Wie war das denn damals mit der *Zauberflöte*. Du erinnerst dich an die Inszenierung?«

»Ja.« Plötzlich war er etwas einsilbig.

»War irgendwas nicht in Ordnung?«

»Tja, wie soll ich das sagen. Nein, alles wunderbar.«

Vielleicht konnte ich etwas nachhelfen. »Gab es damals eigentlich schon den Donizetti-Club?«

Ein sehr schneller Blick zu mir. »Wie kommst du darauf?«

Ich entschloss mich zur Schockmethode. »Bist du auch erpresst worden?«

Ein entsetztes Gesicht. »Um Himmels willen, nein. Wieso? Ist jemand erpresst worden?«

»Warst du eingeladen?«

Er überlegte einen Moment und grinste dann schief. »Du scheinst eine Menge darüber zu wissen. Also erst mal vorweg: Ich habe keinerlei sündhafte Handlung vollzogen, das musst du mir glauben. Das Ganze war so anstößig – ich begreife nicht, wie Leute sich auf so was einlassen können.« Er hatte ein wunderschön altmodisches Vokabular – *sündhaft* und *anstößig* hatte ich lange nicht gehört.

»Erzähl doch mal, wie es war.«

»Warum interessiert dich das so?«

»Weil wir mit dem Hohenebersbacher Landadel direkt zu tun haben. Der Freiherr wird unser Schirmherr sein, und ein Bekannter von mir hat eine Einladung zum Clubtreffen bekommen.«

»Er soll da bloß nicht auftauchen. Es ist nichts weiter als ein Bordellbetrieb.«

»Und wie läuft das?«

Er sah mich leicht misstrauisch an. »Wie das eben so läuft – Mädchen und Jungen mit viel nackter Haut – fast nur nackter Haut – servieren überteuerte Getränke und führen bereitwillig sexuelle Handlungen aus. Zumindest hofft man, dass es freiwillig stattfindet.«

»Hast du das Gegenteil beobachtet?«

»N-ein. Allerdings gefiel mir die ganze Atmosphäre nicht. Es war kein fröhliches Bäumchen-wechsel-dich-Gerammele, es war staubig, streng, altherren-, altbacken-, spießig, auf unangenehme Weise heimlich, fast verboten – ich weiß gar nicht, wie ich es beschreiben soll. Aber ich war ja auch nicht lange dort.«

»Und du hast nicht mitgemacht?«

»Nein, aber das war gar nicht so einfach. Die Einladung schien eine Art Ehre darzustellen und wurde mit viel Augenzwinkern und Flüstern vorgebracht. Ich habe mir nichts dabei gedacht und bin mitgegangen.«

»Fand es auf dem Schloss statt?«

»Nein, es war eine große Gründerzeitvilla kurz hinter dem Ort.« Jochens Haus.

»Das Haus von Jochen von Ebersbach?«

»Ich glaube, so hieß der.«

»Und wie ist es dir gelungen zu entkommen?«

Er lachte. »Ich habe Schauspielerblut, meine Mutter war lange am Volkstheater München engagiert. Ich habe auf eine angeborene Herzschwäche verwiesen, verstehst du, und die Unverträglichkeit von Alkohol mit den Medikamenten. Dass das Ganze ohne Suff keinen Spaß macht, das begriffen alle, die um mich herumstanden, als ich nach einem Bier malerisch auf ein Sofa gesunken war. Damit war ich auch für die restlichen Abende uninteressant geworden. Sie ließen mich in Ruhe.«

»Du hast Glück gehabt. Es gibt jemanden in der Truppe, der die sexuellen Handlungen zugereister Gäste, die nicht regelmäßig an Clubtreffen teilnehmen würden, fotografiert und anschließend sehr scharfe Abzüge zusammen mit präzisen Zahlungsaufforderungen verschickt.«

»Wie ekelhaft. Wie gesagt – mir war das Ganze unheimlich. Zwei Jahre später suchten sie einen Dirigenten für *Cosi fan tutte*, aber ich habe dankend abgelehnt.«

»Was meinst du mit der ganzen Atmosphäre?«

»Es war eine einzige Kungelei. Unter anderem wurde ich gefragt, ob ich mit meiner Gage offiziell etwas heruntergehen könnte, wenn man die Hälfte unter dem Tisch bezahlen würde.«

»Schwarzgeld.« Ich dachte sofort an den Ertrag aus Erpressungen.

»Ja. Ich lehnte ab und hatte schon einen Minuspunkt.«

»Wer hat mit dir verhandelt?«

»Das war alles der Bruder vom Baron, Jochen, glaube ich.« Er schüttelte sich leicht. »Weißt du, ich hatte den Eindruck, dass es an keiner Stelle wirklich um die Aufführung von schöner Musik ging. Die Interessenlage war völlig anders. Im Zentrum stand das Einsammeln von öffentlichen Geldern, die man, so gut es ging, unter sich verteilte.«

»Und sich nach Kräften amüsiert. War der Baron beteiligt?«

»Das kann ich mir nicht vorstellen. Ich habe ihn nur bei der Premiere gesehen. Hinterher verschwand er mit seiner Frau.«

»Denkst du, der Donizetti-Club existierte schon vor 2009?«

»Ja, ganz klar. Die Leute waren völlig eingespielt. Es gab keine Form von vorsichtigem Ausprobieren oder Sorge, entdeckt zu werden. Die ganze Sache ist ja auch legal, denke ich. Läuft so was nicht unter Privatclub?«

»Ja, wenn alle volljährig sind und niemand erpresst wird.«

»Ja.« Er versank in Schweigen. »Was für eine bodenlose Schweinerei.«

Dabei blieb es. Ich schlief sechs Stunden und machte anschließend, dass ich nach Hause kam.

Ist das etwa Folter?

Die ganze Woche ackerten wir mit allen verfügbaren Kräften und waren Freitag so weit gekommen, dass die Chöre auf der Bühne wussten, was sie wann tun sollten. An einigen Stellen fehlte es noch an der richtigen Einstellung. So war noch nicht allen klar, dass sich bei einer Opernaufführung die Schauspielerei dem guten Gesang unterzuordnen hat. Einige Chormitglieder übertrieben Gestik und Mimik ins Groteske, während andere uninteressiert herumstanden, als ob sie vorm Fahrkartenschalter warteten. Alles in allem aber waren Wolfgang und ich zufrieden, ganz besonders mit dem ersten Akt, wo der arme Max von seinen Kumpels (= Chor) gewaltig ausgelacht wird.

Wildemann hatte als Ganzes mobilgemacht. In wenigstens jedem zweiten Haushalt stichelte jemand an der Ausstattung der Chorsänger herum. Die Solistenkostüme waren schon fertig und passten, Plakate hingen im gesamten Harz, Ehrengäste waren geladen und hatten zugesagt, ein Parkplatz war eingerichtet, ein Shuttleservice für die Fußkranken organisiert, das Fernsehen wollte zur Generalprobe kommen, der Kartenvorverkauf lief über alle Erwartungen hinweg hervorragend und der finale Lack trocknete auf den Kulissen, die Heinzi Eggers wirklich ganz wunderbar gemalt hatte. Wir hatten ausgemacht, dass alle Helfer als Dankeschön gratis die Generalprobe besuchen duften, was aber gar nicht unbedingt nötig war, denn die Motivationslage sämtlicher Beteiligter war durchweg hoch.

Blieb zu hoffen, dass das Wetter hielt. Es war ungewöhnlich warm für September. Nachts fiel das Thermometer zwar schon auf 5 Grad, tags aber schwitzte man in der Sonne fast wie im Hochsommer. Die ersten Gäste sollten dieses Wochenende eintreffen, denn Hubsi Kuhte vom Reisebüro hatte mit seinem Pauschalangebot von *„7 Tage Harz inkl. Premiere des Freischütz"* eine erstaunliche Resonanz gefunden.

Vito Knolls Ableben war endlich auch Gegenstand eines Artikels im *Goslarschen Anzeiger* geworden. Man hatte ihn auf einem Parkplatz in der Nähe von Hohenebersbach erstochen aufgefunden. Seine Ehefrau sei anfangs wegen der Affären ihres Mannes stark in Verdacht geraten – das wurde natürlich anders formuliert –, hatte aber nach Beibringung eines Aufenthaltsnachweises zur vermutlichen Tatzeit auf freien Fuß gesetzt werden müssen. Mit Ausnahme von einem Nachbarn des Solistenhauses hatte sie nie jemand in Clausthal gesehen.

Wir hatten noch eine gute Woche. Aus Hohenebersbach war nichts Neues an unsere Ohren gedrungen. Christian, unser Verbindungsmann in die dortige Szene, war selten zu sehen, und wenn, dann nur aus der Ferne. Wir waren gespannt auf den Bau der beiden großen Zuschauertribünen – unsere Erwartung war allerdings nicht besonders hoch nach der Erfahrung mit der miserablen Bühne, deren himmelblauen Badezimmerfußboden wir auf eigene Kosten mit kurzgeschorenem Kunstrasen bedeckt hatten.

Karo kam mit einer Idee. »Ich finde, vor allem du, Friederike, aber wir auch, haben eine Verschnaufpause verdient. Am Wochenende ist Maisfest in Hohenebersbach. Eine Megaparty mit jeder Menge Fann.« Sie meinte wahrscheinlich Spaß. »Ich hätte Bock hinzufahren. Kommt doch mit.«
Meine Sache sind Menschenansammlungen ja eigentlich nicht, aber ich hatte auch ein bisschen die Nase voll von Freilichtbühnen und Verhandlungen mit Lieferanten aller Art und konnte mir eine Abwechslung vorstellen.

Natürlich war Ratte Feuer und Flamme. Joschi, Karos Bruder, wäre sicher auch dabei, und selbst Mario sagte: »Würde ich gern mal sehen. Wir können da vielleicht das Tanzbein schwingen, Frieda, was hältst du davon?« Dabei grinste er, wie nur Mario grinsen kann. Er weiß genau, dass ich kein anderes Modell als zwei Schritte rechts, zwei links beherrsche.

Da Karo, Ratte und Joschi sich auf ihre Motorräder schwangen, waren es nur Mario, Herr Karl und ich, die in unser kleines rotes Auto stiegen. Herr Karl thronte aufrecht in der geometrischen Mitte des Rücksitzes und hechelte abwechselnd Mario und mir in den Nacken. Der majestätische Eindruck war allerdings brüchig, denn in jeder Kurve fiel er um und musste mit Hilfe seiner vier Pfoten versuchen, das Gleichgewicht wiederzufinden.

Wir hatten einen Treffpunkt verabredet, an dem die drei je mit einem Bier in der Hand schon auf uns warteten. Es war eine gigantische Veranstaltung. Also gigantisch im Verhältnis zur Einwohnerzahl von Hohenebersbach. Ein riesiges Labyrinth war in ein komplettes Maisfeld geschnitten worden, es gab alle möglichen Buden, Karussels und Imbissstände, und weil das Wetter so gut war, drängelte sich schwitzendes, in der Mehrzahl angetrunkenes Volk durch die Buden und bildete Staus an den Schnittstellen der Gänge.

Meine Mitfeiernden hatten mir wohl angesehen, dass ich am liebsten auf dem Hacken kehrt gemacht hätte, denn Joschi kam mit einem dreifachen Kümmel („garantiert lokale Produktion“) an und ließ nicht locker, bis ich ihn herunter hatte.

Er sah sehr eindrucksvoll aus in seinem schwarzen ärmellosen Etwas, das den Blick auf multiple Tätowierungen zwang, allen voran ein feuerspeiender Drache, der sich um einen extrem muskulösen braungebrannten Oberarm ringelte. Über allem hatte er ein sehr freundliches, hübsches Gesicht mit einem fast quadratischen Bartstrich um die vollen Lippen.

Jeder, der Joschi nicht kannte, hätte angesichts dieser prallen Tatsachen auf die Idee kommen können, sie seien mit der Hilfe von Anabolika entstanden. Ich glaubte das nicht. Zum einen kannte ich Joschi als einen „treuen Hucken", wie meine Großmutter diese freundlichen, zuverlässigen, verantwortungsbewussten Männer genannt hatte. Zum anderen hatte ich nie Anlass gehabt, an seiner Manneskraft zu zweifeln, was bei regelmäßiger Einnahme muskelfördernder Substanz ja der Fall sein soll. Zwar konnte ich nicht aus eigenen Erfahrungen urteilen – worauf ich auch keinerlei Wert gelegt hätte! – aber unsere Bäckerin Mike, die sich bei einem Vereinsfest mal auf ihn gestürzt hatte, hatte hinterher nicht unzufrieden ausgesehen. Und eine Frau wie Ina Kelic würde sich wohl kaum mit wenig zufrieden geben.

»Trink nur, Frieda, ich karre dich nachher nach Hause«, sagte Mario. Tatsächlich wirkte das scharfe Zeug. Ich hatte das Gefühl, auf Watte zu gehen, und verschwand mit Ehemann und Hund im Maislabyrinth, wo wir uns gründlich verliefen. Herrn Karl war es zu heiß. Er trottete gelangweilt hinter uns her und war an keiner Stelle fraglicher Richtungsänderung eine Hilfe.

»Wir sollten ihn verkaufen«, sagte Mario.

»Und uns einen Bernhardiner anschaffen.«

»Genau, mit Fässchen.« Aber auch diese Drohungen lösten keinerlei fährtenlesende Tätigkeit in ihm aus. Er sah uns nur schief an, japste und wusste genau, dass alles nichts weiter als leere Provokation war.

Der Information nach sollte an einer bestimmten Stelle des Feldes ein Stand aufgebaut sein, wo man einen Stempel auf seine Eintrittskarte erhalten würde, der zur Teilnahme an einer Lotterie berechtigte. Der erste Preis bestand in einer halbstündigen Traktorfahrt durch die umliegende

Hügellandschaft, die mir so attraktiv erschien, dass ich gegen sämtliche Argumente meines lieben Mannes unbedingt an der Auslosung teilnehmen wollte. Nach fast einer Stunde Herumirrens taten mir die Füße weh. Mario bedauerte mich nach Kräften, zog seine Jacke aus, legte sie auf den Boden, und zusammen sanken wir darauf nieder.

»Es gibt wahrscheinlich gar keinen Stand mit einem Stempelkissen«, murmelte ich in seine Halsgrube. »Und ich hab eindeutig die falschen Schuhe an.«

Die nächste Viertelstunde begann so, dass er mir Schuhe und Strümpfe auszog, um meine Füße zu massieren, und mündete in eine kräftige Knutscherei, während Herr Karl im Schatten lag und erstaunlicherweise leise schnarchte. Leider wurden wir im entscheidenden Moment von Leuten gestört, die wie wir keine Ahnung hatten, wo sie waren. Zusammen machten wir uns schließlich als Gruppe auf den Weg und richteten unsere Suche nach dem Sonnenstand, die zum Glück erfolgreich im Auffinden des Ausganges endete. Ich schwor mir, nie wieder ein Maisfeld zu betreten.

Nach einem Grillkotelett, gefolgt von einem Fischbrötchen und einem Pfannkuchen mit Zucker und Zimt, trafen wir den Rest unserer Truppe an einer Schießbude wieder. Ich hatte noch nie in meinem Leben auf irgendwas geschossen, wollte aber – vielleicht als Folge des nächsten Dreifachkümmels – unbedingt eine der roten Wachsrosen haben, so dass ich sechs Schüsse kaufte. Natürlich traf ich nichts Wesentliches, aber als ich mein Gewehr das sechste Mal durchlud, sah ich rechts neben mir plötzlich einen nackten Unterarm, auf dem in schwarzer Tinte *Angie 2010* zu lesen war. Ich versemmelte auch den letzten Schuss und war mit einem Schlag völlig nüchtern.

Was tun? Ich versuchte, Mario durch das Quietschen, Klingeln und Donnern der Fahrgeschäfte, das musikalische

Durcheinander und Schreien der Leute in den Karussels hindurch verständlich zu machen, dass ich eine gravierende Entdeckung gemacht hatte. Ich begriff schnell, dass ich auf einer sinnlosen Mission war, und zerrte ihn kurzerhand aus dem Pulk um die Schießbude heraus, zog seinen Kopf zu mir herunter und schrie in sein linkes Ohr: »*Angie 2010* – da, schräg vor uns. Rotes T-Shirt.«

Es dauerte nicht länger als einen Wimpernschlag, bis er begriff, Daumen und Zeigefinger zum Ring geformt auf die gespannte Unterlippe setzte und einen Pfiff ausstieß, der durch Mark und Bein ging. Ein Großteil der Leute in unserer direkten Umgebung drehte sich um, unter ihnen Joschi, Karo und Ratte, aber eben auch *Angie 2010*. Er sah Mario, erstarrte, ließ sein Gewehr fallen, drehte sich blitzartig um und begann, sich einen Fluchtweg durch die Menge zu boxen. Er hatte Mario eindeutig erkannt und ein sehr schlechtes Gewissen.

Auch unsere Freunde hatten begriffen, dass eine Jagd eingesetzt hatte, und ließen sich nicht lumpen. Wir wanden uns durch die Menschenmenge und folgten Mario, der als Längster von uns weitgehend den Überblick über die Fluchtrichtung unseres Opfers behielt. Mit Herrn Karl, der seine Lethargie wie einen rauchenden Socken abgestreift hatte, direkt an den Fersen, schlug er ein kräftiges Tempo an und verschwand nach zwei, drei Kurven in dem verdammten Maisfeld, in das sich der Verfolgte berechnend, versehentlich oder in seiner Not geflüchtet hatte.

Es war kein einziger Labyrinthwanderer zu sehen. Schon nach einigen Schritten in das grüne Labyrinth hinein fühlte sich die Atmosphäre merkwürdig still an. Zwar waren alle Geräusche des Rummels zu hören, klangen aber wie durch eine Dämmwand gefiltert. Es raschelte und rauschte, raunte und knisterte um uns, denn ein leichter Wind hatte sich aufgemacht. Niemand rannte mehr. Wir versuchten unser Opfer akustisch zu orten. Da er aber wahrscheinlich das Gleiche tat, erstarrten wir alle zusammen. Möglicherweise hätten wir eine längere Zeit so zugebracht, wenn nicht Herr Karl die Initiative ergriffen hätte. Sämtliche Spielregeln ignorierend stürzte er sich plötzlich mit freudigem Gebell in eine der übermannshohen Trennwände aus Maisstauden.

Es folgten Knurren und Stöhnen dahinter, dann eine Stimme in höchster Not: »Verdammter Köter, lass los, du elendes Drecksvieh.« Es hielt uns nicht. Spieltechnisch vollends inkorrekt durchbrachen wir alle ebenfalls die grüne Wand und blieben abrupt stehen. Herr Karl lag vor dem Mann im roten T-Shirt, in den Zähnen ein blaues Stück Stoff, während *Angie 2010* ihn wie hypnotisiert fixierte.

Joschi war mit einem Satz da und hielt ihn fest, ich pfiff Herrn Karl, und alle redeten durcheinander. Mario setzte sich durch. »Ruhig, ruhig, dir passiert nichts, wir wollen nur gern ein paar Takte mir dir reden. Gehst du freiwillig mit oder soll Herr Karl –«

»Was? Bloß keine Bullen, und nehmt diesen Bluthund hier weg.« Herr Karl wedelte begeistert mit dem ganzen Hinterteil. Bluthund empfand er als äußerst ehrenvolles Prädikat.

In einer Ecke des Rummelplatzes war eine Art Bierzelt aufgebaut, in dem Frauen in putzigen Dirndlkleidern mehr oder weniger halbvolle Bierkrüge herumtrugen, unterstützt von einer Blaskapelle in grünen Trachtenjacken. Hierhin schleppten wir unseren Schläger, begleitet von einem tänzelnden Herrn Karl, der das erbeutete Stück der Hose wie eine Trophäe im Maul trug.

Es war zum Glück trotz der Musik erheblich leiser als vorhin an der Schießbude. »So, jetzt wollen wir erst mal sehen, wie du heißt.« Joschi fackelte nicht lange, sondern durchsuchte sämtliche Taschen des Mannes.

»Was wollt ihr eigentlich von mir? Das ist doch Kidnapping, was ihr hier macht. Ich zeige euch alle an.«

Joschi hielt triumphierend einen Führerschein hoch. »Hier, Kurt Baselitz. Geboren 1972 in Hohenebersbach.«

Der unglückliche Kurt nickte. Seine blassblauen Augen waren rot unterlaufen, die braunen Haare fettig, das rote T-Shirt fleckig. Eine Kellnerin brachte sechs Maßkrüge. Ratte hatte Mitleid und schob Kurt eins der halb vollen Litergläser zu. »Hier, Alter, runter damit. Wir wollen dich nur ein paar Sachen fragen.«

Fasziniert sahen wir zu, wie der Inhalt des Glases die Kehle herunterrann, ohne dass sich der Adamsapfel auch nur ein einziges Mal bewegte.

»Manche können das«, flüsterte mir Ratte in tiefer Bewunderung zu. »Keine Ahnung, wie die das machen.«

»Kurt«, sagte Joschi ohne besonders tiefen Sinn, denn er hatte keine Ahnung, um was es ging. »Jetzt haben wir dich.«

»Kuddel.«

»Was?«

»Ich heiße nicht Kurt. Kuddel.«

»Das ist mir so was von wurscht. Jetzt wollen wir mal ein bisschen Klartext reden.« Dabei sah er hilfesuchend von Mario zu mir, in der stillen Hoffnung wahrscheinlich, dass wir die Gesprächsleitung übernehmen würden.

Mario reagierte erwartungsgemäß. »Erinnerst du dich an mich?«

»Hä?«

»Vor einer Woche. Vor dem Schloss. Der kleine weiße Alfa Romeo. Ein sehr schönes Auto, bis du und dein Kumpel –«

»Ja, Mann, ich weiß. Ich hab dich gleich erkannt. Du bist so'n verdammter Itaker, oder? Habt ihr den andern nicht mitgebracht, den – AU!«

Ich hatte ihm kräftig auf den Fuß getreten. »Verzeihung. Dieser Itaker ist mit Sicherheit ein besserer Deutscher als du Blödmann.«

Ratte gackerte in sein Glas. Er hatte einen Arm um Karos Hals geschlungen und sah sehr glücklich aus.

Kuddel sah in die Runde. »Was will die Alte denn von mir?«

Mario hob beide Hände. »Ruhe jetzt. Also, ich heiße Mario, das da ist Friederike, uns gegenüber sitzen Ratte und seine Freundin Karo und links von dir, das ist Joschi, Karos Bruder. Die drei sind sehr stark, und vor allem Joschi hat wenig Geduld, deshalb muss man ein bisschen vorsichtig sein in seiner Gegenwart. Wir kommen oben aus Clausthal-Zellerfeld und möchten jetzt von dir wissen, warum und mit wem du uns verprügelt und unser Auto zerbeult hast.«

Nichts. Mit gesenktem Kopf atmete Kuddel in sein Glas.

Joschi fasste seine linke Hand, ballte sie vorsichtig zur Faust, legte dann seine beiden Pranken darum und drückte kräftig zu, ohne dass sich der Ausdruck seines Gesichtes veränderte.

»Das ist Körperverletzung«, schrie Kuddel.

»Nein, wir helfen dir nur, dich zu erinnern. Soll ich noch mal?«

»Nein.« Kuddel massierte seine Hand. »Scheiße. Kann ich noch 'n Bier haben?«

Wir wollten alle noch eins. Nach Vollendung des zweiten Getränks machte er den Mund auf.

»Ich hab das doch gar nicht gewollt.« Das will nie einer. »Karlo sagte, ich sollte ihm ein bisschen helfen, da wären Leute zu neugierig geworden. Und ich musste eben mit.«

»Wer ist Karlo?«

Schweigen.

»Soll Joschi noch mal –«

»Nein. Das ist Folter.« Leider hatte er recht.

»Und was war das mit den Baseballschlägern und dem Auto da neulich? Streicheleinheiten?«

»Na ja, so doll haben wir ja auch nicht zugeschlagen. Hätte mehr sein können.« Der Stolz auf seine Zurückhaltung bei der Prügelei war nicht sehr überzeugend.

»Hättest du gern, dass wir dich so behandeln?«

»NEIN! Außerdem ist das unfair. Das wäre –«, er zählte sorgfältig, »fünf gegen einen.«

»Ich weiß nicht, ob du dich auf Fair Play berufen solltest. Schluss jetzt damit, wer ist Karlo, wer steckt hinter der ganzen Sache, und warum habt ihr uns aufgelauert?«

»Kriege ich noch ein Bier?«

»Hinterher.«

Da fing er doch an zu reden. Karlo war sein Vorarbeiter. »Karl Wolter. Der Jochen, der Bruder vom Alten da im Schloss, der kümmert sich ja hauptsächlich um seinen Jodelklub.«

»Meinst du die Oper?«

»Ja, diesen Scheiß.«

Interessant fand ich, wie Außenseiter die Hohenebersbacher Bühne sahen. Jodelklub, warum nicht. Aber mich interessierte eine Einzelheit. »Wer war denn zuständig für den Bühnenbau in Clausthal?«

»Karlo, ich hab doch schon gesagt, dass unser Boss oft woanders ist. Schlägt Bälle durch die Gegend oder so.«

»Also ist Karlo der Geschäftsführer von eurem Holzladen?«

»Vorarbeiter. Vielleicht auch Geschäftsführer. Weiß nicht, aber er macht das Meiste, ja, Leute einteilen und so was.«

»So, und warum habt ihr an dem Abend auf der Lauer gelegen?«

Jetzt schwieg er wieder. Joschi nahm seine Faust in die

Hand.

»Du kannst ruhig zudrücken«, sagte Kuddel, sichtlich mitgenommen. »Wenn ich rede, verprügelt mich Karlo, wenn ich nicht rede, macht ihr das. Aber Karlo ist brutaler, und ich krieg kein Bier hinterher.« Er sah durchaus die Vorteile der Situation.

Mario kratzte sich am Kopf. »Gut, verstanden. Joschi, hör auf. Er hat ja recht.« Er überlegte einen Moment. Joschi schien enttäuscht, während Ratte und Karo vollends das Interesse an der Unterhaltung verloren hatten. Ihre Hände waren unter dem Tisch beschäftigt.

»Wie wäre es denn, wenn ich so vor mich hinrede, und du ab und zu nickst. Wenn ich was Falsches sage, schüttelst du den Kopf. Du kannst dann Karlo sagen, du hättest keinen Ton von dir gegeben.

Weißt du«, er lächelte Kuddel gewinnend an, »wir brauchen einfach ein paar Informationen, und wer kann uns schon helfen, wenn nicht du, Kumpel. Und wir verstehen absolut, dass du deinem Laden gegenüber loyal sein willst, glaub mir.«

Wahrscheinlich keiner von uns konnte sich vorstellen, dass er im Ernst auf einen derart dreisten Vorschlag eingehen würde, aber er tat es. Kuddel Baselitz, der sicher nicht mehr als die Hälfte verstanden hatte, sagte nach kurzem Zögern: »Nur Nicken und Kopfschütteln, weiter nix. Abgemacht.«

Ratte und Karo standen auf. Sie sahen etwas erhitzt aus. Ratte murmelte: »Sind gleich wieder da«, und verschwand eng umschlungen mit Karo. Es war ja nicht weit bis zum Maislabyrinth.

Mario legte los. »Ihr stehlt Holz.«

»Also das ist doch zu dick, Mann.« Kuddel war empört.

»Wir haben einen Deal, Alter. Nicken und Kopfschütteln, du erinnerst dich? Also, was ist, klaut ihr nun Holz?« Vorsichtiges Nicken.

»Ihr sägt das Zeug in eurem Laden klein.« Keine Reaktion.

»Ihr sägt die Erkennungsmarkierungen ab.« Leichtes Nicken.

»Ihr arbeitet im Harz und im Wald, der zum Schloss gehört.« Nicken.

»Woanders auch noch?« Kopfwiegen. Also hier und da, wo es sich halt anbot.

»Wir sind euch zu nah gekommen.« Nicken.

»Jochen hat gesagt, ihr sollt uns zur Warnung mal ein bisschen härter anfassen.« Nicken.

»Ihr solltet auch den Wagen demolieren.« Nachdrückliches Nicken und leichtes Grinsen. Aha, das hatte Spaß gemacht.

»Ihr seid vor einiger Zeit während eines Jobs im Oberharz auf Waldarbeiter getroffen.« Keine sichtbare Reaktion, nur das Gesicht war wieder ernst.

»Sie haben euch erwischt, und ihr habt geschossen.« Nichts.

»Karlo hat eine Pistole.« Fast unsichtbares Nicken, ja.

»Du auch.« Heftigstes Kopfschütteln.

»Karlo hat geschossen.«

Erst keine Reaktion, dann sanken seine Schultern um mehrere Zentimeter. Er saß einen Moment regungslos, schniefte und sagte schließlich leise: »Ja. Ich weiß, dass der Mann tot ist. Das ist echt voll krass.«

Ich gab ihm ein Taschentuch, in das er erstaunlich kräftig hineinblies. »Es war die letzte Fuhre an dem Tag, und wir haben die Leute natürlich arbeiten hören. Man kann schließlich nicht geräuschlos Bäume fällen. Ich hab Karlo gewarnt, ich hab gesagt, dass wir lieber später wiederkommen sollten, aber Karlo war sicher, dass die beschäftigt wären und kein Mensch auf uns achten würde. Also hat er auf dem Kran gesessen und geladen, und ich hab gerade eine geraucht, als einer von den Leuten in diesem orangen Zeug da plötzlich rüber gelaufen kam. Bei Karlo dauerte das etwas, bis er endlich vom Kran runter war, deshalb habe ich schon mal ein bisschen zugefasst. Dann kam der zweite in den orangenen Klamotten, und Karlo war endlich unten, und – wir haben ja versucht, die beiden k.o. zu schlagen, aber die waren ganz schön kräftig. Dann hat Karlo gebrüllt: „Weg hier!“, aber das dauerte, und die hingen einfach zu dicht an uns dran. Die ganze Zeit schrien sie rum, wo wir herkämen, und was wir da wollten. Dann war Karlo in der Fahrerkabine und muss seine Wumme gegriffen haben, und dann hat er einfach – er schoss auf die Leute. Einfach so.« Es tat ihm leid. Unklar, wie immer in solchen Situationen, war, ob wegen der Tat oder wegen der Entdeckung.

Mario war noch nicht fertig. »Ihr verscheuert das Zeug irgendwohin?« Nicken.

»Ins Ausland?« Schweigen.

»Willst du nicht doch etwas ausführlicher werden?«

Nach einem kurzen Schweigen klar und deutlich: »Kommt vor.«

»Wo ist Karlo jetzt?«

»Weiß ich nicht.«

Mario sah ihn finster an und Joschi rückte näher. »Echt jetzt. Keine Ahnung. Er ist seit ein paar Tagen weg. Jochen sucht ihn ja auch.«

»Und wer regelt die Tagesgeschäfte?«

»Jochen, Gitti und Matte.«

»Wie oft holt ihr denn so einen LKW voller Holz irgendwo ab, also ohne Verabredung meine ich.«

»Immer, wenn wir irgendwo geliefert haben und leer zurückfahren, machen wir einen Umweg. Karlo sagt, das ist nicht weiter als das Ausnützen von Räss – Rässu –«

»Ressourcen. Weiß Jochen davon?«

»Weiß ich nicht, glaube schon. Nee, bin nicht sicher. Karlo erfährt, wo wir hinfahren müssen. Er kriegt diese Zahlen da von irgendwelchen Leuten.« Koordinaten, klar, die orientieren sich nach GPS-Daten.

»Ich schätze«, Joschi redete langsam vor sich hin, »dass so ein Holzlaster etwa 30 Kubikmeter transportiert. Sagen wir 90 Euro pro, sind wir bei gut zweieinhalb Riesen. Kosten: nur Diesel und der Fahrer. Und beides zahlt die Firma.«

»Bleibt die Frage, an wen Karlo verkauft.«

»Jochen meinst du«, sagte ich.

»Wir wissen doch noch gar nicht, wie weit Jochen in die Sache verwickelt ist.«

»Na, hör mal, der merkt doch, wenn sein Vorarbeiter nicht da ist.«

»Ich denke, er golft. Außerdem klingt das doch eher so, als ob der Diebstahl oft nach Feierabend abgeht. Und ich bezweifele, dass er überhaupt Einfluss auf seinen Vorarbeiter hat.«

»Kuddel, sag mal, von wem erfahrt ihr denn, wo Holzstapel liegen, die ihr dann später abholt?«

»Karlo hat hier und da 'n Kumpel mit 'm Harvester.«

Mario kaute auf seiner Unterlippe und dachte nach. Dann sagte er: »Damals im Oberharz, bei der Schießerei – ihr habt euch mit zwei Leuten angelegt, richtig?« Nicken.

»Waren die beiden Zufäller? Oder war auch der Typ vom Harvester dabei?«

»Das waren Zufäller. Hundertpro.« Selbst ich begriff es jetzt. Es war gut möglich, dass einer der Tippgeber der Mann war, der damals den Harvester gefahren hatte.

Joschi stand auf. »Das Bier. Bin gleich wieder da.«

Meine Bewunderung für meinen Mann wuchs, das hatte er wirklich klasse hingekriegt – ich wäre wahrscheinlich ungeduldig geworden oder hätte angefangen herumzuschreien.

»Kann ich jetzt gehen?«, fragte Kuddel vorsichtig.

Mario und ich sahen uns an. »Ja, oder?«, sagte ich. »Vielleicht weißt du ja doch noch ein bisschen mehr darüber, wo wir nach Karlo suchen können. Hat er Verwandte oder Freunde irgendwo?«

»Echt keine Ahnung.« Er hob sein Bierglas und probierte noch einmal, ob nicht doch noch was herauszuholen war. »Aber er muss ja die Tribüne bei euch da oben aufbauen. Ihr wisst nix von mir, war 'n Deal, klar?«

Mario nickte. »Okay. Tschüß.«

Nicht genug Erklärungen

Wir hatten den Beginn der ersten Hauptprobe auf 15 Uhr gesetzt, und sie begann so, dass man damit rechnen konnte, dass sich alles in relativer Ruhe entwickeln würde. Das Orchester lud pünktlich seine Instrumentenkästen im hinteren Garderobenzelt ab, nahm seine Plätze ein und fing an zu stimmen, Solisten und Chor standen auf der Bühne, und Wolfgang war heil mit dem Dirigentenstab in der Hand auf seinem Podest angekommen – er hatte einen kleinen Studenten mit Block und Bleistift hinter sich, der protokollieren sollte, was unserem musikalischen Leiter während des Ablaufes auffiel. Die Sonne schien – das schöne Wetter sollte – der Himmel gebe es – noch eine Woche anhalten. Über allem hing der leichte Geruch von Mückenschutzmitteln, denn alle Beteiligten hatten in den vergangenen Proben ihre Erfahrung mit der Angriffslust Oberharzer Mücken gemacht.

Ich stand – zugegeben etwas kribbelig – seitlich vor der Bühne, hoffend, dass sich die Solisten an die verabredeten

Gänge erinnern würden. Unser sonniger Feuerwehr-Tenor hatte bei der Verabredung dieser Wege, die die Solisten im Laufe ihrer Rolle zurückzulegen hatten, unschätzbare Dienste erwiesen. Ina Kelic war eine der ersten, die seinem heiter-burschikosen Charme erlegen war, und er – kein bisschen blöd – hatte sofort begriffen, dass er zwischen mir und ihr vermitteln musste, wenn aus der ganzen Sache überhaupt etwas werden sollte, denn sie war vollständig resistent gegenüber jedem meiner Vorschläge. Also erklärte er ihr fröhlich, wie schön es doch wäre, wenn sie zu Beginn ihres großen Solos im 2. Akt rechts vorn stehen würde – was sie bereitwillig tat, nachdem ich mit ihr eine Viertelstunde um genau diese Position gekämpft hatte.

Also ging es allen gut. Wolfgang hob den Taktstock, das Orchester spielte die ersten Töne, als mit Knacken, Brummen und lautem Gerumpel ein riesiger roter 20-Tonner durch die Bäume brach. Alles hörte auf. Wolfgang und ich sahen uns ungläubig an und liefen gemeinschaftlich hin.

Am Steuer saß eine unrasierte Gestalt mit gelblicher Baseball-Mütze – natürlich verkehrt herum aufgesetzt – und sagte mit starkem Pfeifen in der Sprache wegen eines fehlenden Eckzahns: »Ist das hier richtig mit der Tribüne?« Seine rechte Wange war von einem blauroten Blumenmuster bedeckt.

Ich sah an ihm vorbei und erblickte... Kuddel Baselitz auf dem Beifahrersitz, ein nervöses Grinsen im Gesicht.

»Sie sind Herr Wolter, richtig?«

»Karlo, liebe Dame, Wolter mein Vater.« Er gnatschte auf einem Kaugummi herum. Als er es durch die Zahnlücke quetschte, wurde sichtbar, dass es mehrere Schattierungen weißer war als seine Zähne. Warum machen sich unsympathische Menschen mit Macht noch unsympathischer?

Hinter uns murmelten fast 70 Leute ärgerlich vor sich

hin.

»Mein Vorschlag ist, so leise abladen wie möglich.« Ich sah Wolfgang an. »Wir können nicht warten, bis sie fertig sind, die Leute werden sauer.«

Er nickte. »Klar. Wir sollten nach dem 1. Akt gleich ins Finale übergehen, das ist akustisch nicht ganz so sensibel wie der 2. Akt mit Agathe und Ännchen allein auf der Bühne. Das Abladen macht mit Sicherheit so viel Krach, dass zumindest Ina sonst ausrastet.« Gute Idee. Ich dachte kurz nach und sprach das Weitere mit ihm ab. Dann zog ich mich etwas zurück und hängte mich ans Telefon.

Der erste Teil lief wunderbar. Heinzi Eggers hatte für seine Kulissen eine Vorrichtung gebaut, die wie eine große Schiebetür funktionierte, und drei Szenerien hintereinander transportieren konnte. Wir mussten lediglich die richtige – Festplatz vor einer Schankwirtschaft, bürgerliches Schlafzimmer oder Wolfsschlucht – nach vorn bugsieren. Zusätzlich ein paar prägnante Requisiten und unsere natürliche Harzer Umgebung – es war perfekt.

Für die Aufgabe des Kulissenschiebens hatten sich ein paar Absolventen der Berg- und Hüttenschule zur Verfügung gestellt, angestiftet von der Schulleitung, die ihre Einrichtung gern vertreten sehen wollte. Anfangs hatten sie mehr oder weniger gelangweilt auf dem Bretterboden gesessen und im Takt der Geräusche aus ihren Kopfhörern die Ghettofaust geschwungen. Nachdem wir sie regelmäßig unsanft aus ihren Hip-Hop-Träumen hochgejagt und so zum Zuhören gezwungen hatten, standen sie mittlerweile recht elastisch in der Gegend und zogen im richtigen Moment an den Seilen. Trotzdem verließ mich die Angst nicht ganz, dass Ännchen den Urvater vor der düsteren Szenerie der Wolfsschlucht besingen müsste, weil die Jungs die falsche Kulisse nach vorn gezogen hatten. Es würde Agathe und ihre Vorväter fatal ins falsche Licht rücken.

Trotz des Klirrens und Krachens, das das Abladen von zwei großen Zuschauertribünen mit sich bringt, machten die Leute diszipliniert das, was wir verabredet hatten. Ich sah ab und zu auf die Uhr. Und tatsächlich. Sehr gut abgepasst, denn Polizist-Horst-Lorenz-der-Graf sang gerade aus vollem Herzen, mit großer Geste und entsprechend fürstlichem Ausdruck im Gesicht *„Dein harrt der Kerker, kehrst du je zurück!“*, hörte ich einen leisen Motor, der mehrere Meter hinter dem LKW abgestellt wurde. Ich wartete zwei bis drei Sekunden, dann drückte ich auf eine Taste meines Mobiltelefons, was dazu führte, dass Wolfgang an der Stelle des Eremiten *„Ein Fehltritt, ist er solcher Buße wert?“* Orchester und Gesang laut und deutlich abklopfte.

Unser Polizist Sven Müller trat mit einem Kollegen aus seiner Deckung in die Totenstille, die entstanden war, und ging festen Schrittes auf die beiden schwitzenden Männer zu, die heftig mit Stangen und Brettern kämpften. »Wer von Ihnen ist Karl Wolter?«

Erstaunlich, wie schnell Kuddel auf seinen Chef zeigte, der im Handumdrehen Kabelbinder an den Handgelenken hatte. Den Worten „Wir nehmen Sie fest wegen Holzdiebstahls und Körperverletzung mit Todesfolge. Kommen Sie bitte mit“, lauschten Chor, Orchester und Solisten in atemloser Faszination.

Karlo sah wild um sich und hätte mit diesem Gesichtsausdruck bestens in unserer finsteren Geschichte mitspielen können. Er machte ein paar sinnlose Fluchtbewegungen, blieb dann aber plötzlich stehen und wechselte von drohend zu triumphierend. »Und wer fährt den LKW zurück?«

Oh, Schitt. Meine ganze schöne Planung – da ging sie hin. Alle sahen Kuddel an. Der schüttelte den Kopf. »Ich hab nur ’n Mofa.«

Sven Möller zerschlug unsere letzte Hoffnung. »Sie kommen auch mit. Wir brauchen Ihre Aussage.«

Aber nein, Hilfe nahte. Als gerade das Gemurmel wieder anfing, kam von der Bühne in ruhiger Autorität Horst Lorenz' Stimme. »Manne, hast du nicht einen Busführerschein?«

Manne war der zweite Polizist und nickte, sah aber zweifelnd auf das rote Ungetüm. »Fahren ja, aber mit Hänger rückwärts –«

»Wir helfen dir.«

Es dauerte fast eine halbe Stunde, bis Polizisten, Delinquenten und LKW weg waren und die allgemeine Ordnung wieder hergestellt war. Niemand war ärgerlich über die Unterbrechung, denn wer erlebt schon hautnah eine so spannende Verhaftung.

Natürlich saßen wir jetzt mit den Bauteilen zweier Tribünen da, aber ich dachte mir, wer so weit ist, kriegt auch den Rest noch zustande, und hörte auf, darüber nachzudenken.

Als ob sich alle nun besonders anstrengten, wurde es eine schöne Hauptprobe. Wolfgang war mit seinem Orchester noch nicht ganz einverstanden und setzte eine kleine Sonderprobe an. Ich ermahnte den Chor, an verschiedene oft schon angemahnte Dinge zu denken, aber es war halt, was es war – eine muntere Veranstaltung mit einer äußerst wirkungsvollen Wolfsschluchtszene. Nun wartete ich mit Spannung auf den kommenden Mittwoch, da sollte die Generalprobe mit allen Bestandteilen inklusive Kostümen und Beleuchtung stattfinden. Beides war bis heute nicht fertig geworden.

Die Solisten fuhren in ihr Quartier, gut gelaunt, denn sie hatten einen großen Grillabend geplant. Unsere Erste Brautjungfer hing an Kaspars Arm und sah anbetend zu seinem Gesicht hoch.

Wolfgang wollte nicht mit zum Essen, er hatte eine Verabredung, versprach aber, Kahlhut wegen des Haufens anzurufen, der in drei Tagen eine Zuschauertribüne sein sollte.

Im Tango-Café empfing mich Herr Karl, als ob ich ein Jahr auf Südpolexpedition gewesen wäre, totgesagt, doch lebend. Jeder Tisch war besetzt, Ratte und Karo hatten alle Hände voll zu tun, Konni stand hinter der Theke und stellte Getränke bereit – der Laden lief. Auf dem Weg ins Hinterzimmer kam ich an Tisch 5 vorbei, an dem Hubsi Kuhte mit Ehemann und einem weiteren Paar saß. Er sprang auf und drückte mich an sich. »Große Klasse, Friederike, die Sache läuft. Der Ort ist knallvoll, du kriegst jetzt schon kaum noch ein Bett. Die Leute müssen nach Altenau, Hahnenklee und Wildemann ausweichen – Wahnsinn, oder? Die Karten sind alle weg. Kahlhut überlegt, ob wir eine zusätzliche Vorstellung machen könnten. Oder ob es möglich ist, an die Tribünen anzubauen.«

Ich wollte ehrlich gesagt nur aus meinen Schuhen heraus, was essen und dann nach Hause aufs Sofa. Ich nickte uneingeschränkt zu seinem Redeschwall, murmelte irgendwas und wankte an den Personaltisch, während Herr Karl um mich herumtanzte. Ratte sah mich im Vorbeischießen mit hochgezogenen Augenbrauen an, und ich nickte. Ich wollte das, was ich meistens will – einen großen Teller gehäuft voll mit heißen Kohlehydraten und irgendeiner leckeren Soße reichlich drüber gegossen. Heute waren es Schinkennudeln mit Paprikagemüse. Nach der Hälfte hatte ich gerade die Gabel im Mund, als Mario und Christian hereinkamen. Da ging mein ruhiger Feierabend hin.

Egal wie man darüber dachte, egal auch, wie müde man war, musste einen ihr Anblick eigentlich freuen. Beide fast gleich groß, beide breitschultrig, beide den gleichen mühelos federnden Gang, der eine mit türkisblauen Augen unter den schwarzen Locken, der andere schwarzäugig mit elegischem Pferdeschwanz in den Farben von Pfeffer und Salz, Schmuddel- neben Designerjeans, schlichtes Polohemd neben Hugo Boss, beide voller Energie und Tatendrang, grinsend, weil einer irgendwas wahrscheinlich Unflätiges zum anderen gesagt hatte. Brüder oder Partner in tiefster Eintracht. Im solchen Momenten war von Platzhirsch-Konkurrenz nichts zu spüren. Es machte mich fast ein bisschen eifersüchtig.

Mario küsste mich – nicht auf die Stirn, ich habe ihm gesagt, sollte er das je tun, würde ich mich umgehend scheiden lassen – und fiel neben Christian auf das tiefe Ledersofa. Netterweise wollten sie als erstes wissen, wie die Hauptprobe gelaufen war. Das erzählte ich besonders gern, weil unser Plan geklappt hatte. Mit meinem Telefonanruf bei Sven Möller und der Verabredung mit Wolfgang, dass er auf das Klingeln seines Mobiltelefons hin die Probe abbrechen sollte, hatten wir zusammen dafür gesorgt hatte, dass Karlo und Kuddel verhaftet wurden. Lob von beiden Seiten.

Mario sagte: »Das wird den Freiherrn freuen. Christian hat ihn neulich angerufen und von seinem Fund berichtet. Er hat ihm aber auch geraten, mit der Anzeige zu warten, bis Karlo wieder aufgetaucht ist.«

Ich war skeptisch. »Glaubt ihr denn, dass der Holzklau jetzt wirklich ein Ende hat?«

Christian hielt den Kopf schief und strich sich die Haare aus dem Gesicht. Er hat schöne Hände. »Ich denke schon. Ich stelle mir vor, dass der ganze Hohenebersbacher Holzhandel zum Erliegen kommen wird.«

Mario lachte. »Jochen wird sich ja nicht selbst die Finger schmutzig machen wollen.« Er sah, hm, zufrieden aus, zufrieden wie jemand, der etwas sehr Interessantes erlebt hat, wie jemand, der das Leben schön findet. Dieser Detektivjob machte ihm Spaß, ich hatte es geahnt. Mario ist ein

Abenteuertyp, er bricht gern zu neuen Ufern auf, er liebt die Abwechslung. Seine langen Vortragsreisen belegten das, und nicht zuletzt hatte er diesen Charakterzug unter Beweis gestellt, als er ohne langes Federlesen damals zu mir nach Schweden gezogen war. Manchmal überlegte ich, ob er genauso mühelos irgendwann von mir weg ziehen würde. Die zwei Jahre in China, mehr oder weniger gekidnappt – er hatte nie viel darüber gesprochen. Und ich hatte nie herausgekriegt, ob er sich so verzweifelt und hilflos gefühlt hatte wie ich. Kurzzeitig türmten sich dunkle Wolken in meinem Kopf.

»Aber irgendwo muss doch das Geld herkommen«, sagte ich, um meinen unangenehmen Gedanken eine andere Richtung zu geben. »Vielleicht stellt er neue Leute ein.« Ich erinnerte mich an Helene, seine Frau. Die würde sich nicht mit Hartz IV zufriedengeben.

Christian schüttelte den Kopf. »Der hat so viel Dreck am Stecken, die Mauscheleien, der Club, auch der Diebstahl – es ist ja noch gar nicht erwiesen, dass er nichts davon gewusst hat.«

»Und der Orden?« Mario und ich fast gleichzeitig.

»Niemals.«

»Kann man so einen Ordensverleihungsprozess denn abstellen? Ich denke mir, dass dieser Beschluss recht langsam die Stufen der Verwaltungshierarchie hinabsteigt und dabei schlecht aufzuhalten ist. Auch der Einwand müsste ja den entgegengesetzten Weg erst mal hinter sich bringen, bevor er greift.«

Mario grinste. »Du meinst, Friederike, dass es im Untersuchungsgefängnis eine feierliche Zeremonie geben wird? Stelle ich mir nett vor. Die Justizvollzugsbeamten bilden das Spalier, durch das der Bürgermeister mit Amtskette feierlich mit dem Orden auf rotem Samtkissen hindurch schreitet.«

»Genau«, sagte Christian, »und der Empfänger kann sich nicht bedanken, weil er Handfesseln trägt.« Wir lachten alle drei.

Ich kratzte mit dem Löffel den letzten Rest Soße von meinem Teller. »Habt ihr denn irgendwas Vernünftiges heute gemacht?«

»Ja«, Mario war deutlich angeschoben, »wir waren in Quedlinburg bei der Polizei. Und da –«, er sah Christian an, »soll ich reden?« Der nickte. »Christian kennt einen Revierleiter, der uns Zugang zum Archiv verschafft hat.«
»Erzähl nur, ich bin gleich wieder da. Mal sehen, vielleicht kann ich was zu Essen schnorren.« Christian stand auf und ging Richtung Theke.

Ich stand auf und setzte mich neben Mario. Nach den Zweifeln von eben musste ich ihn fühlen als Beweis, dass er wirklich da ist. »Wahrscheinlich habt ihr euch für zwei Themen interessiert, für Cyriaks und Vitos Tod, wobei der letzte ja sicher noch gar nicht im Archiv gelandet ist.«

»Nein, aber wir haben – natürlich dürfen wir unter keinen Umständen darüber reden – einen Blick in die Akte geworfen. Sie lag da herum.«

»Natürlich. Ganz zufällig.«

»Ganz zufällig, genau wie mit Christians Kumpel verabredet. Also, um mit Vito Knoll anzufangen – sie sind sehr sicher, dass er betäubt wurde, bevor ihn mehrere Stiche in die Herzgegend umgebracht haben.«

»Ich müsste mich sehr anstrengen, wenn ich Mitleid entwickeln sollte. Und womit betäubt?«

»Sie vermuten Ketamin.«

»Schlecht nachweisbar, oder?«

»Ja. Er wurde in Hohenebersbach gefunden, auf dem Gelände der Holzhandlung, war aber schon wenigstens zehn Stunden tot.«

»Kann es sein, dass der Donizetti-Club getagt hat?«

»Davon stand nichts in der Akte. Möglich ist alles. Ein Clubabend und/oder der Mörder hat ihn hingelockt.«

»Aber wie soll er denn sonst nach Hohenebersbach gekommen sein?«

»Ich glaube, am Abend vorher war eine Opernvorstellung.«

»Siehste, Donizetti-Club. War Christian nicht beleidigt, dass er nicht eingeladen war?«

»Es ist nicht ausgeschlossen, dass er da war. Wir haben nicht drüber geredet.«

Das Wichtigste lassen sie aus. »Aber das ist doch eigentlich ganz schön interessant, oder?«

»Wir können ihn gleich mal fragen.«

»Hat die Polizei denn Verdächtige?«

»Sie haben sich an der Ehefrau festgebissen. Ihr Alibi hat sich als einigermaßen unzufriedenstellend herausgestellt. Sie war in Jochens Villa zu Besuch bei Helene Ebersbach. Wie lange, ist strittig, auch ob sie durchgängig dort war. Die beiden sind anscheinend enge Freundinnen und haben feste gebechert. Befragt hat die Polizei alle möglichen Leute, festgenommen aber noch niemanden.«

»War sie nicht zwischendurch schon mal freigelassen worden?«

»Ja, aber auf Grund falscher Informationen. Ich hab das mit dem Alibi von vornherein nicht richtig begriffen.«

»Es muss doch viele geben, die Vito gern um die Ecke gebracht hätten. Ich weiß, wie widerlich er sein konnte. Und Cyriak?«

»Ja, das war sehr interessant. Cyriak, der vor den Augen mehrerer Leute Selbstmord begangen hat, ist mehrfach missbraucht worden. Wir haben einen Autopsiebericht gelesen, der von drei verschiedenen Spermaspuren und Fissuren im

Analbereich sprach.«

»Der arme Kerl. Ob sein Vater das weiß?«

»Das denke ich doch. Sie haben ihn ja sicher gefragt, ob er eine Idee hat, wie der Junge dazu kam.«

»Der Donizetti-Club?«

»Das war auch unsere erste Idee. Jochen oder irgendwer anders hat ihn unter Umständen dazu überredet, dort mitzumachen, anfangs ging es möglicherweise nur ums Kellnern.«

»Kann jeder in Hohenebersbach gewesen sein, nein, auch von außerhalb, der ihn kannte. Der im Schloss verkehrt hat und ihn da sah. Oder auf der Straße. Oder in der Schule. Man muss nach Schnittmengen suchen, Club und Schule, Club und Schloss und so weiter.« Ich war empört, sauer und irgendwie auch traurig. Was für ein furchtbarer Tod.

»Sicher. Haben sie wahrscheinlich auch. Er war übrigens ein hübscher Junge, dunkel, schwach entwickelter Bartwuchs, noch recht kindlich, fand ich, dem Foto nach zu urteilen.«

»Aber sie müssen doch wie verrückt ermittelt haben – Selbstmord nach Missbrauch, da muss die Staatsanwaltschaft doch losschieben. Was ist denn dabei herausgekommen?«

»Nichts. Wie gesagt, ich weiß nicht, ob sie überhaupt vom Club wissen.«

»Oder –«

»Genau. Oder es gab ein Stopp von oben, von einem Chef, der Opern liebt und Clubmitglied ist.«

»Pfui Deibel.«

»Jedenfalls ist die Akte geschlossen. Unzweifelhafter Selbstmord, kein weiteres öffentliches Interesse.«

Ich kaute auf einem kleinen Stück Schinken, das ich im hinteren Backenzahn gefunden hatte. »Ist Vitos Tod damit in Zusammenhang zu bringen?«

»Wir wüssten nicht wie. Wenn wir Recht haben mit der

Annahme, dass Cyriak im Club missbraucht wurde, wäre das die einzige Verbindung zwischen ihm und Vito.«

»Und das Schloss.«

»Ja.«

Christian kam zurück mit einem dampfenden Teller in der Hand. »Reste. Lecker.« Er setzte sich – nicht ohne durch einen schnellen Blick zu erkennen zu geben, dass er meinen Platzwechsel durchaus wahrgenommen hatte – stopfte eine Papierserviette in sein offenes Hemd, lehnte sich im Sessel zurück, hielt den Teller in Brusthöhe und fing an zu löffeln. »Gab es am Abend vor Vitos Tod einen Herrenabend?«, fragte ich.

Keine Reaktion. Er schaufelte, als hätte er wochenlang nichts gekriegt.

»Hallo!«

Er schloss die Augen. »Mmh, Sandra kocht fantastisch.«

Mario versuchte, mich festzuhalten. »Lass ihn doch erst mal essen.«

»Aber er wird ja wohl zwischen zwei Bissen ein Ja oder nein herausbringen. Selbst er müsste das schaffen.« Mein Blutdruck stieg.

Christian öffnete seine Augen zu einem schmalen Spalt und schob die nächste hochbeladene Gabel in den Mund.

»Also ja«, sagte ich. Keine Reaktion.

»Ich nehme dir gleich das Essen weg. Oder ich rufe Jochen an.«

Er stellte den Teller ab und legte seine Gabel hin. Ein kleines Stück Tomate fiel auf die Tischplatte. Aufreizend langsam griff er seine Papierserviette, entfaltete sie umständlich und wischte sich sorgfältig den Mund ab. »Friedchen, es ist so furchtbar unhöflich, Leute beim Essen zu stören. Ja, ich glaube, es war Herrenabend, wie du es nennst, und nein, ich war nicht da. Warum interessierst du dich so dafür?

Möchtest du mal mit?«

Mario versuchte, die Wogen zu glätten. »Wir überlegen, warum Vito in Hohenebersbach war. Und ein Donizetti-Clubabend schien uns plausibel.«

So leicht war ich nicht zu beruhigen. »Habt ihr der Polizei immer noch nichts von diesen schmierigen Veranstaltungen gesagt?«

Langsam hätte ich gelernt haben sollen, dass Christian sich nicht in die Karten schauen ließ. »Doch, sie wissen davon, kennen aber vielleicht nicht die genaue Zielsetzung des Clubs.«

»Missbrauch von Minderjährigen, sexuelle Nötigung, Erpressung und wer weiß, was noch alles.«

»Reg dich ab, Friedchen, ich bin ja dran. Kann ich jetzt weiter essen?«

Ich fing an, das Geschirr zusammenzustellen. »Sind eigentlich noch mal E-Mails aufgetaucht?«

Christian sah hoch, die Gabel in der Luft. »Meines Wissens nicht.«

»Und – sollte man nicht wenigstens versuchen herauszukriegen, wer sie geschrieben hat?«

»Ich denke, dass die Person seitdem andere Wege gefunden hat, sich Luft zu machen.«

»Zum Beispiel auf Jochen schießen?«

»Zum Beispiel. Jetzt, Friedchen, würde ich gern zu Ende essen, räum ruhig schon ab, wenn du Bewegung brauchst.«

Mehr kam nicht heraus. In gewisser Hinsicht gab ich auf. Das Thema schien aus lauter losen Enden zu bestehen, die zu verknüpfen mir aber Informationen fehlten, und wahrscheinlich ging es den beiden ganz genauso. Wobei man bei Christian natürlich nie Genaues wusste. Es wallte schon wieder in mir. Ich atmete tief durch und dachte über die nächste Probe nach. Wir hatten sie für morgen angesetzt, um vor der Generalprobe einen freien Tag zu haben, denn nicht nur Sängerstimmen müssen ausgeruht sein, bevor es richtig losgeht.

Der zweite Mord

Wir trafen uns, als die Dämmerung einsetzte, eine knappe halbe Stunde, bevor die Probe beginnen sollte. Aus dem Haufen von Brettern und Stangen war eine halbe Tribüne erwachsen mit deutlichen Spuren von Versuch und Irrtum, die Einzelteile zu einem sinnvollen Ganzen zusammenzufügen. Es war aber kaum ein halbes Ganzes geworden, was mich beunruhigte. Aus dem vorderen Garderobenzelt kamen schon einzelne Instrumentenstimmen, eine Querflöte entließ fließende Läufe in die Abendluft und zwei Hörner bliesen melancholische Sexten. Ich liebe grundsätzlich die Stimmung vor einer Aufführung, nur empfand ich heute meine Rolle als Regisseurin eher quälend. Als schlichter Gesangssolist lehnt man sich zurück. Man hat gut geübt und freut sich, sein Können ausbreiten zu dürfen, rechnet mit Applaus und Blumen und fährt hinterher zufrieden nach Hause. Jetzt war ich zuständig für Dinge, auf die ich ab sofort nur noch wenig Einfluss hatte. Ich war darauf angewiesen, dass die Leute sich an ihre Wege während des Geschehens erinnerten, dass der Beleuchter weder einschlief noch vergaß, wen oder was er gerade beleuchten sollte, und dass der Requisiteur sich erinnerte, was wann wo stehen sollte – kein Job, der Leuten, die wie ich alles gern rechtwinklig haben, die Nachtruhe erleichtert. Ich dachte an die Sponsoren, die Ehrengäste, die anschließende Party und nicht zum letzten Mal daran, dass Samiel mit Sicherheit wieder überagieren würde. Er war im zivilen Leben Ingenieur bei den Stadtwerken und hatte anfangs seine Rolle komödiantisch aufgefasst. Nach langen zähen Verhandlungen mit ihm unterließ er jetzt etwa 50 % der schlimmsten Grimassen und gab sich redlich Mühe, unerbittlich dämonisch zu wirken.

Mit dem Beleuchter hatte ich lange geübt. Er saß an seinem Platz hinter den zukünftigen Tribünen auf einem Anstand, der eigentlich zur Wildbeobachtung gedacht war, und hatte hoffentlich die Sache unter Kontrolle. Chöre und Solisten tauchten erstmalig in ihren Kostümen auf, allerdings fehlte hier noch ein Ärmel, dort hing der Saum und bei einigen beulte es sich an einigen Stellen. Ich hatte aber keinen Zweifel, dass alle Mängel innerhalb der nächsten zwei Tage zu beheben wären.

Fast pünktlich fingen wir an. Ob es die Kostüme waren, die störten, ob wir zu viel geprobt hatten, ob das Lampenfieber zuschlug – ich weiß es nicht, jedenfalls war alles heute merkwürdig blass. Ich unterbrach den Durchgang zwar nicht, nahm mir aber vor, mit dem nötigen Nachdruck anschließend eine Rede an mein Volk zu halten. Wenn sie am Freitag so lahm agieren und singen würden, brauchten wir uns über massive Kritik nicht zu wundern. Der Neid auf die Sänger fing wieder an, in mir zu sprießen.

Bis die Wolfsschluchtszene anfing. Parallel zum *Chor der unsichtbaren Geister* feuerte unser Beleuchter ein Gewitter von Blitzen ab, Schatten erschienen und verschwanden, als Kaspar den Geist der Unterwelt in Gestalt des Samiel beschwor – unser Ingenieur fand genau das richtige Maß zwischen Grusel und Brutalität. Der Augenblick, wenn Max auf der oberen Plattform erscheint und in voller Naivität die düstere Stimmung beklagt, ist perfekt vorbereitet, man möchte hinlaufen und ihn warnen vor dem Abgrund der höllischen Intrige, die sich um ihn spinnt. Wunderbar. Ich hoffte, der

Tiefpunkt wäre überwunden und lehnte mich – geistig gesprochen – zurück.

Die Kulisse mit Agathes Schlafzimmer wurde pünktlich nach vorn geschoben, ein paar Requisiten dazu, und dann besang Ina Kelic zum ersten Mal wirklich schön, fand ich, ihren festen Glauben an das wohlwollende Walten der Vorsehung.

Auf der Musikhochschule führten wir damals zweimal im Jahr eine Oper auf, und in meinem vierten Semester, als ich mich immer noch nicht zwischen Konzert- und Opernfach entscheiden konnte, bekam ich die Rolle der Agathe im *Freischütz.* Ich hatte damals so heftig gearbeitet, dass ich immer noch jeden Ton konnte.

Es wäre aber keine romantische Oper, wenn die Stimmung nicht aufgehellt würde vom brillianten Ännchen mit ihrem Lied vom Kettenhund Nero, der irrtümlich für einen Geist gehalten wurde. Dann kamen die Brautjungfern, und als Janina schwerelos über ihre Strophen glitt, geriet ich in einen zufriedenen Dämmerzustand in meinem Regiestuhl und dümpelte milde lächelnd über das Erreichte auf den Klängen des männlich-selbstbewussten *(Ihr müsst das mit mehr Testosteron singen!)* Jägerchores, Max' Probeschuss erwartend, der das Finale einleitet. Der kam mir heute besonders schön laut vor.

Ich schwamm auch noch, als der Chor sang „*Kaum will das Auge wagen, wer das Opfer sei, zu sehn*“, und merkte erst, dass etwas nicht stimmte, als keine Antwort kam. Agathe! Wo war Agathes Einsatz „*War's ein Traum nur, dass ich sank?*“?

Agathe stand nicht auf. Das Orchester hörte auf zu spielen, Wolfgang hatte den Taktstock halb erhoben, eine Sekunde war es totenstill, dann schrie Lissi Müller, die am nächsten dran gestanden hatte, während sie sich neben Ina auf den Kunstrasen kniete: »Sie blutet, holt einen Arzt!«

Wie der Blitz war ich auf der Bühne und sah mit einem Blick, dass sie tot war. Ihre Augen waren zum sternenbesäten Nachthimmel gedreht, aber sahen eben nichts, denn sie waren tot. Der Unterkiefer war heruntergefallen, und ein großer Blutfleck hatte sich auf ihrer linken Brustseite ausgebreitet.

Im folgenden Chaos blieb ich weitgehend passiv. Horst Lorenz in seinem Kostüm als Ottokar hatte das Kommando übernommen und dirigierte den Notarzt, die Polizeikollegen, die geschockten Solisten, das ungläubige Orchester, den heftig diskutierenden Chor und die anrückenden Beamten der Kriminalpolizei. Ich hätte gern die Hände gerungen in verzweifelter Überlegung, wie wir jetzt unser kleines Festival retten könnten, wenn ich gewusst hätte, wie man die Hände ringt. Ich ließ innerlich Kolleginnen passieren, die ich bitten könnte, die Rolle der Agathe zu übernehmen. Aber wer hat so überstürzt Zeit? Wenn die Bühne überhaupt freigegeben würde, denn die Spurensicherung würde ja sicher erst mal alles abriegeln. Würden die überhaupt bis übermorgen fertig? Würde womöglich die öffentliche Moral fordern, dass wir die ganze Sache abblasen? Nein, es gibt Konventionalstrafen für den Veranstalter, wenn ein Sänger seinen Vertrag platzen sieht. Und Pietät ist sicher kein Absagegrund. Oder? Wahrscheinlich nicht zum letzten Mal hasste ich meinen Regieposten.

In dem Moment fühlte ich eine Hand an meinem Ellbogen. »Hier, Friederike, das klebte an unserem Spiegel. *„Ihr seht, ich bin noch nicht fertig.“* Eine ungelenke, fast kindliche Schrift auf einem halben DIN-A-5-Blatt, aus einem Rechenheft wahrscheinlich, denn es hatte Kästchen. Was für einen Blödsinn man wahrnimmt, dachte ich. Auch, dass der Punkt auf den i's ein kleiner Kreis war, wie junge Mädchen es gern machen. Tarnung oder Gewohnheit? Lissi hatte den Zettel säuberlich in ihrer Pausenbrottüte archiviert. »Nur an der Ecke angefasst«, sagte sie. Es geht nichts über die durch Fernsehkrimis vermittelte Halbbildung. »Gibst du ihn weiter?“ Fester Glaube an die lautere Korrektheit meiner Handlungen.

Was machen wir jetzt? »Ja, Lissi, danke.« Ich redete automatisch, während ich völlig absorbiert war von dem Gedanken: Was, zum Teufel, machen wir jetzt?

Drei Stunden später saßen wir im Café. Die Polizei hatte unsere Adressen und erste Aussagen. Nein, niemand hatte jemand Fremdes gesehen. Nein, niemand hatte jemanden außerhalb der Bühne mit einer Pistole gesehen. Nein, auch auf der Bühne nicht. Die entsprechende Platzpatrone hatte der Requisiteur abzufeuern, dessen alte Gerätschaft an dem Abend merkwürdigerweise aber nicht funktioniert hatte. Der Knall, den wir alle gehört hatten, war der Schuss gewesen, der Ina Kelic von schräg hinten ins Herz getroffen hatte. »Ein sauberer Blattschuss« murmelte jemand. Der Schütze musste, so wurde vermutet – allerdings ließ sich zum jetzigen Zeitpunkt nichts davon beweisen – rechts schräg neben dem Zechenhaus in der Nähe des vorderen Garderobenzeltes gestanden haben. Die vielen Bäume bildeten natürlich eine hervorragende Deckung. Als wir weggingen, war der ganze Platz von weißem Licht überflutet, und überall krochen Männer in Schutzanzügen herum, sammelnd, messend und fotografierend.

Als ich in das fast leere Café trat, musste es etwa Mitternacht sein, es war merkwürdig still. Die wenigen Leute sprachen nicht, so dass ich überdeutlich Lidia Borda singen hörte: *Tinta roja en el gris del ayer. Rote Tinte im Grau des Gestern*, Verlust und Trauer. Meine Assoziation war natürlich sofort das rote Blut auf Agathes grauem Mieder und der weißen Bluse. Mario hatte einen großen Schnaps in der Hand. »Trink, Frieda, und setz dich.«

Es redete immer noch keiner, als ich neben ihm im Sofa saß und den Weinbrand herunter hatte. Jetzt erst nahm ich Herrn Karls Wärme an meinem rechten Bein wahr, Sandra besorgt hinter der Theke, die beiden Arme in die Seiten gestemmt, Konni im Sessel mir gegenüber nach vorn gebeugt, die Ellbogen auf den Knien und Mario, der seinen Arm um mich gelegt hatte und meine rechte Wange strich. »Ist gut, Friederike, alles ist gut, wir haben's schon gehört.«

Ich sah Sandra zum Langen Tisch im Hintergrund gehen und etwas sagen, worauf die drei jungen Leute ihre Sachen packten und den Raum verließen. Das Gleiche tat sie mit dem Ehepaar an Tisch 3. Sie schloss ab, hängte das *Geschlossen*-Schild an seinen Haken – wir waren allein.

Sie wollten so gern wissen, was passiert war, ich konnte aber nicht viel erzählen. »Alles lief gut, es wurde immer besser, eine ganz herrliche Wolfsschlucht, ich sage euch, Janina hat gesungen wie ein Engel, und dann kam der Probeschuss vor dem Finale und dann –«

Meine Kehle wurde eng.

»Es müssen doch zwei Schüsse gewesen sein, denn niemand kann so genau planen, dass er wirklich gleichzeitig mit dem Requisiteur schießt.« Konni hatte sofort gemerkt, wo es nicht stimmte.

Ich schluckte einen Kloß hinunter. »Ich habe mitgekriegt, dass er sich hinterher über eine Ladehemmung seiner Pistole beklagte.«

»Dann müsste – mal angenommen, der Mörder –«, wie das klang, »der Mörder müsste euren Mann mit der Schreckschusspistole –«

»Platzpatrone.«

»Sage ich ja. Er müsste euren Requisiteur, oder wie der heißt, ganz genau im Blick gehabt haben, um zu sehen, wann er sich anschickt abzudrücken.«

Mario sagte: »Das ist bestimmt berücksichtigt worden. Habt ihr denn hören können, woher der Schuss kam?«

»Ich saß der Bühne gegenüber, für mich klang es glaubhaft von geradeaus, aber die Frauen, die ganz rechts standen, sagten, der Knall wäre hinter ihnen gewesen.«

»Warum standen sie nicht zwischen Agathe und dem Schützen?«

Ja, das hatte ich mich auch gefragt. »Agathe stand sehr weit vorn. Wir haben sie öfter weiter nach hinten geschoben, sie wollte aber unbedingt so weit vorn stehen. Sie fand wahrscheinlich, dass ihre Ohnmacht als Folge des Schusses ihres Liebsten in unnachahmlicher Weise das Publikum rühren würde.« Darf man so etwas über eine Tote sagen?

Sandra saß jetzt neben Konni. »Und dann ist sie tatsächlich tot. Und was macht ihr jetzt, Friederike?«

Wenn ich das wüsste. Dann fiel mir der Zettel ein. *„Ihr seht, ich bin noch nicht fertig.“* Ich berichtete, dass Lissi ihn gefunden hätte. »Ist sie deshalb verdächtig?«, fragte Konni.

»Ich glaube nicht. Sie war ja nicht allein, als sie ihn fand.«

»Und warum hat sie ihn dir gegeben und nicht gleich der Polizei?«

»Ich nehme an, sie hat mich in ihrer Hierarchie zwischen sich und der Polizei eingeordnet.«

Mario lachte. »Der Dienstweg.«

Ich fühlte, wie sich die Muskeln um meinen Mund lockerten. »Du lachst, Frieda«, sagte Mario. »Gut so. Willst du noch einen?« Ich nickte.

Sandra stand auf. »Wir alle, glaube ich. Ich hole die Flasche.«

»Entschuldige, Friederike, wenn ich nerve, aber was denkt ihr denn, was er mit dem Zettel sagen will. Wenn er ihn überhaupt geschrieben hat. Ist dieser Mord damit gemeint oder soll es noch einen geben?« Konni wickelte Bartlocken um seinen rechten Zeigefinger.

»Und wenn es eine Sie ist?« Ich hatte meinen Einwand kaum fertig, als es heftig an die Tür klopfte. Sandra ging mit der Weinbrandflasche in der Linken von der Theke zum Eingang und drehte den Schlüssel um. Herein marschierten, einer hinter dem anderen, Kahlhut, Wolfgang Schmidt-Lehmann und Chorvorstand Winni Müller. Sandra drehte auf dem Hacken um. »Ich hole noch eine.«

Sie saßen mir gegenüber wie die Hasen im Klee: Gerade aufgerichtet, die Hände auf den Knien, konzentriert mit diesem speziellen Ausdruck im Gesicht, der die Spannung auf die Antwort der Frage vorwegnimmt: Wie sage ich's meinem Kind?

Worauf musste ich mich vorbereiten? Ob ich einverstanden wäre, die Sache abzublasen? War ich nicht. Oder war es keine Frage, sondern eine unangenehme Nachricht? Hatten sie den Mörder schon? War es einer aus dem Chor? Kannte ich ihn? War noch jemand verletzt?

Kahlhut räusperte sich und zog seine Hosenbeine (zartgelb-beige-kariert) ein Stück höher. »Liebe Frau Friederike —« Er wollte was. Wenn er mich derart bescheuert betitelte, wollte er was. Ich sollte bei der Beerdigung singen. SINGEN. Natürlich, in dem Moment wusste ich, was kommen würde.

»Liebe verehrte Frau Friederike«, er wurde immer schlimmer. Konnte ihn niemand abwürgen?

»Sie wissen, dass wir Sie sehr schätzen.« Nein, nicht, was ich dachte. Ich sollte die Regie abgeben, oder?

»Diese Tragödie, die Sie so unmittelbar miterleben mussten –«, er räusperte sich noch einmal, »die wir alle miterleben mussten, diese unfassbare Tragödie stürzt uns alle in tiefe Trauer.«

Davon sah ich nichts. Sein Gesicht glänzte glatt wie üblich, keine Spur von Kummerfalten. Dieser Mann war gar nicht fähig zu Gefühlen.

»Wir haben alle Frau Kelic außerordentlich geschätzt –« Ich sollte doch auf der Beerdigung singen. Oder eine Rede über die außerordentlich geschätzte Kollegin halten? Vielleicht beides.

»Was Herr Kahlhut meint, ist, dass wir uns einig sind, dass du die Agathe singen sollst.« Wolfgang sah mich ruhig an und lächelte leicht.

Ich hatte es geahnt. Ich sah Mario an. Der hatte die Beine übereinandergeschlagen, den rechten Ellbogen auf den Oberschenkel gestützt und den Zeigefinger an der Nase. Er verzog sein Gesicht in die Breite. Der Mann grinste, es war nicht zu fassen. »Warum nicht«, murmelte er.

Tja, warum nicht. Abgesehen davon, dass es 25 Jahre her war, dass ich die Rolle gesungen hatte, abgesehen davon, dass ich mich damals gegen das Opernfach entschieden hatte, weil ich nicht in die Hände solcher Regisseure fallen wollte, wie Vito sie verkörpert hatte, abgesehen davon, dass ich ruhig stehen möchte, wenn ich singe, nicht im Liegen mit dem Kopf nach unten, abgesehen von all diesen Gründen dagegen war das Angebot natürlich verlockend und ehrenvoll. Sollte ich mich dafür entscheiden, wäre Wolfgangs Meinung ausschlaggebend. Ich hielt viel von ihm als Musiker, und wenn er es mir zutraute, sollte ich es eigentlich auch tun. Eigentlich.

»Lasst mich bis morgen drüber nachdenken.« Alle drei fielen leicht ein.

Kahlhut erholte sich als erster. »Ihre wunderbare Stimme –«

»Lassen Sie mich bis morgen nachdenken. Sie haben recht, es spricht viel dafür, es spricht aber auch viel dagegen. Ich hätte gern ein bisschen Zeit.«

Wolfgang nickte. »In Ordnung, aber morgen früh, Friederike, spätestens, müssten wir uns nach jemand anderem umsehen.«

»Hättest du eine Idee? Vielleicht eine so gute wie den Feuerwehr-Max?«

»Lass uns doch erst mal sehen, wie du dich entscheidest.«

Ein Moment des Schweigens folgte, in dem jeder sein Glas hob. Dann kamen wir auf den Zettel zurück. Ich musste noch einmal genau beschreiben, wie die Nachricht ausgesehen hatte.

»Das klingt nach Teenager«, stellte Sandra trocken fest.

Mario schüttelte leicht den Kopf. »Ja, schon, aber wenn es so ist, wie wir vermuten, wie auch der Zettel nahelegt, dass dies schon der zweite Mord ist, dann ist der Täter doch ganz schön gerissen, oder sagen wir kaltblütig. Gibt es überhaupt Teenager, auf die diese Eigenschaften zutreffen? Und wieso würde er auf der anderen Seite so einen blöden Fehler machen und mit der Schrift klare Hinweise auf seine Identität geben?"

»Auf seine Altersgruppe, mehr doch nicht.«

»Und Geschlecht. Wir haben gesagt, die i-Punkt-Kreise sind weiblich.«

Christian fehlte in unserer Diskussionsrunde. Normalerweise rückt er in Augenblicken wie diesen mit irgendwelchen neuen Informationen heraus. Wo war er eigentlich?

Kahlhut hatte merkwürdig schweigsam dagesessen. Er schreckte fast hoch, als sein Telefon klingelte. »Entschuldigung«, murmelte er, als er leicht gebückt in den hinteren Teil des Cafés lief. Wir werden alle älter.

Mit sehr besorgter Miene kam er zurück. »Eine furchtbare Entwicklung«, sagte er. »Jochen von Ebersbach ist vorläufig festgenommen worden. Die Pistole, die Frau Kelic getötet hat, hat man gefunden. Sie ist auf seinen Namen registriert.«

Konnis Reaktion war interessant. »Oh, Mann, bin ich froh. Hoffentlich können sie ihm auch den Mord an Vito anhängen.«

»Ich glaube, das musst du uns erklären«, sagte Sandra. Sie sah ihn neugierig an. »Meinst du das wegen Joschi?«

»Ja. Die Cops haben in meinem Club ein ganz schönes Chaos angerichtet. Dauernd stand einer auf der Matte und fragte nach ihm.«

»Hatte er sich abgesetzt?«

»Nee, nur leicht unsichtbar gemacht.«

Unsere drei Besucher kannten die Leute nicht, über die wir redeten und wurden unruhig. Kahlhut stand als erster auf. »Ja, dann – ich werde jetzt sicher irgendwo gebraucht.« Natürlich.

Wolfgang und Winni Müller tranken pflichtschuldig ihre Gläser aus. Winni schüttelte mir die Hand. »Friederike, du solltest es wirklich machen. Der ganze Chor steht hinter dir«, was ich etwas kryptisch fand, aber auch ein bisschen rührend.

Konni schloss hinter ihnen ab.

»Was ist denn mit Joschi?«, fragte Sandra, als er sich in den dicken Ledersessel neben ihr fallen ließ, und verstaute den Fünfziger in ihrer Tasche, den Kahlhut auf den Tisch gelegt hatte.

»Er hatte was mit Ina. Und als dem Knoll das Licht ausgepustet wurde, kamen die Leute natürlich auch auf ihn. Die Frau hat ja dauernd bei uns rumgehangen und tierisch genervt. Fühlte sich als Rockerbraut und war nicht dazu zu bringen, eine anständige Montur anzuziehen. Saß in diesen Leopardendings auf dem Sozius und ließ die Haare flattern. Voll daneben.«

»Und was hat Joschi dazu gesagt?«

»Der war völlig abgedreht. Kuckte gläsern in die Gegend und ließ sich nichts sagen. Ich hab mehrfach versucht, ihm klarzumachen, dass das schief geht. Mit so 'ner Frau landet man in der Scheiße. Das ist nicht unser Kaliber. Und deshalb bin ich höllisch froh, dass sie wen anders eingesackt haben, das könnt ihr mir glauben.«

Ich hätte ihm gern erklärt, dass es in meinen Augen keinen Grund gab, Ina Kelic auf einen Sockel zu stellen, eher im Gegenteil, fühlte aber Marios Hand auf meiner Schulter. »Komm«, sagte er, »Zeit zum Schlafengehen. Für heute reicht's. Morgen steht die Polizei auf der Matte, um dich zu vernehmen. Jetzt brauchst du erst mal Ruhe.« Vielleicht besser so.

Brauchten wir nicht langsam Polizeischutz für unser Projekt? Waren wir noch sicher? Hatte ich als Regisseurin nicht Verantwortung für meine Akteure? Wenn schon nicht juristisch, so doch moralisch?

* * *

Bis wir endlich zu Hause und im Bett waren, redeten und mutmaßten Mario und ich vor uns hin. Die große Frage war: Warum hatte der Mörder die Pistole liegengelassen? Die Frage stellte sich in beiden Fällen – ob Jochen selbst geschossen hatte, oder ob jemand ihn nur belasten wollte. Oder war sie einfach nur aus der Tasche des Mörders gefallen? Und welches Motiv sollte Jochen haben? In jedem Fall, da waren Mario und ich uns einig, gab es eine Verbindung nach Hohenebersbach, da bestand kein Zweifel. Kein Zweifel bestand aber auch darin, dass wir dringend eine Art Polizeischutz beantragen wollten, wenn das möglich war. Mir war angst und bange wegen unseres Projektes, denn die gesamten letzten Stunden hatte ich, außer über die Sicherheit nachzudenken, die Entscheidung über die zukünftige Agathe verdrängt.

Generalprobe

Eine unerwartete Tochter

Wir wurden durch heftiges Klopfen geweckt und hörten, als wir mühsam versuchten, zum Tageslicht hoch zu tauchen, Herrn Karl in seinem Schuppen höchsten Alarm bellen. Mario fuhr in seinen Bademantel, ging zur Tür und kam mit Christian zusammen zurück. Der schwenkte eine Brötchentüte.

»Raus jetzt, Frühstück. Drei Tassen stark und ein weiches Ei für mich bitte.«

»Wie gut, dass du dir über deine Vorstellungen im Klaren bist, fang ruhig schon mal an. Für uns je zwei Tassen mittel und zwei Eier weich. Danke.« Ich verkniff mir jeden weiteren Kommentar und stellte mich unter die Dusche. Als Mario und ich fertig angezogen und mehr oder weniger zu uns gekommen waren, Herr Karl seinen Auslauf gehabt hatte und dabei war, sein Frühstück zu verschlingen, konnten wir uns an einen gedeckten Tisch setzen. Eine nette Abwechslung.

Christian war unverschämt wach. Er strich sich die Butter dick auf seine Brötchenhälfte und sagte munter: »Scheint ja ziemlich spannend gewesen zu sein gestern.«

Ich nickte und biss ab. Ich brauche eine gewisse Magenfülle, bevor ich morgens zurechnungsfähig bin. Eine Art Erdung vielleicht.

Er war nach seiner ersten Hälfte schon fertig, was mich vermuten ließ, dass er schon gefrühstückt hatte, und uns nur aus dem Bett locken wollte. Egal, die frischen Brötchen waren da. Während ich die Ereignisse noch einmal erzählte, sah er mich ununterbrochen mit seinen schmalen schwarzen Augen an. Ich hatte das schon öfter erlebt: er sitzt völlig regungslos, wenn er zuhört; nichts wird bewegt, kein Muskel zuckt, es ist, als ob er in einem Kasten sitzt, in den er Schlitze geschnitten hat. Manchmal denke ich, er hat zu viel Körperbeherrschung.

»Und Kahlhut sagte, es sei Jochens Pistole, auf jeden Fall auf ihn zugelassen. Und sie hätten Jochen vorläufig festgenommen.« Damit schloss ich meinen Bericht.

Mario hatte seine Brötchen niedergemacht, während ich redete. Christian rührte sich. »Ja, er sitzt bei der Quedlinburger Polizei und weiß nichts.«

»Sagt er. Aber er hat die Holzklauerei zugelassen. Er hat einen schmierigen Club gegründet und –«

»Ich weiß, Friedchen, beruhige dich. Wir sind uns einig, dass er keiner der sympathischeren Zeitgenossen ist, trotzdem muss er kein Mörder sein. Ebenso gut kann jemandem kräftig daran gelegen sein, ihn mit dem Mord zu belasten.«

»Bist du eigentlich in der Sache noch drin?« Mario rührte in seiner letzten Tasse Kaffee.

»Der Freiherr hat mich angerufen. Bedankte sich für die Aufklärung der Holzdiebstähle und möchte nun, dass ich seinen Bruder heraushole. Er ließ durchblicken, dass seine Schwägerin Helene anscheinend beabsichtigt, ins Schloss zu ziehen, weil sie nicht noch eine Nacht allein in ihrem Haus überstehen würde. Diese Aussicht scheint seine Bruderliebe zu beflügeln.« Verständlich.

»Wieso ist eigentlich der Freiherr nie verdächtigt worden, Vito umgebracht zu haben?« Das hatte ich mich schon öfter gefragt. »Sein Motiv ist doch gar nicht schlecht. War er nicht stinksauer wegen der Unregelmäßigkeiten, der Erpressungen von Clubgästen und nicht zuletzt wegen der Hotelpläne seines Bruders?«

Mario zweifelte. »Das kann ich mir kaum vorstellen. Der setzt doch nicht sein ganzes Leben aufs Spiel. Und außerdem müsste er sich dann doch eher an seinen Bruder halten.«

»Ich denke, er ist verdächtigt worden. Zumindest haben sie ihn sehr ordentlich befragt. Aber er hat ein Alibi. Seine Frau und Hubert-der-Butler schwören Stein und Bein, dass er den ganzen Abend und die ganze Nacht das Schloss nicht verlassen hat.«

»Näheres weiß ich nicht. Nur, dass sie sich immer noch an Vitos Ehefrau halten. Aber auch da wackelt die ganze Sache. Sie war bei Jochens Frau – aber das wisst ihr ja alles. Ich hab mir übrigens diesen Opernbetrieb mal näher angesehen.«

»Schade«, sagte Mario, »da wäre ich gern dabei gewesen.«

»Ja, war interessant. Gibt's noch Kaffee?«

Sein Preis für weitere Enthüllungen. Ich stand auf. »Aber ich will das hören. Noch nicht anfangen.« Unsere Kaffeemaschine stellt Einzeltassenfüllungen her – blöd, weil man dauernd aufstehen muss, aber unendlich viel besser als das normale Gebräu.

»Ich war morgens da, als die Kasse offen war. Sie ist natürlich gleichzeitig das Büro bei einem so kleinen Betrieb.«

»Und unter welchem Vorwand hast du dich eingeschlichen?«

»Höre ich da eine Spitze, Friedchen? Wir bringen doch alle ab und zu Opfer für die Wahrheitsfindung, oder? Ich nehme halt die Schmach des Eindringens unter Vorwänden auf mich.«

»Red weiter«, sagte Mario. »Wir wissen, wie tief die Scham dich beugt.«

»Ich habe meinen Ausweis vom Finanzamt vorgezeigt und gehofft, dass niemand auftaucht, der mich kennt.«

»Deinen Ausweis vom Finanzamt, aha.«

»Ganz recht. Ich habe der netten Dame erklärt, dass wir eine Betriebsprüfung vorbereiten, und ich müsste bestimmte Vorgänge im Voraus untersuchen.«

»Und sie war so blöd und ist darauf hereingefallen?« Ich konnte es nicht glauben. Wahrscheinlich ist ein Finanzbeamter in Designerkleidung mit langem Pferdeschwanz, der in einem Alfa Romeo vorfährt, und dem man selbst als Patient in einer Augenklinik bei Halbdunkel schon von weitem den Herzensbrecher ansieht, nichts Ungewöhnliches mehr. Trotzdem hätte ich als erste Handlung mein Telefon ergriffen und im ausgewiesenen Finanzamt nachgefragt, wo sie derartige Beamte hernehmen.

»Friedchen, es sind nicht alle Menschen so misstrauisch wie du.«

»Was hast du denn nun gefunden?« Mario wurde ungeduldig.

»Ja, was habe ich gefunden? Es war etwas mühsam, sie loszuwerden, aber zum Glück kam jemand und wollte Karten für eine japanische Reisegruppe. Das hat sie eine Weile beschäftigt. Als Erstes lachte mir, als ich die oberste Schreibtischschublade aufzog, ein Foto von Jochen entgegen.«

»Aha.«

»Genau. So ein faltenfreies vom Fotografen. Auf der Rückseite eher neutral, aber durch den Ort des Auffindens vielsagend: für meinen Schatz. Weiter unten lagen dann ein paar Selfies von ihr und ihrem Arbeitgeber mit recht wenig Kleidung am Leib. Ich würde sie übrigens auch nicht von der Bettkante schubsen. Eine lange Rothaarige.«

Meine Güte, ich hatte gehofft, diesen blöden Spruch nie mehr hören zu müssen.

»Er will dich nur ärgern, Frieda, nicht reagieren.« Mario kannte mich. »Komm zur Sache, Chrissie.« Da hatte er's.

Christian verzog seinen Mund – er kann „Chrissie"

nicht leiden. Was ich übrigens viel zu selten ausnutzte. »Als sie zurückkam, hatte ich Buchführungsordner in der Hand und sah unverdächtig aus.«

»Und – hast du was gefunden?«

»Ich bin ja kein Experte –«

»Mann, ja, wissen wir.«

»Aber es sah eigentlich in Ordnung aus, also Quittungen und Ausgabeposten stimmten überein zum Beispiel. Man muss bedenken, dass ich nicht viel Zeit hatte.«

»Klingt nicht sehr kriminell.«

»Nur ruhig, das ist nicht alles. Ich hab mir die festen Ausgabeposten mal angesehen. Also – Jochen, Ina und Vito sowie der Sekretärin Schwannecke wird ein festes Gehalt ausgezahlt, und das nicht zu knapp.«

»Wie sind die eigentlich organisiert? Ist das Theater ein Verein?«

»Ja. Nachdem der Baron Anfang der 90er Jahre die Bühne spielbereit restauriert hat, jedenfalls habe ich das so verstanden, hat die Gemeinde Hohenebersbach den ganzen Betrieb in die Trägerschaft des Vereins „Hohenebersbacher Oper" überführt. Künstlerischer Leiter ist –«

»Vito Knoll.«

»Richtig. 1. Vorsitzender ist Bodo von Ebersbach, 2. Vorsitzender sein Bruder, und Kassenwart – haltet euch fest – Ina Kelic. Vera Schwannecke macht die Schriftführung. Sie kriegen feste monatliche Unterstützung von der Gemeinde und vom Land, dazu natürlich von diversen Stiftungen. Und was da an Vereinsausgaben zum Beispiel für Repräsentation draufgeht, ist nicht schlecht.«

»In dieser Konstellation können sie sich praktisch frei bedienen.« Mir stand der Mund offen.

»Ja«, sagte Mario. »Und selbst den Donizetti-Club könnten sie bei wohlwollender Betrachtung vollständig aus der

Vereinskasse bezahlen.«

»Und alles steuerfrei weil gemeinnützig. Das ist doch nicht zu fassen.«

»Und Ina und Vito sind tot.«

Christian nickte. »Genau das gibt mir auch zu denken. Ich glaube, wir müssen uns beeilen, denkt an den Zettel: *„Ihr seht, ich bin noch nicht fertig."* Das kann man so deuten, dass es das war an Morden, aber auch so, dass noch mehr nachkommen werden.«

Wir schwiegen einen Moment. Mir war ziemlich schlecht. Ich hatte massiv den Eindruck, dass mein schöner *Freischütz* stark gefährdet war. Natürlich war da auch die Frage, wenn es einen nächsten Mord gibt, ist es Jochen oder ist es Bodo?

Die beiden dachten das Gleiche. Mario sprach es aus. »Ist nun Jochen der Nächste oder Bodo?«

»Wenn der Mörder ein Insider ist, würde ich eher auf Jochen tippen, denn Bodo gibt ja letztlich nur seinen Namen her.«

»Der Zettel gibt Hinweise auf eine weibliche Täterin.« Erst als der Satz raus war, fiel mir auf, was ich für einen Müll redete – alle Täterinnen sind wohl weiblich.

»Möglich«, sagte Christian. »Ich bin mir da nicht so sicher, kann aber sein, klar. Mit 50% Wahrscheinlichkeit hast du recht, Friedchen.« Er wurde schon wieder zum Blödmann. »Außerdem habe ich ein paar Sachen über die Bischoff-Familie herausgefunden, weil ich glaube, dass das alles zusammengehört.«

»Bischoff?«

»Hubert-der-Butler. Er heißt Hubert Bischoff. Er hat –«

»einen Fahrradfahrer umgemäht und ist abgehauen. Wissen wir.«

»Nicht so eilig, Friedchen.«

»Nenn mich nicht Friedchen.«

»Klingt aber so nett.«

Mario wurde ungeduldig. »Komm zur Sache.«

»Wenn Friedchen mich lässt.«

»Du bist doch –«

»Ruhe jetzt. Rede.«

»Hubert Bischoff war verheiratet. Ja, ich weiß, ist euch bekannt. Was ihr aber wahrscheinlich noch nicht wisst, ist, dass er zwei Kinder hat. Cyriak und ein Mädchen, Sophia.«

»Altsprachler.«

»Genau.«

Warum das Mädchen Sophia hieß, war mir egal. »Und wo ist sie?«

»Das –«, Christian hatte ein Fusselchen auf seinem weißen Hemd gefunden, betrachtete es einen Moment und schnipste es dann weg. »Das ist eben genau der Grund, warum ich gekommen bin.«

Mario lachte. »Ich dachte mir schon, dass du uns nicht nur mit frischen Brötchen versorgen wolltest.«

Unser Telefon klingelte. Weil ich ahnte, wer es war und was er wollte, ging ich etwas zögernd zu Marios Schreibtisch. Aber ich hatte mich im Laufe der Nacht entschieden, was mir letztlich merkwürdig leicht gefallen war.

»Hallo, Wolfgang, nett dass du anrufst. Ja, ich habe mich entschieden, ich mache es nicht. – Damit hast du schon gerechnet, Gott sei Dank. Und jetzt?«

»Also erst mal vorneweg, Friederike, mach dir keine Gedanken«, sagte er. »Du lässt niemanden im Stich.«

Eigenartig, dass er das sagte, denn irgendwas hatte in mir gearbeitet, was genau in diese Richtung passte. »Hast du eine Idee? Ich dachte zur Not an die Schönbaum.«

»Würde passen. Sie singt die Agathe gerade in Erfurt, oder? Nein, hör zu. Bei meiner Schwester wohnt zur Zeit eine polnische Sopranistin, die hier ein Engagement sucht. Und ihre letzte Rolle in Kattowitz war –«

»Agathe. Wahnsinn. Hast du sie schon gefragt?«

Ich kannte Wolfgang schon ganz gut. Er wusste nicht, ob ich beleidigt sein würde, wenn er ja sagte, deshalb wartete er einen Moment, räusperte sich dann und sagte: »Ehrlich gesagt ja. Allerdings mit Vorbehalt, aber mir war gestern Abend schon ziemlich klar, dass du es nicht machen würdest.«

»Und was sagt sie?«

»Sie will.«

»Super.«

»Sie könnte heute Mittag hier sein. Du müsstest allerdings die Gänge mit ihr durchgehen. Wann passt es dir? Ich kann mich mit der musikalischen Probe nach dir richten.«

Wir verabredeten uns für den späteren Nachmittag, dann legte er auf. Ich dachte über das Kostüm nach – hoffentlich war sie weder ein Strich noch eine Kugel, aber auch das Problem würden wir gegebenenfalls lösen.

»Und deshalb will Christian dich fragen, ob du mal hinfährst.«

»Was?«

»Du hörst nicht zu.«

»Ich habe noch ein paar andere Dinge am Hals als Morde und Familiendramen. Wir haben übermorgen eine Freilichtaufführung –«

»Komm runter, Frieda, keiner will dich ärgern. Erklär es ihr, Christian, aber anständig.« Nett, dass er sich für mich einsetzt, aber unnötig. Ich bin durchaus in der Lage, zwei Handlungsstränge gleichzeitig zu übersehen.

»Also, Friedchen, als Hubert geschieden wurde, was eine Folge des Unfalls war, nachdem kein Mensch mehr mit ihm klar kam, ist Tochter Sophia mit der Mutter nach Northeim gezogen. Sohn Cyriak blieb bei ihm.«

»Wahrscheinlich hat ihn das so verbittert, dass er deshalb keine Fotos von ihnen in der Wohnung hängen hat«, sagte Mario.

Ich konnte mich durchaus in ihn hineindenken. »Und ist vollständig abgedreht, als auch Cyriak noch starb. Vielleicht hat er da gedacht, lieber gar keine Familie als diese schreckliche Trauer, und hat auch Cyriaks Fotos von der Wand genommen.«

»Möglich. Jedenfalls würde ich gern was über Mutter und Tochter wissen.«

»Ja, dann mach doch.«

Christian lehnte sich zurück und legte beide Arme seitlich auf die Sofalehne. Er grinste. »Ich dachte, dass du mal nach Northeim fahren könntest. Ein Gespräch von Frau zu Frau.«

Es trieb mich von meinem Sessel hoch. »Das ist doch nicht dein Ernst. Also erst mal bin ich im Moment gut beschäftigt, danke. Zweitens finde ich es absurd, was du dir anscheinend unter einem Gespräch von Frau zu Frau vorstellst. Meinst du, es kommt ein weibliches Wesen zur Tür herein und schon öffnen sich bei dem anderen alle Schleusen? Du scheinst zu vermuten, dass alle Frauen auf der Welt sich allen Frauen auf der Welt gegenüber ohne jede Hemmung über intimste und sonst gern versteckte Details ausführlich äußern. Und drittens kannst du deinen Kram alleine machen. Du hast Mario schon mit reingezogen, und ich finde, das langt an deiner Präsenz in meinem Leben. Ich kann sehr gut selbst für meine Unterhaltung sorgen.«

Mario war besorgt. »Ich glaube, Christian, du hättest es vielleicht anders ausdrücken sollen.«

Das brachte mich noch mehr in Wallung. »Du scheinst zu denken, dass ich wirklich fahren soll. Und wann bitte? Wir haben eine erschossene Sopranistin, die auch noch die

Hauptrolle in einer Aufführung singt, für die ich hauptamtlich mitverantwortlich bin. Und wieso schlägst du dich auf die Seite von diesem –«

Christian betrachtete mich mit einer Mischung aus Amüsement und wissenschaftlichem Interesse. »Du reagierst immer noch wie früher. Diese Konstanz schätze ich an dir, wirklich. Aber du solltest nicht den Beifahrer verprügeln. Alles, worum wir dich –«

Das *wir* brachte es um. »Was heißt wir? Ist dir klar –«, ich drehte mich zu Mario, »dass er sich zwischen uns stellt? Wisst ihr, was? Macht euren Dreck doch allein.« Und ich verschwand mit möglichst geradem Rücken im Badezimmer, wo ich sowieso hin gewollt hatte.

Durch die Tür hörte ich leises Murmeln. Ich war sicher, dass Mario sich für die Rolle des Abgeordneten hergeben würde. Ja, tat er.

»Frieda, komm wieder raus. Selbst Christian schafft es nicht, sich zwischen uns zu stellen, das weißt du doch ganz genau. Es ist meine eigene Idee, dass ich denke, dass du hinfahren solltest, wenn du irgendwie dafür Zeit findest. Sie redet mit Sicherheit eher mit dir als mit zwei unbekannten Typen. Christian denkt, dass Sophia etwas weiß. Sie ist aber seit längerer Zeit verschwunden und auch bei der Mutter nicht aufgetaucht. Komm jetzt raus da, ich kann mich nicht durch die Tür mit dir unterhalten.«

Ich bereute schon länger, dass ich nicht am Tisch geblieben war. Beleidigt weggehen ist leicht, aber wie kommt man ohne gründlichen Gesichtsverlust zurück? Schon öfter hatte ich mir vorgenommen, mich nicht mehr auf dieses Spiel einzulassen. *Dableiben, kämpfen,* Friederike. Na gut, das nächste Mal.

»Kannst du deine Gedanken jetzt mal versuchen, so zusammenzufassen, dass du niemanden beleidigst?« Ich setzte mich Christian gegenüber.

»Schade, es hat so viel Spaß –«

»Christian!« Mario wurde ärgerlich.

»In Ordnung. Ich versuch's. Im Grunde weiß ich auch nicht viel mehr, als dass die Tochter existiert. Was sie interessant macht, ist, dass es nach der Scheidung irgendwie einen Knacks in ihrem Leben gegeben haben muss. Sie ist vorbestraft wegen Beischlafdiebstahl.«

Wir staunten. »Ließe sich damit unter Umständen eine Verbindung zum Donizetti-Club herstellen?« Mario redete vor sich hin. »Vielleicht zu gewagt. Aber sie arbeitete als Prostituierte. Und ist verschwunden?«

»Vielleicht lebt sie nicht mehr«, sagte ich. »Vielleicht gehört sie in diese Reihe von toten – Cyriak, Sophia, Vito, Ina. Sie hatten alle direkt oder indirekt mit der Hoheneberbacher Oper zu tun. Oder sie ist eine Prostituierte im Donizetti-Club.«

»So, jetzt sind wir da, wo ich eigentlich hin wollte. Ich glaube, es ist absolut notwendig, Sophia zu finden. Oder sicher zu wissen, dass sie tot ist. Ich glaube, sie könnte der Schlüssel für diese ganze Geschichte sein. Friederike, machst du es?« Christian hatte sich zusammengenommen und versuchte sich auszudrücken, ohne die Leute fortgesetzt zu beleidigen. Klar, er will was, und anders ist es nicht zu haben. Guter Stratege und ein Blödmann. Mit dieser Feststellung war ich wieder bei mir selbst angekommen und konnte tief durchatmen.

»Ihr seid ganz schön optimistisch. Wenn ich übermorgen und die folgenden drei Tage die Agathe gesungen hätte, wäre es ganz unmöglich.«

»Mario sagte, du würdest sie ablehnen.«

Das riss mich kurz aus meinen Überlegungen, und ich sah zu ihm hinüber. »Ich kenne dich, meine Liebste«, sagte er und lächelte mich so liebevoll an, dass der Raum um mich verschwamm.

Christian hustete. »Ich gehe ja gleich. Können wir noch eben klären, wann und wie?«

»Klar.«

»Also, hier sind beide Telefonnummern, fest und mobil. Sie ist Krankenschwester und hat im Moment Spätschicht. Du müsstest sie demnach über Mittag irgendwann erreichen. Lass nicht locker, bis du einen Zeitpunkt hast, zu dem du sie besuchen kannst. Versuch herauszufinden, wo Sophia zur Zeit ist, ob die Mutter überhaupt irgendwelche Anhaltspunkte hat, die das Mädchen angehen, ob sie Freunde von ihr kennt, Vorlieben, frühere Kontakte, du weißt schon.«

Gar nichts wusste ich. Ich hatte so was noch nie gemacht und wollte eigentlich auch nicht. »Ich versuch's ja. Aber mir ist nicht klar, warum Sophia so wichtig ist.«

»Christian denkt, sie ist das fehlende Puzzleteil. Es ist vielleicht wichtig zu wissen, wie ihr Verhältnis zu Cyriak war, denn möglicherweise spielt der Bruder bei der ganzen Sache eine wichtige Rolle. Wir kommen immer wieder auf den Donizetti-Club zurück.«

»Ich kriege Vito und Ina noch nicht richtig mit dem Rest zusammen. Sie kamen doch von außen. Wenn es Jochen erwischt hätte –«

»Was nicht ist, kann noch werden.« Christian hatte seine Nonchalance wiedergefunden. Besser: seine Unverschämtheit.

»Was?«

»Ich denke, die Sache ist noch nicht vorbei.«

»Genau das stand ja auf dem Zettel, den wir gefunden haben. Wie alt ist wäre die Sophia eigentlich jetzt?« Ich versuchte, mir ein Bild zu machen.

»Irgendwas über 20.«

»Was ist denn mit Vitos Ehefrau? Ist sie ganz draußen? Sie hätte doch ein perfektes Motiv. Erst den Mann meucheln, dann die Nebenbuhlerin.«

»Sie sitzt in U-Haft. Abgesehen von ihrem unsicheren Alibi ist ein Telefonmitschnitt aufgetaucht, in dem sie wörtlich sagt: *„Irgendwann bringe ich ihn um, glaub mir.“*

»Das sagt jeder mal irgendwann.«

Mario schlug die Beine übereinander und legte den Kopf schief. »Sprich dich nur aus, Frieda.«

Christian stand auf. »Bevor deine Gattin zur Sache kommt, würde ich gern das Weite suchen. Pass auf dich auf, Kumpel, sie hat das Zeug zur blutrünstigen Bestie. Ich weiß das.« Er ging pfeifend zur Tür. »Übrigens — Kahlhut hat durchgesetzt, dass ihr ab sofort Polizeipräsenz bei Proben und Aufführungen haben werdet.« Er drückte die Klinke runter. »Ruft mal an, wenn ihr was rausgekriegt habt.«

Ihr, wieso *ihr*? Ich habe die A…karte.

Die Mutter weiß was

Jolanta Pawlowska, unsere neue Agathe, passte zum Glück in ihr Kostüm, lediglich der Saum musste um wenigstens zehn Zentimeter gekürzt werden, denn sie war winzig. Sie überschüttete mich mit Konsonanten und schwirrte über die Bühne. »So? Ja? Richtig? Stehe ich hier? Und dann gehen? Ja? Habe ich vorhin schon mit Dirigent geübt. Auch Ännchen, Duett – alles gut.«

Eine nette, quirlige Person, die bestenfalls Probleme haben würde, Agathes schwermütigen Teil rüber zu bringen. Ich versuchte, sie in ihrem Bewegungseifer zu bremsen.

»Du bist traurig. Du hast Angst. Du fürchtest um Max. Du glaubst nicht mehr, dass alles gut wird. Steh ruhig, mach langsame Bewegungen.«

»Weiß ich. Ist schwer.«

Aber es klappte. Eigenartigerweise ist eine kleine traurige Gestalt noch trauriger als eine große, man hat noch mehr Mitleid, vielleicht spielt der Kindchen-Effekt dabei eine Rolle. Ich war gespannt auf ihre Stimme, der Statur nach hatte ich etwas Mühe, ihr die notwendige Lyrik zuzutrauen. Meine Erfahrung sagte aber deutlich, dass jede Stimmlage in jedem Körper sitzen kann.

Und dann fuhr ich nach Northeim, denn ab heute hatte Donata Bischoff, Mutter von Sophia und Cyriak, Nachtdienst. Wir hatten uns für 20 Uhr verabredet, was gar nicht so schwierig gewesen war. Ich war einfach ehrlich gewesen. »Hier sind furchtbare Dinge passiert, die alle in gewisser Hinsicht mit Hohenebersbach in Verbindung zu bringen sind.«

»Und was erwarten Sie von mir?«

»Ich weiß es selbst nicht genau. Es gibt hier Leute, die sich um die Aufklärung kümmern sollen und der Ansicht sind, dass Ihre Familie dazu beitragen könnte. Ich weiß selbst, wie blöd das klingt.«

»Ja, ziemlich.« Pause. »Und meine Familie – na ja.« Pause. »Hat es mit dem Schloss zu tun?«

»Ja, aber auch mit dem Theater.«

»Das verdammte Theater. Ja, okay, heute Abend vor meiner Schicht. Kommen Sie um acht.«

Der Prototyp der verantwortungsvollen Krankenschwester, zupackend, pragmatisch, sachlich, ernst, etwa Mitte 40, dunkelhaarig, erstaunlich helle graue Augen.

Sie sah mich einen Moment an, nachdem sie die Tür geöffnet hatte, und sagte dann: »Ja, ich glaube, ich kann mit

Ihnen reden. Kommen Sie herein.«

»Hubert und ich haben uns kurz nach der Wende kennengelernt, als seine erste Frau bei mir auf der Station lag. Damals wohnten wir in Magdeburg. Er war noch Lateinlehrer und korrigierte seine Tests am Bett seiner Frau Ilse. Lymphdrüsenkarzinom, sie hatte keine Chance. Ich habe nie vorher einen Mann wie ihn kennengelernt. Und weil ich so verzaubert war von seiner altsprachlichen Welt, die auf meinem Polytechnikum einfach nicht vorgesehen war, und weil er wunderschön erzählen konnte, spielte wahrscheinlich der Altersunterschied keine Rolle, als ich mich in ihn verliebte.«

Sie dachte einen Moment nach. »Oder er war sogar der Grund für meine Verzauberung. Vielleicht dachte ich, ich müsste zur Abwechslung mal nicht stark sein. Ja, wahrscheinlich habe ich ihn auf einen Sockel gestellt. Ich schöpfte erst einen leisen Verdacht, der sich aber schnell bestätigte, als ich plötzlich mitkriegte, dass in seiner untersten Schreibtischschublade eine Flasche Korn lag. Meine Vorwürfe machten es sicher nicht besser. Der Unfall, seine Schuld, sein Zusammenbruch – ich konnte es nicht ertragen, diesen Mann, den ich derart hochgestellt hatte, am Boden liegen zu sehen. Meine idiotischen Schuldgefühle – erst hatte ich ihn in die Trunksucht getrieben, dann war ich drauf und dran, ihn allein zu lassen – machten vernünftiges Argumentieren unmöglich, mein Fluchttrieb siegte, ich packte meine Sachen und verschwand zusammen mit Sophie. Ich weiß heute natürlich, dass ich an seiner Sucht nicht schuld war, dachte es damals aber. Heute bin ich fest der Ansicht, dass eine Therapie für Hubert und mich wahrscheinlich den Bruch verhindert hätte. Damals habe ich ihn verachtet, heute empfinde ich – ja, was eigentlich – Desinteresse, maximal laues Mitleid.« Sie sah mich scharf an und nickte mit dem Kopf. »Sie sehen so aus, als wüssten Sie, dass Mitleid oder sogar Verachtung sich nicht mit Liebe und Leidenschaft vertragen.«

Wusste ich das? Ich hielt meinen Mund, um sie ja nicht durch eine Unterbrechung zu stoppen, und nahm einen Schluck vom Mineralwasser.

»Aber Sie sind ja nicht hier, um mir zu helfen, meine Gefühle zu Hubert zu analysieren. Sie wollen etwas über Hohenebersbach hören. Wir wollten beide aus der Großstadt weg, deshalb war es toll, als er eine Stelle in Rosdorf am Gymnasium kriegen konnte. Es ging um Latein und Griechisch, perfekt für seine Voraussetzungen. Und ich hatte im Nu eine Stelle hier am Krankenhaus. Wir zogen nach Hohenebersbach, weil es genau auf der Hälfte zwischen beiden Orten liegt. Und da lernte mein Mann über seine Mitgliedschaft im Verein Hohenebersbacher Oper den Baron kennen. Sie waren sofort ein Herz und eine Seele, zwei Schöngeister, im Alter nicht weit voneinander entfernt und fast übereinstimmend in ihren Interessen. Sie fingen an, Schach miteinander zu spielen, und Hubert – er war praktisch für uns verloren.«

Sie wechselte das übergeschlagene Bein. »Können Sie mir nicht klare Fragen stellen? Dann zerfasert das hier nicht so.«

»Erzählen Sie von Sophia.«

»Sie war ein ernstes kleines Mädchen, das seine Puppen zum Essen mit Messer und Gabel aufforderte, sie liebte ihren Bruder und auch ihren Vater. Abgöttisch ist so ein dummes Wort, passt aber hier. Sie las mit Papa die klassischen Heldensagen und sah sich Bildbände von griechischen Ruinen an, als andere Mädchen Pippi Langstrumpf auf der Kassette hörten. Bei Rickys – Cyriak, meine ich –, bei Rickys Geburt war sie sechs Jahre alt. Sie machte ihn zu ihrer Lieblingspuppe. Sie fütterte ihn, kroch neben ihm her, als er krabbeln lernte und hielt ihn bei seinen ersten wackeligen Schritten an der Hand. Als er in der Schule Probleme bekam, verdrosch sie seine Quälgeister. Sie hat Mutter- und Vaterstelle an ihm vertreten.«

»Und das war nötig, weil Sie beide arbeiteten?«

»Ach, wir hätten es schon hingekriegt, uns um ihn zu kümmern, aber es war halt so praktisch. Sie war immer da. Hubert, das habe ich ja schon gesagt, verschwand in griechischen Wolken, ich wurde Stationsschwester und hatte Schichtdienst mit allen Nachteilen für ein geregeltes Familienleben. Dann kam der Knall. Hubert war betrunken und fuhr den Sohn eines Gastwirts aus dem Nachbardorf tot. Aus diesem Loch der Schuldgefühle, die in Selbstzerstörung mündeten, konnte ich ihn nicht retten. Es gelang mir nicht, ihn an der Kündigung seiner Beamtenstelle zu hindern. Glauben Sie mir, ich habe gefleht, geschrien, geweint und beschworen. Nein, er könne kein Vorbild mehr sein, er habe versagt. Wenn Leute wie er jungen Menschen die Welt zeigen würden, sich anmaßen würden, sie bilden zu wollen, wäre das der Untergang des Abendlandes. Und weil er dazu erklärtermaßen nicht beitragen wollte, kündigte er in einem handgeschriebenen Brief am gleichen Abend seine Stelle. Damit war für mich klar, dass ich nicht länger mit ihm zusammenleben wollte und konnte. Sein Schuldgefühl war ihm wichtiger als seine Familie, also packte ich meine Sachen und zog aus.«

Die logische Konsequenz, als die sie ihren Auszug darstellte, sah ich nicht, hütete mich aber, zu widersprechen.

»Dass Ricky bei ihm bleiben wollte, versetzte Sophie einen Schock. Ihr Verantwortungsgefühl für mich – *ich kann doch Mama nicht allein gehen lassen* – war so stark, dass sie den Bruch mit ihrem Bruder in Kauf nahm. *Dann hat jeder ein Kind*, sagte sie und sah dabei so traurig aus, dass es mich zerriss. Aber meine Entscheidung stand fest. Und ihre auch. Warum sind die Kinder heute alle schon kleine Erwachsene?«

Ich weiß es nicht. Ich fröstelte und fand plötzlich den blauweiß gestreiften Bezug ihrer Sitzmöbel kühl. Was für ein elender Schlamassel, was für eine Tragödie kann aus einem unverarbeiteten Schuldgefühl heraus entstehen.

»Ich zog hierher und Hubert ins Schloss, was mich damals erbitterte. Heute verstehe ich den Schritt völlig.« Sie fand einen Krümel auf der Tischdecke und schnipste ihn weg.

»Sahen sich Sophia und Cyriak regelmäßig, hielten sie Kontakt miteinander?«

Sie lachte und sah plötzlich völlig verändert aus. Ein Leuchten riss die Schatten aus ihrem Gesicht, sie wirkte weich, zugänglich, jungmädchenhaft. »Cyriak hat ihn nur mein Mann genannt. Er war für uns anderen nur Ricky. Meine Bedingung damals, als er auf diesem pompösen Namen für ein winziges Bündel Mensch bestand.« Ihr Gesicht wurde dunkler. »Dass Ricky tot ist, kann ich manchmal immer noch nicht glauben. Es ist so furchtbar.«

»Hatte Ricky viel mit dem Theater zu tun?«

»Er saß ab dem Alter von 10 Jahren in allen Opernaufführungen, er konnte praktisch alles mitsingen, oft, wenn Kinderchöre mitmachten, war er dabei, Statisterie, sobald er groß genug war. Er wollte natürlich Opernsänger werden und Hubert bezahlte ihm den Gesangsunterricht, kaum dass er aus dem Stimmbruch heraus war.«

Ich sah an der Uhr aus Kiefernholz, die mir gegenüber stand, dass wir nicht mehr viel Zeit hatten. »Haben Sie je vom Donizetti-Club gehört?«

Ihre Schultern sanken etwas. »Natürlich. Es wurde zwar nur gemunkelt, aber uns war allen klar, dass die Clubziele über lustige Pokerrunden und Flaschendrehen hinausgingen.«

»Kamen Ihre Kinder damit in Berührung?«

Sie sah mich unverwandt an. »Jetzt geht es wohl ans Eingemachte, was? Wissen Sie, Frau Wolkenreich, ich halte viel davon, die Dinge auszusprechen. Eine verpfuschte Operation ist eine verpfuschte Operation, ein Bypass macht das Herz nicht wie neu. Verschleiern heißt nur, den Prozess zu verlängern, deshalb erzähle ich Ihnen jetzt, dass Sophie, meine schöne Sophie, die ihren Puppen griechische Sagen vorlas, eine Prostituierte geworden ist.« Ihre Augen funkelten, sie saß wieder aufrecht. »Als wir von Rickys sinnlosem Tod erfuhren, vor dem er sich entsetzlich gequält haben musste, fuhr Sophie nach Hohenebersbach und setzte ihre verschiedenen alten Kontakte so lange unter Druck, bis sie herausbekam, was dem Tod vorausgegangen war.«

»Wer sind diese alten Kontakte?«

»Schulfreunde, junge Leute aus dem Dorf, ein Mann, der als Gärtner im Schloss gearbeitet hat, Leute in der Hohenebersbacher Holzfirma. Sie ist dort aufgewachsen und kennt fast jeden.« Ich überlegte, ob Joschi und Karo dazugehören könnten. Nein, sie sind eine andere Generation. »Wohlgemerkt, ich kann nur Schlussfolgerungen anbieten, Sophie hat nie ausdrücklich über das alles mit mir gesprochen. Nach ihrer Rückkehr verlor sie kein Wort darüber, was sie erfahren hatte, nur, dass ihr jetzt alles klar wäre, und dass ich nichts wissen müsste, tot wäre eben tot. Dann zog sie ihren kürzesten Rock an und fuhr nach Göttingen zu einem Autohändler am Industriebahnhof, der ein kleines Bordell betreibt. Das erfuhr ich aber erst nach ihrem ersten Arbeitstag auf intensivstes Nachfragen.«

Ich wollte nicht fragen, wie man sich fühlt, wenn die Tochter diese Karriere einschlägt. Ich konnte es mir denken. Obwohl –

»Ich habe ihr dringend geraten, einmal in der Woche einen Abstrich machen zu lassen, sich nie, aber auch wirklich niemals – selbst bei Rauswurf- oder Verdienstminderungsdrohungen – auf Fesselspiele einzulassen, und ein Pfefferspray immer in Griffweite zu haben.«

Genauso hatte ich sie eingeschätzt. Musste toll sein, eine solche Mutter zu haben. Meiner hatte ich nach der Defloration versprechen müssen, mit dem nächsten Geschlechtsverkehr bis nach der Hochzeit zu warten.

»Welchen Beruf hatte Ihre Tochter vorher?«

»Sie hat nach der mittleren Reife eine Ausbildung zur Buchhändlerin gemacht. Studieren wäre nichts für sie, und warum sollte sie sich dann noch länger mit Mathe und Sport herumärgern, sagte sie damals. Und mit ihrem festen Willen setzte sie sich durch.«

»Haben Sie in dem Bordell nach ihr gefragt, nachdem Sie feststellten, dass sie nicht mehr erreichbar war?«

»Natürlich. Sie waren sehr nett und sagten, sie wäre bis vor drei Wochen regelmäßig zur Arbeit erschienen, seitdem aber nicht mehr aufgetaucht. Sie schätzten sie sehr als Kollegin, wären aber etwas ärgerlich, dass sie ohne Erklärung wegbliebe und würden gern bald Genaueres wissen.«

»War das glaubhaft?«

»Ja.«

»Dann hat Sophia eine eigene Wohnung?«

»Sie ist gleich, nachdem sie in dem Club angefangen hat, nach Göttingen gezogen.«

»Hatten Sie engen Kontakt?«

»Eng – weiß ich nicht. Wir haben recht oft telefoniert, bestimmt dreimal pro Woche, sehr freundschaftlich zwar, aber immer mit einer gewissen Distanz. Sie hat meine Missbilligung vorausgesetzt, denke ich. Und ich konnte ihr nicht klarmachen, dass ein Kind ein Kind bleibt, auch wenn es als Prostituierte arbeitet. Außerdem war sie erwachsen, was soll's.«

Wie schön, wenn es Müttern gelingt, ihre Kinder so klar abzunabeln. »Haben Sie sich auch gesehen?«

»Sie kam ab und zu nach Hause, ich durfte aber nie nach Göttingen kommen.«

»Und dann brach der Kontakt plötzlich ab?«

»Ja.«

»Sie haben sie nie besucht?«

»Sie wollte das nicht, und ich habe es respektiert. Es wird Zeit, tut mir leid, Frau Wolkenreich.«

»Sagen Sie mir noch schnell, wie der Club heißt?«

»Bonnie S.«

»Haben Sie Vermisstenanzeige erstattet?«

»Nein, Sophie hätte mich umgebracht. Ich habe – warten Sie mal.« Sie stand auf und ging sehr leichtfüßig für ihren kompakten Körper zu einer Kommode aus Fichtenholz neben der Balkontür. Aus der obersten Schublade holte sie ein Blatt Papier.

»Hier, das kam per Post, kurz nachdem ich mehrfach vergeblich versucht hatte, bei ihr anzurufen.«

„Mach Dir keine Sorgen, Mama, ich muss eine Weile fort. So wenig, wie ich Ricky vergesse, werde ich Dich vergessen. Ich verspreche, mich bald zu melden. Mit einer Umarmung – Sophie.“

»Darf ich die Adresse Ihrer Tochter haben?«

»Sicher – Holthusenstraße 12.«

Plötzlich hatte ich einen Gedanken. »Haben Sie einen Schlüssel für ihre Wohnung?«

Sie schwieg einen Moment und sah auf mich hinunter. »Ja. Aber ich würde nie –«

»Es ist wirklich dringend. Ich glaube, dass Ihre Tochter in Schwierigkeiten steckt. Darf ich vielleicht –«

Sie ging zum Fenster und sah eine Weile hinaus. Dann drehte sie sich um. »Vielleicht ist es eine gute Idee, dass jemand Fremdes sich um sie kümmert. Vielleicht ist es leichter für sie. Ja, ich gebe Ihnen den Schlüssel.«

»Und hätten Sie vielleicht auch ein Foto? Eins, das ich vielleicht sogar eine Woche behalten könnte?«

Sie zog die Schublade wieder auf und nahm beides heraus. »Ja, hier, aber jetzt muss ich wirklich los. Meine Kollegin will abgelöst werden, sie hat einen neuen Freund. Hoffentlich habe ich Ihnen helfen können.«

»Noch ganz kurz – hätte Sophia an Ketamin kommen können?«

Mitten in ihrer Bewegung hielt sie an. Sie drehte langsam den Kopf in meine Richtung. »Ich weiß nicht, warum Sie fragen, und jeder Grund scheint mir entsetzlich. Aber – ja, ich bin sicher. Sie kennt sich mit Medikamenten ziemlich gut aus. Die Nähe dazu bringt mein Beruf schon mit sich.«

Eine Frau, die sich der Wahrheit stellt. Was für eine nette Frau. Und was für ein Leben.

Eine aufgeräumte Wohnung

Unten im Auto griff ich mein Telefon. Mario meldete sich sofort. »Ich habe die Adresse von Sophia Bischoff. Und den Schlüssel zu ihrer Wohnung.«

Wir verabredeten uns in der Holthusenstraße, und ich fuhr nach Göttingen. Es war kaum eine Stunde vergangen, als sie sich zu dritt aus Christians Alfa quälten. Mario hatte Christian und Ratte mitgebracht.

Sophias wohnte im zweiten Stock. Es war nicht die typische Wohnung einer 20jährigen mit Lichterketten, Tüchern überall und Plakaten von Popstars an den Wänden.

Äußerst spärlich möbliert, ordentlich aufgeräumt, eine leere Garderobe, der Kühlschrank abgestellt und offen, Stecker von größeren Elektrogeräten gezogen, kaum Bücher, nichts auf dem kleinen Schreibtisch, selbst der Papierkorb war leer. Mein Fund im Badezimmer allerdings alarmierte mich. In einer kleinen Schublade neben dem Waschbecken lagen ein paar Medikamente, Schmerztabletten mit Koffein, eine Salbe gegen Vaginalpilze und eine angebrochene Packung Antibabypillen. Es war ausgeschlossen, dass sie die versehentlich zurückgelassen hatte, nicht angesichts dieser fast sterilen Ordnung ihrer verlassenen Wohnung.

Im Wohnzimmer hatten Christian, Mario und Ratte die Möbel abgerückt und den Teppich aufgerollt.

Ratte fand den Zettel hinter dem Schreibtisch. Triumphierend hielt er ihn hoch. »Hier – eine Liste oder was ist das?«

Es waren sechs Positionen, jede durchgestrichen, also abgearbeitet: *Telefon, Jörg, Reinigung, Dr. Olschewski, Werkstatt, Betty.*

Mario nahm das Telefonbuch. »Olschewski ist ein Frauenarzt.« Er blätterte weiter. »Hier, Bonnie S. – Christian, willst du anrufen? Vielleicht gibt es da eine Betty. Frag doch auch nach Jörg.« Ich verkniff mir ein Grinsen. Mein netter Mann nahm auf meine Gefühle Rücksicht und ließ seinen Freund, dessen Ruf nichts mehr ruinieren würde, den anstößigen Anruf machen.

Christian ging in den Flur und kam kurz darauf zurück. »Kein Jörg, aber eine Betty. Sie ist die – wenn Friedchen nicht hier wäre und mit Sicherheit den Regenschirm schwingen würde, wäre ich versucht, sie Puffmutter zu nennen. Nein, Friedchen, entspann dich, sie ist natürlich die Geschäftsführerin des Etablissements. Einen Jörg gibt es dort nicht, aber vielleicht finden wir ihn in Hohenebersbach. Ich denke, Sophia ist dort. Aber etwas Interessantes habe ich von Betty erfahren. *Bonnie S.* hat den Donizetti-Club mit Frauen versorgt.«

Wir sahen uns an. Bei uns allen war der Groschen gefallen, nur Ratte hatte einen ratlosen Ausdruck im Gesicht. »Wie jetzt, ich verstehe null.«

»Lasst uns erst mal hier verschwinden«, sagte Christian, »wir können uns ja gleich noch kurz im Café treffen. Zu einem Glas leckeren – wie heißt er gleich? Euer Rotwein da. Im Auto werde ich Ratte aufdatieren. Mario, du fährst sicher bei Friedchen mit.«

* * *

»Was wir mit einigermaßen Bestimmtheit sagen können, ist, dass Sophia im Donizetti-Club gearbeitet hat.«

Alle redeten durcheinander. Konni und Sandra mussten die neuen Informationen erklärt werden, ich berichtete von meinem Medikamentenfund, Ratte sonnte sich in der Bewunderung für das Auffinden des Zettels, bis sich schließlich Christian durchsetzte.

»Lasst uns doch mal in Ruhe chronologisch vorgehen. Wir müssen wahrscheinlich damit anfangen, dass Cyriak, den alle Welt mit Ausnahme seines griechenaffinen Vaters – griechenfreundlich, Ratte – Ricky nannte –«

»Kannst du nicht so reden, dass wir alle was davon haben, Alter?«, fragte Konni.

»Klar. Also – Ricky wird davon überzeugt, dass es toll ist, im Donizetti-Club auszuhelfen. Vielleicht kellnern oder eine Schüssel für gebrauchte Präservative herumreichen –«

»Und du kannst uns mit abstoßenden Details verschonen.«

»Kuck nicht so ernst, Friedchen.«

»Nenn mich nicht –«

»Können wir zur Sache kommen?« Der Druck von

Marios Arm um meine Schulter verstärkte sich. »Schluck's runter, Frieda.«

»Ob es gleich an seinem ersten Abend geschieht oder später, wissen wir nicht, sicher ist aber, dass er in einer Nacht, in der er nicht nach Hause kommt, wie Hubert-der-Butler es formulierte, mehrfach missbraucht wird. Die Fissuren – feine Verletzungen – zeigen, dass es möglicherweise kein freiwilliger Verkehr war. Er ist körperlich und geistig verletzt, geschockt und zutiefst beschämt. Er will nicht mehr leben und bringt sich auf die bekannte bizarre Weise um. Richtig so weit?«

»Warum hat er sich nicht an seine Schwester gewandt, wenn er doch ein so gutes Verhältnis zu ihr hatte?« Sandra stand auf und goss unsere Gläser noch einmal voll.

»Vielleicht war ihr Verhältnis nicht mehr so gut.« Der Rotwein in Christians Glas schwappte leicht, als er es auf den Tisch stellte. »Danke, Sandra. Das weiß ich nicht. Aber, ganz richtig, jetzt kommen wir zu Sophia. Sie erfährt von Rickys Tod, fährt nach Hohenebersbach und quetscht die Leute aus, bis sie weiß, was passiert ist. Sie gelobt Rache, und dieses Motiv für das, was sie danach tut, lässt sie nicht mehr los. Sie heuert im Bonnie S. an und lässt sich von dort in den Donizetti-Club vermitteln.«

Er nahm einen Schluck und sah leicht missbilligend auf sein Glas. »Ihr müsst ihn länger atmen lassen. So schlecht ist er doch gar nicht, behandelt ihn einfach ein bisschen netter, dann ist der Preis auch gerechtfertigt.«

Mario machte mit der linken Hand schraubende Bewegungen in der Luft – Christian sollte weiter reden.

»Ja, gleich. Sie lässt sich als eine Art Schwur eine Rose mit einem R für Ricky auf die Pobacke tätowieren. Eine sehr zielorientierte Person, das muss man schon sagen. Dann fangen die Erpressungen an.«

Rattes Kopf fiel nach vorn. Er hatte die Augen geschlossen und war kurz vorm Wegnicken.

Christian zog sein Bierglas etwas zur Seite. »Ich muss wohl sehr langweilig reden.«

»Tust du. Was sollte die Erpresserei denn?« Er regte mich schon wieder auf.

»Ich glaube, sie hat als Schuldigen den Donizetti-Club definiert.«

»Also Jochen –«

»Wurde deshalb auf ihn geschossen bei der Jagd? War sie das?«

»Ich weiß nicht.«

Mario sprach aus, was wir alle dachten. »Wenn sie das war, dann hat sie ja wahrscheinlich auch die beiden Morde begangen. Vito und Ina. Aber warum gerade die beiden? Warum nicht Jochen? Er ist doch der Drahtzieher dieses ganzen Opernkrams.«

»Er, Vito und Ina sind Hauptverantwortliche und Hauptnutznießer des Opernvereins. Vielleicht arbeitet sie sich hoch.«

»Dann ist Jochen in Gefahr.« Konni sah sorgenvoll aus. »Müssen wir das nicht der Bullerei melden? Soll ich Horst Lorenz mal anrufen?«

»Eigentlich ja. Aber wir sind doch ganz dicht dran. Was uns fehlt, ist ihr Kontakt nach Hohenebersbach. Wir müssen den Jörg finden. Ratte – RATTE! Hallo, wach auf! Können wir Karo jetzt noch anrufen?«

»Logo, Alter, sie ist zwar heute zu Hause, weil ihre Schwester Geburtstag hat, aber sie schläft nie vor eins.« Er stand leicht taumelnd auf und gähnte abgrundtief. »Ich glaube, ich haue in 'n Sack, bin völlig hin, Leute, bis morgen.«

»Sag erst mal ihre Nummer.« Das Telefon lag schon in Christians Hand.

»Oh Mann, du nervst. Hier, nimm meins, nur auf die Eins drücken.«

Wir lauschten gebannt. »Ja, der Name ist Jörg. Nein, keinen Nachnamen, mehr wissen wir nicht. Kennst du einen? Einen, der vielleicht mit dem Schloss zu tun hat? – – Vielleicht mit dem Theater? – – Nein? Doch das Schloss? – – Ja, genau. Hans-Jörg – wie? Dombrowski. Ja, versuchen wir. Danke, Karo, du hast was gut bei uns. Willst du Ratte noch mal sprechen? – Okay, bis demnächst. Tschüss.«

Er drehte sich um. »Hans-Jörg Dombrowski hat unter anderem eine Weile als Gärtner im Schloss gearbeitet, wer anders fällt ihr nicht ein. Passt aber, oder? Sollten wir morgen früh mal aufsuchen, was meinst du, Mario, kommst du mit?«

Als Ratte zur Tür ging, stand Christian auch auf. Sandra und Konni saßen mit großen Augen in ihren nebeneinander geschobenen Sesseln. »Warte mal eben«, sagte Sandra. »Friederike, die Medikamente, die du gefunden hast, deuten doch darauf hin, dass Sophia sich völlig aufgegeben hat. Wer unterbricht denn die Einnahme von Antibabypillen mitten im Monat? Und Pilze sprießen immer wieder. Man lässt seine Salbe nicht einfach irgendwo liegen. Ich finde das besorgniserregend. Wenn sich jemand aufgegeben hat, Christian, ist er – oder sie – zu allem fähig. Wenn ich recht habe, hat sie einen fertigen Plan im Kopf. Wir können doch jetzt nicht einfach zur Tagesordnung übergehen.«

Konni nickte. »Wir müssen der Polizei Bescheid sagen. Hilft nix.«

Christian stand vor uns, die Hände in den hinteren Jeanstaschen. Seine schwarzen Augen waren noch schmaler als sonst, als er uns ansah. Er stand einen Moment völlig still. Dann sagte er: »Ich halte nicht für ausgeschlossen, dass sie tot ist. Denn, wie du sagst, Sandra, wer lässt seine Medikamente liegen?«

Mario wiegte den Kopf. »Wer hätte denn ein Motiv, sie umzubringen? Ina und Vito, ja, da gibt es sicher mehrere, die eine Wut auf sie haben, das verstehen wir alle, aber wenn wir Sophia in die gleiche Reihe mit ihnen stellen, wird es unlogisch.«

Christian wechselte das Standbein. »Jemand zum Beispiel, der dem ganzen Donizetti-Club Rache geschworen hat, Opfern und Tätern des Systems, Ausbeutern und denen, die das System dadurch gestützt haben, dass sie sich ausbeuten ließen. Unter diesem Aspekt passt auch Cyriak hinein. Könnte auf Bodo hindeuten. Oder seine Frau.« Er malte Kreise mit der rechten Fußspitze. »Ich halte sogar für denkbar, dass Sophia sich umgebracht hat.« Er schwieg einen Moment. »Oder wie findet ihr das: Jochen ist der Täter und will seine ganze Vergangenheit auslöschen. Versteht ihr, wir wissen einfach zu wenig, deswegen würde ich gern mit dem Gang zur Polizei warten. Lasst mich doch wenigstens den Gärtner vorher ausfragen. Vielleicht habe ich Glück und finde ihn schnell.«

»Mir ist nicht wohl dabei«, sagte Mario und sprach mir aus dem Herzen.

»Okay, morgen Vormittag, versprochen. Aber ich kriege einen Versuch in Hohenebersbach. Und du kommst mit, Mario?«

Und so trennten wir uns. Nicht ein einziges Mal heute Abend hatte ich an die Generalprobe morgen gedacht. Die Generalprobe ohne vernünftige Tribüne mit einer neuen Agathe.

In der Nacht träumte ich, dass Jolanta Pawlowska unser Stück gründlich ruinierte, indem sie kichernd kreuz und quer über die Bühne schoss.

Beihilfe zum Mord

Und alles lief wunderbar. Als hätte man einen Schleier weggezogen, der die Augen und Ohren vernebelte, war alles klar und folgerichtig. Die Tribünen standen, als wir zur Einstimmprobe kamen, ebenso die notwendige Beschilderung. Die Scharen der Angehörigen und Helfer näherten sich in angemessenem Tempo auf vorgeschriebenen Wegen und nahmen in unterschiedlichster Verkleidung ihre Plätze auf den Tribünen ein. Nach längerem Gemurmel saßen sie mucksmäuschenstill die Vorstellung ab.

Ich war heilfroh, dass ich jede Form von Vorprogramm abgewürgt hatte. Knappenverein, Gospelchor und Kinderliederkreis waren nur durch den Hinweis zu überzeugen gewesen, dass fairerweise entweder alle zugelassen werden müssten oder keiner. Und alle, das verstanden sie, wären doch zu viel.

Die Inszenierung gefiel mir. Sie war volkstümlich, ohne kitschig zu wirken, sie hatte Spannung, sie war rührend, glaubhaft und streckenweise sogar wunderbar gruselig. Zu keinem Zeitpunkt aber lächerlich. Ich war zufrieden mit uns. Die Beleuchtung funktionierte, die Kostüme saßen, die Kulissenschieber schoben im richtigen Moment die richtige Kulisse nach vorn, Orchester und Chöre sangen und spielten, was und wie sie sollten, und auch Agathe machte ihre Sache gut. Sie wirkte leicht nervös, und ihre Bewegungen waren immer noch etwas zu kurz und zu schnell, aber sie war ohne Zweifel auf dem richtigen Weg. Max hielt sie im Schlussbild bei der Umarmung ein bisschen zu lange fest, fand ich, wogegen aber nichts einzuwenden war, so lange es ihr auch gefiel.

Alles lief wunderbar bis kurz nach dem Schlussapplaus, als Publikum und Orchester aufstanden. Genau in dem Moment gab es ein zischendes Geräusch und der gesamte Strom fiel aus. Geschrei, Kreischen, Gelächter, Feuerzeugflämmchen, Brummen, dann ging eine flackernde Notbeleuchtung an. Ab da sah man kichernde Grüppchen den Platz verlassen, und ein rotgesichtiger Kalle Müller, unser Ortsbrandmeister, hatte das Telefon am Ohr. Ich kämpfte mich durch die Menge bis zu ihm hin. Als er fertig war mit dem Gespräch, fragte ich: »Glaubst du, dass ihr die Leitungen bis morgen verlässlich stehen habt?«

Er krauste die Nase. »Denke schon. Kommt natürlich drauf an, wo der Schaden sitzt, aber, doch, ich glaube, das kann ich versprechen. Zur Not müssen wir neu legen.«

Ich nahm geduldig und mitfühlend alle Bedenken, Befürchtungen und Erwartungen einiger Chorsänger entgegen, und als der Platz sich langsam geleert, die Feuerwehr große Scheinwerfer errichtet und die *Harzenergie* angefangen hatte, sich an dem kleinen weißen Stromverteilungskasten zu schaffen zu machen, trafen Wolfgang und ich zusammen.

»Gut?«, fragte er und lächelte mich an.

»Gut«, antwortete ich. »Wenn es morgen so läuft, können wir uns freuen. Wie ist der Wetterbericht?«

»Gut.« Wir lachten erleichtert, voller Begeisterung über das Erreichte und in gespannter Vorfreude auf die kommenden Tage. Wir waren dabei, ein sehr wohlgestaltetes Kind zur Welt zu bringen. Beim Schein seiner Taschenlampe gingen wir zusammen zu unseren Autos. Weil er meine Füße mehr beleuchtete als seine eigenen, stolperte er zweimal über eine Wurzel.

Ich fuhr nach Hause, zu müde, um Sandra und Konni im Café Gute Nacht zu sagen. Vorm Zechenhaus stand Christians cremeweißer Alfa Romeo.

Ich atmete tief und versuchte, den Ärger in meinem Bauch nicht nach oben steigen zu lassen. Ich hatte keine Lust mehr zum Detektivspielen. Ich wollte, dass die Polizei ihre Arbeit machte, und ich die Möglichkeit hatte, meine zu machen. Ich wollte schöne Töne hören, keine Geständnisse, und – ich wollte Mario für mich allein haben. Zum Teufel mit Christian, diesem Blödmann, dachte ich.

Er lümmelte sich auf meinem altrosa Plüschsofa. »Friedchen, –« zu mehr kam er nicht.

Mario war aufgestanden, als ich hereinkam, sah mein Gesicht und sagte schnell: »Christian, ich glaube, es reicht für heute. Lass uns doch morgen früh weitermachen. Frieda, du brauchst was Starkes. Komm, setz dich.« Er öffnete den Eckschrank und holte ein Glas heraus.

Ich war gerührt über seine Fürsorge und leicht beschämt über meine Reaktion, denn es war im Moment ja Marios Welt, der ich an den Kragen wollte. »Nein, erzählt doch erst mal, wie weit ihr gekommen seid.«

»Und wie war deine Generalprobe?« Christian, der genau weiß, was Frauen wollen.

Als der erste Schluck des scharfen Alkohols meine Kehle hinunter geflossen war, und die Wärme sich in mir breitgemacht hatte, erzählte ich von unserem Stromausfall. Wir lachten alle drei und plötzlich war alles gut.

Sie hatten den Gärtner, Junker Jörg, wie Mario sagte, tatsächlich aufgetan, das heißt, eigentlich erst mal seine Wohnung – ein kleines Häuschen am anderen Ende des Schlossparks, die ehemalige Wildhüterhütte.

»Die Tür war offen«, erzählte Mario mit leuchtenden Augen. »Hinter der Küche gibt es zwei kleine Zimmer mit je einem Bett. Und an einem Hakenbrett im rechten Raum hing ein Rock.«

»Dabei ist er unbeweibt?«

»Ja«, sagte Christian. »Seine Frau ist vor langer Zeit mit einem Kegelfreund abgegangen.«

»Und hinter dem Haus«, Mario war nicht zu bremsen, »fanden wir eine Art Schießstand, provisorisch mit einem Brett auf zwei Baumstümpfen und Flaschen und Dosen und so was drauf, alle mit Schussverletzungen in verschiedenen Stadien.«

»Habt ihr ihn getroffen, den Jörg?«

»Nein.«

»Das heißt also«, plötzlich war es wunderbar, mit den beiden zu reden, »wenn er tatsächlich weiblichen Besuch hatte, der Jörg, und er den Rock nicht in seiner Freizeit selbst getragen hat –« An dieser Stelle kriegte ich einen Kicheranfall.

»Sie verträgt nichts, das war schon immer so«, sagte Christian mit einer abwinkenden Handbewegung.

Mario klopfte mir den Rücken, denn das Lachen war in einen Hustenschauer übergegangen. »Hör auf«, keuchte ich, »ist gleich vorbei.«

»Friedchen, du solltest nicht so schnell trinken. Das hatten wir doch alles schon.«

Ich versuchte es noch mal. »Also, wenn er den Rock nicht selbst getragen hat –« Es fing wieder von vorn an, jetzt folgte allerdings ein Schluckauf dem Kichern.

»Wenn du weiterreden möchtest, lass doch den Teil mit dem Rock weg, vielleicht geht's dann. Mario, gib ihr nichts mehr, es hat keinen Sinn.«

Ich wischte mir die Tränen aus den Augen. »Wenn wir voraussetzen, dass Sophia dort gewohnt hat«, ich versuchte verzweifelt, das Wort Rock zu umschiffen, »hat sie bei ihm Schießen gelernt und war vielleicht schon Jochens Attentäterin bei der Jagd im Juni.«

»Was Mario noch nicht erwähnt hat, ist, dass wir im

anderen Schlafzimmer einen Zettel gefunden haben mit dem Text „*Danke, das vergesse ich Dir nie!*“ Mit kleinen Kreisen über den i's.«

Ich wurde etwas nüchterner. »Das hättet ihr ja auch gleich sagen können. Also ist sie es. Und wie gesagt dann ja sicher auch die Attentäterin.«

»Dieser Geschichte traue ich nicht so richtig«, sagte Christian. »Ich halte für möglich, dass Jochen einen Vorwand brauchte, um sich eine Pistole zu besorgen.«

»Ist doch egal, jedenfalls, wenn Sophia die Besitzerin des –«

»Lass es!«

»Jedenfalls kann sie jetzt schießen und war mit großer Wahrscheinlichkeit die Mörderin von Ina.« Ich war leicht atemlos. »Und die Frage, die du, Sherlock, und du, Watson, die ihr euch bestimmt auch gestellt habt, ist, wen bringt sie als Nächstes um?«

»Und wie?«, ergänzte Mario.

»Was?«

»Und wie bringt sie ihn oder ihr nächstes Opfer um? Sie hat doch keine Pistole mehr.«

»Wenn Junker Jörg ihr das Schießen beigebracht hat, hat er doch eine Pistole. Und sie hat bis zu Inas Mord mit der geschossen, die sie Jochen gestohlen hat, egal, wie immer. Wenn es stimmt, was wir vermuten. Und jetzt ist nicht auszuschließen, dass sie mit Jörgs Waffe herumläuft.«
»Vielleicht mit seinem Einverständnis mitgehen ließ.«

»Habt ihr die Polizei benachrichtigt?«

Mario nickte. »Ich habe Christian gezwungen.«

»Haben sie denn begriffen, oder – sehen sie den Sachverhalt wie ihr, dass Jochen oder Bodo die Nächsten sein könnten?«

»Das erzählen sie keiner Zivilperson.«

»Und ihr habt nichts ausgelassen?«

»Wir konnten ja schlecht von unserem Abstecher in die Holthusenstraße reden, oder?«

»Und die Liste?«

Mario lachte. »Christian hat angedeutet, dass es eine Verbindung geben könnte zu einem Jörg, der seines Wissens auf dem Schlossgelände wohnt oder wohnte. Woher er das wüsste – daran könne er sich beim besten Willen nicht erinnern. Irgendwer in Hohenebersbach hätte das erwähnt.«

Christian zuckte die Schultern. »Ich nehme an, zusammen mit dem Anschlag im Juni wird es vielleicht dazu reichen, dass Jochen eine Garde kriegt, was ich für Quatsch halte. Wer töten will, schafft es.«

»Aber er findet das doch bestimmt ganz schön.«

»Weiß ich nicht. Vielleicht fürchtet er, dass seine Mauscheleien rauskommen.«

»Findet ihr nicht auch, dass es Zeit wäre, die ganze Sache auffliegen zu lassen? Den Club und die Vereinsbetrügereien?«

»Mach doch morgen erst mal deine Premiere, dann können wir immer noch was unternehmen.«

»Der Freiherr steht da morgen und hält eine Rede, das ist euch schon klar, oder? Was ist, wenn sie da ist und schießt?«

»Ich finde es krachend unlogisch, dass sie eine Knarre nach dem zweiten Mord am Tatort zurücklässt, und sich dann eine neue besorgen muss. Besorgt.«

»Ich auch. Trotzdem – na gut, ich rufe noch mal bei der Kripo an.«

Mario wurde ernst. »Christian, hältst du für möglich, dass Friederike in Gefahr ist? Oder die anderen Solisten?«

»Nein. Die Sache steht und fällt mit dem Donizetti-Club. Sie ist die Dame mit der Rose –«

In dem Moment fiel mir das Foto ein, das Donata Bischoff mir geliehen hatte.

»Hier, so sieht sie aus. Erinnerst du dich vielleicht an sie?«

Christian setzte eine schmale Lesebrille auf und hielt das Bild unter die Lampe.

»Kann sein«, sagte er langsam. »Die Haare, kurz, dunkel und diese 20er-Jahre-Wellen – die meisten Frauen im Club waren langhaarig. Es gab noch eine mit roten Stoppeln und eine – nein, das ist sie, denke ich. In so einem Club achtet man halt nicht so sehr auf die – ich weiß, Friedchen, ich bin ein elender frauenvernaschender Macho, dem die schöne Seele des weiblichen Geschlechts völlig egal ist, solange er seinen Willen bekommt.«

»Und der nach dem Beischlaf keine Ahnung mehr hat, welche Haarfarbe die Frau hatte.«

Christian hob die Hände und ließ sie fallen. »Ich glaube, ich gehe besser, deine Enttäuschung über meinen schäbigen Charakter schmerzt mich.«

Wir begleiteten ihn und Herrn Karl nach draußen, sangen unserem Hund sein Schlaflied vor und gingen eng umschlungen ins Haus zurück.

Premiere

»Sehr geehrte Frau Landrätin, liebe Gäste aus Fern und Nah, hochgeschätzte Künstler und liebe, treue Freunde aus Clausthal-Zellerfeld und Umgebung, ich begrüße Sie herzlich zu unserem kleinen Opernfestival hier im Oberharz.« Kahlhut in tadellosem altrosa Seidenanzug, zyklamfarbenem Hemd und perlweißer Fliege räusperte sich. Im Hintergrund hörte man immer noch Automotoren, dabei waren sämtliche

Plätze besetzt. Leider hatte die Polizei uns untersagt, Stehplatzkarten zu verkaufen.

»Wochen härtester Arbeit liegen hinter uns –«, ich fragte mich, worin die harte Arbeit für Bürgermeister Kahlhut bestanden hatte, abgesehen vom zielgenauen Drücken seiner Telefontasten.

»Zwischenzeitlich sah es sogar so aus, als müssten wir aufgeben, denn unsere Arbeit wurde überschattet von zwei furchtbaren Tragödien im Laufe unserer Vorbereitungszeit. Melpomene, möchte ich sagen, die Muse der Tragödie mit ihrem unerbittlichen Schwert, traf ihre efeubekränzte Schwester Thalia, die Blühende, die Muse der Komödie.« Er schwieg einen Moment, um seinen geistigen Höhenflug in den Köpfen der Zuhörer wirken zu lassen. »Bitte erheben Sie sich, meine Damen und Herren, für eine kurze Gedenkminute für die, die so früh von uns gegangen sind, während sie noch ihr Wirken in den Dienst unseres bescheidenen Projektes stellten.«

Es raschelte und summte, als das gesamte Publikum aufstand. »Der hochbegabte Bühnenregisseur Vito Knoll –« Pause. »und die allseits geschätzte Opernsängerin Ina Kelic wurden mitten aus dem Leben gerissen, während sie für uns tätig waren. Wir werden sie nie vergessen.«

Pause. Husten, Flüstern, das Publikum war aufgeschreckt. Sie sollten traurig sein und hatten keine Ahnung, warum. Kahlhut schien mitzukriegen, dass er sie überforderte. »Aber nun, Spaß und frohe Laune, denn gleich wird sich – bildlich gesprochen –«, er lachte vornehm, »der Vorhang vor unserem Oberharzer *Freischütz* heben. Doch zuvor darf ich mit besonderer Achtung und großer Freude Bodo Baron von Ebersbach begrüßen, der die Schirmherrschaft für diese Veranstaltung übernommen hat. Er wird ein paar Worte zu uns sprechen.«

Vor die unterste Sitzreihe der beiden Tribünen, die zum Glück hoch genug anfing, hatten wir 30 Stühle für die Prominenz gestellt. Einerseits bekamen sie so den Eindruck, etwas Besonderes zu sein, und nahmen andererseits uns keine bezahlten Sitzplätze weg. In der Mitte, aus der auch Kahlhut erstanden war, saßen unsere ganz besonderen Ehrengäste. Neben der Landrätin im wollenen Landhausstil Roman Faust mit weißem Jackett, neben sich Bodo und Jochen von Ebersbach, wobei sich mir nicht erschloss, wodurch sich Jochen für unser Projekt verdient gemacht hatte. Vielleicht war seine Anwesenheit der Preis für die Teilnahme des Barons. Daneben jeweils die Ehefrauen und eine Reihe Sponsoren, deren Namen ich zwar zur Kenntnis genommen, die ich bisher aber nicht persönlich kennengelernt hatte. Ganz außen sah ich meinen speziellen Freund Thorsten Groß *(nennen Sie mich einfach Thor)*. Wolfgangs Vermittlung hatte aus dem wirren Originalplakat, das die *EventConsult* verbrochen hatte, doch noch etwas Erträgliches zustande gebracht.

Ich hatte vorausgesetzt, dass unser Freiherr sich ähnlich schwülstig äußern würde, aber ich irrte mich. Bodo redete straff mit leicht erhobener Stimme, was dazu führte, dass die Leute ihm zuhörten. Er umriss die Handlung des Freischütz und machte sie am Lauf unseres Lebens fest, was ich etwas hergesucht fand. Aber irgendwas muss man ja sagen, und der Lauf des menschlichen Lebens ist immer gut. Dann lobte er lang und breit unsere Arbeit, Wolfgangs und meine speziell, was eigentlich Kahlhut schon hätte tun können. Zum Schluss ging er darauf ein, dass wir vollständig ausverkauft seien, nicht zuletzt dank des großen Medieninteresses, wobei ich hoffte, dass dieses Medieninteresse sich nicht nur auf vergangene Morde und möglicherweise – Gott behüte – bevorstehende gründete.

Hinter den Tribünen lümmelten sich Rettungssanitäter, Feuerwehrleute und eine Reihe Polizisten in Uniform, sie lehnten an Bäumen und Beleuchtungsmasten, deutlich gelangweilt. Rechts sah ich Paule, unseren Requisiteur, neben einem Tapeziertisch voller kleiner und größerer Gegenstände, die im Verlauf der Oper die Illusion eines Biergartens, einer Wolfsschlucht, eines bürgerlichen Schlafzimmers und eines Festplatzes befördern würden. Neben ihm, auf Campinghockern, seine beiden Helfer. Über allem lag eine Mischung der Düfte von Parfüm, Fichtennadeln, Deodorantien, Benzin und Holzfeuer, denn irgendwo wurde gegrillt. Und dann hob ein elegant befrackter Wolfgang seinen Taktstock.

Es war herrlich. Mein Herz ging auf, als Max seine ersten Töne sang – er war so wunderschön traurig und verzweifelt, die Chöre standen stramm und blickten Max fest an, wie ich es ihnen beigebracht hatte („Blick geradeaus, Leute, aber Konzentration auf das, was ihr jetzt in den Augenwinkeln seht. Also – Augen auf Max, Wolfgang und seinen Taktstock im Augenwinkel! Probiert es, es klappt!"). Und selbst unsere quirlige Agathe bewegte sich makellos.

Vor der Wolfsschluchtszene machten wir eine Pause – schließlich sollte die Oberharzer Geschäftswelt zu ihrem Recht kommen. Es gab Würste, Fischbrötchen, Champagner, Kuchen, Kugelschreiber, Luftballons, CDs, T-Shirts, Texthefte, harte Eier und eine Wahrsagerin. Aus den Zelten des Orchesters und der Sänger kamen muntere Geräusche, einige Feuerwehrleute rauchten heimlich, und fast jeder Zuhörer hatte ein Glas in der Hand. Einige Zeitungsleute pflügten durch die Menge und suchten Interviewpartner. Mario und Christian entdeckte ich am hinteren Ende der zweiten Tribüne, sie schwatzten mit einer Gruppe Polizisten. Alles kam mir normal vor. Ich merkte, dass meine Aufregung sich langsam legte. Sophia würde nicht herkommen, sie hatte viel bessere Möglichkeiten in Hohenebersbach, — wenn sie es denn überhaupt vorhatte —, ihre Rache zu vollenden.

Heino, früher und mit Abstrichen vielleicht auch noch heute Marios bester Freund, kam mit zwei Gläsern Sekt in der Hand. »Gratuliere, Friederike, es ist wirklich wahnsinnig, was ihr geleistet habt.«

»Gefällt es dir?«

»Ja«, sagte er. »Absolut und ringsherum. Zum ersten Mal seit langem sitze ich entspannt in der Oper, ohne Angst, als nächstes mitsingen zu müssen, nassgespritzt zu werden oder eine bis zur Unkenntlichkeit mutierte Fassung zu hören. Ich übertreibe. Nein, es gefällt mir. Was macht ihr als nächstes? Den *Fliegenden Holländer*? Hochsee im Oberharz?«

Wir lachten. Dann kamen verschiedene andere Leute und wollten ihre Meinung mit mir teilen, wozu ich keine Lust hatte. Ich verdrückte mich für den Rest der Zeit in eine dunkle Ecke Richtung Parkplatz und wartete auf die zweite Hälfte.

Bei der folgenden Wolfsschluchtszene gab es kleine Schreie im Publikum, allerdings hörte ich aus der dritten Reihe bei Samiels schrecklichem Erscheinen jemanden laut und deutlich zu seinem Nachbarn sagen: »Das ist doch Michi Arendt von den Stadtwerken!«, was aber irgendwie dazuzugehören schien. Obwohl ich natürlich hoffte, dass wir über das Niveau einer Schulaufführung wegkommen würden.

Dann standen wir alle auf der Bühne und verbeugten uns. Der Himmel war hoch und hellgrün, die Sterne waren schon zu sehen, und in der Mitte stand ein dicker gelber Vollmond. Die Leute waren aufgestanden und applaudierten wie besessen, Blitzlichter überall, laute Bravo-Rufe und dann fiel plötzlich ein Schuss.

Er kam von irgendwo oberhalb. Bevor ich mich wie alle anderen auf der Bühne umdrehte, um zu sehen, wer geschossen hatte, sah ich aus dem Augenwinkel in der ersten Reihe zwischen einem wild klatschenden Roman Faust und einer dezent lächelnden Charlotte von Ebersbach eine Lücke entstehen, die nach unten von dem zu Boden gesunkenen Jochen begrenzt wurde. Meine Bewegung, mit der ich mich drehte, um nach oben zu sehen, fühlte sich an wie in Zeitlupe. Voll beleuchtet stand Sophia Bischoff ganz vorn auf der oberen Plattform, die schwarz geschminkten Augen riesengroß in ihrem weißen Gesicht, das von den dunklen Wellen ihrer Haare eingerahmt wurde. Durch unseren Blickwinkel von schräg unten sah sie besonders dämonisch aus. Ihre Stimme kam über ein Megaphon, überlaut.

»Dann steht er auf, zieht Hosen an,
Macht auf die Zimmertür,
Läßt ein die Maid, die als 'ne Maid
Geht nimmermehr herfür.«

Die Leute, die begonnen hatten, schreiend in Panik zu fliehen, waren von der Lautstärke ihrer Stimme übertönt worden und stehengeblieben in der Vermutung, dass jemand, der rezitiert, nicht schießen würde.

»Bei Sophie und St. Cyriak,
Oh pfui, was soll das sein?
Ein junger Mann tut's, wenn er kann;
Beim Himmel, s'ist nicht fein.«

»Ophelia im Wahn«, sagte Wolfgang neben mir in die kurze Pause, »*Sophie und St. Cyriak* — bei Shakespeare heißt es *Bei Uns'rer Frau und Sankt Kathrin*, soweit ich mich erinnere. Wir sollten machen, dass wir wegkommen.« Den Bruchteil einer Sekunde dachte ich, wie nützlich es für derartige Situationen ist, wenn man sich in klassischer Literatur auskennt. Parallel dachte ich, wie unnütz ein solcher Gedanke ist. Und was ich für eine irrwitzige Angst hatte.

»Aufhören«, schrie eine männliche Stimme. »Sofort aufhören, und kommen Sie –« Mehr hörte man nicht, denn Sophias Stimme donnerte weiter.

»Sie sprach, eh Ihr gescherzt mit mir,
Verspracht Ihr, mich zu frein.«

Dann war sie von einem Augenblick zum nächsten verschwunden, abgetaucht, wie in Luft aufgelöst. Es erhob sich ein ungeheurer Lärm und ein gewaltiges Gedränge. Sämtliche Anwesenden setzten sich gleichzeitig wieder in Bewegung und quälten sich in den leider recht schmalen Zugangsweg Richtung Parkplatz. Wo vorher vier Personen bequem nebeneinander gehen konnten, was höchstwahrscheinlich den sicherheitstechnischen Vorgaben entsprochen hatte, quetschten sich jetzt 200 Menschen hinter- und gegeneinander, wodurch sich eine Art Pfropf bildete. Eine richtige Panik konnte man es nicht nennen, aber vielleicht eine halbe. Und wahrscheinlich war das der Grund, warum Sophia tatsächlich fliehen konnte.

Die Polizei, die mit den Feuerwehrleuten im hinteren Drittel und seitlich so gestanden hatte, dass sie die Prominenz fest im Blick hatte, sah sich durch die Menschenmenge nicht im Stande, so schnell die Straße zu erreichen, dass sie Sophias Flucht hätten aufhalten können. Ich sah, dass einzelne Beamte mit dem Telefon am Ohr durch die Fichten und das Unterholz zum Parkplatz liefen. Da es aber trotz des hellen Mondes recht dunkel war, sie durch die hell bestrahlte Bühne wahrscheinlich auch noch geblendet waren, kamen sie nur langsam vorwärts, und über das Geschrei der Menge hinweg hörten wir alle, kurz nachdem Sophia ihre Racherezitation beendet hatte, ein Motorrad starten und wegfahren.

Ich ließ die Solisten und Chorsänger vor und kletterte mit leicht zitternden Knien die drei Stufen von der Bühne herunter. Dieser Vorgang dauerte etwas, weil fast jeder sein Mobiltelefon am Ohr hatte und sein Gespräch interessanter fand, als zügig die Bühne zu verlassen. Ich verstand sie gut, denn ich hätte auch gern jemandem erzählt, dass ich gerade eine Freischützaufführung mit einem echten Angeschossenen erlebt hatte, denn Jochen lebte.

Er lag bleich mit geschlossenen Augen quer auf drei Stühlen und blutete aus dem rechten Arm, den jemand mit einem rosa Etwas abgebunden hatte, das aussah wie eine Krawatte. Ein Feuerwehrmann kniete neben ihm und schien den Puls zu messen. Bodo und Charlotte von Ebersbach sprachen mit sorgenvollem Gesicht miteinander, bis der Baron leicht seinen Arm um sie legte. Jochens Frau Helene stand seitlich und betrachtete interessiert die Polizeibeamten, die den Zugang zur oberen Plattform absperrten. Kahlhut redete mit vielen aufgeregten Gesten auf Horst Lorenz ein, Wolfgang stand umgeben von einigen Orchesterleuten vor der Bühne, und von den anderen Ehrengästen war nichts mehr zu sehen. Mario und Christian kamen auf mich zugelaufen, Christian stoppte kurz vor mir und Mario wickelte mich in seine Arme. Ich war heilfroh, nicht dem ersten Impuls nachgegeben zu haben, in das ausgeschnittene Schwarz-Goldene zu steigen. Trotz meines langärmeligen Abendkleides, das für Konzerte in winterlichen Kirchen gedacht war, und einer Jacke drüber fror ich wie ein Schneider.

»Der Schock«, sagte Christian und sah mich an, unergründlich wie immer. »Wir sollten möglichst bald verschwinden. Ich fahre ins Café, kommt ihr nach?«

Mario nickte in meine Haare hinein. Komischerweise

brachte mich das Wort Café wieder halb ins Lot. Plötzlich wusste ich, dass es einen Zeitpunkt jenseits dieses Durcheinanders, dieser Eiseskälte und sämtlicher Aufregungen und Schuldzuweisungen geben würde. Irgendwann würde ich wieder im Kreis meiner „Familie“ sitzen, vorzugsweise in Marios Arm, und einen schönen Streit mit Christian anfangen. Konni oder/und Sandra hinter der Theke, Ratte und Karo tablettbeladen herumflitzend, Lidia Borda aus dem Lautsprecher, und dies alles wäre vorbei.

Aber vorher erwischte mich Kahlhut noch. »Liebste Frau Friederike, was für ein Abend.« Er küsste meine Hand, die ich nicht schnell genug in Sicherheit bringen konnte. »Gott sei Dank ist alles gut ausgegangen. Herr von Ebersbach ist nicht schwer verletzt – nur der Schock und eine Kugel im Arm.«

Ich sah hoch. Machte er sich lustig? So viel Distanz hätte ich ihm gar nicht zugetraut. Immerhin war gerade ein Attentat auf einen Ehrengast verübt worden.

»Herr Lorenz hat mir mitgeteilt, dass es eine leichte Gefährdungslage wohl gegeben habe, dass man ihr aber mit erhöhter Polizeipräsenz…« Er hüstelte. »Selbstverständlich ist er voll des Bedauerns, dass die Ordnungsmacht den Anschlag nicht verhindern konnte. Ja, erschütternd, wirklich, sehr bedauerlich. Er ließ durchblicken, dass der Bruder des Barons nach seiner Genesung ein paar Fragen zu beantworten hätte. Ich frage mich, ob wir wirklich den richtigen Schirmherren –«

Er strich sich gedankenverloren imaginäre Tannennadeln vom rosa Seidenrevers. »Aber wir haben ja noch zwei vielversprechende Vorstellungen vor uns, die hoffentlich ohne schießwütige Racheengel vonstattengehen werden. Für morgen Abend hat sich übrigens, wie ich gerade hörte, das Fernsehen angekündigt, und morgen früh sehen Sie mich in der 9-Uhr-Sendung im NDR, schauen Sie doch mal hinein! Guten Abend, verehrte Frau Friederike, Sie haben Wunderbares geleistet. Guten Abend, Herr –« Da ihm Marios Nachname nicht einfiel, ersetzte er ihn durch leichtes Räuspern und entfernte sich mit kleinen Verbeugungen zu allen Seiten. »Der Schmierfink nützt selbst einen halben Mord noch zu seinem Vorteil aus.« Ich fasste es nicht.

»Siehst du, Frieda, und genau deshalb ist er Bürgermeister.«

Ich war froh, dass wir keine Premierenfeier geplant hatten. Die Chormitglieder trafen sich zwar irgendwo, aber ich hatte von Anfang an klargestellt, dass ich dafür nicht geeignet wäre. Weil man lieber woanders wäre und sich deshalb elend fühlt, trinkt man zu viel, redet dummes Zeug und hat am nächsten Tag einen Schädel. Lieber war es mir so, wie dieser Tag dann ausging – wir saßen am runden Tisch im Café, die Gäste waren gegangen, die Tür abgeschlossen, das Licht rings um uns abgedunkelt, und luden uns die Teller voll mit Sandras wunderbarem Filet-Gratin *(schließlich haben wir doch was zu feiern, oder?)*. Die dicken runden Scheiben wurden mit Kapern, Schinken und Salbei gefüllt und landeten zusammen mit angebratenen Brokkoliröschen in einer Käsesoße. Dazu gab es Fenchelbrot.

Christian aß, als hätte er seit Tagen gehungert, argwöhnisch beobachtet von Ratte, der Angst hatte, zu kurz zu kommen.

Karo hatte beide Ellbogen auf dem Tisch und sammelte die Kapern am Tellerrand. »Sie sind so glitschig«, sagte sie.

Konni zog die Auflaufschüssel zu sich rüber. »Glaubt ihr, sie kriegen sie?«

Christian kaute erst zu Ende, bevor er antwortete. »Ich kann mir vorstellen, dass sie es schafft, davonzukommen. Sie hat alles bisher derart geschickt geplant, dass ihre Flucht mit

Sicherheit genauso punktgenau ablaufen wird. Wenn nicht irgendein Zufall eine Rolle spielt oder jemand sie verrät – ich denke, sie schafft es.« Ist es eigentlich unmoralisch, wenn man es nicht bedauert, dass ein Mensch mit zweieinhalb Morden eventuell davonkommt?

Karo grinste. »Geld genug hat sie ja aus den Erpressungen. Hast du eigentlich gelöhnt, Christian?«

Der zuckte nur die Schultern und brachte ein *Nee* zwischen zwei Kaubewegungen vor.

Genau in dem Moment klingelte sein Telefon. »Aha«, sagte er. »Na ja, hat sie es also nicht geschafft«, und drückte das Gespräch weg.

Wir schwiegen alle. Meine Freunde überlegten wahrscheinlich wie ich, ob man Sophia nicht gegönnt hätte, davonzukommen.

Konni legte seine Gabel hin. »Sandra, du kochst fantastisch. Übrigens, Leute, ich habe heute im Club gehört, dass ein Harvester zu verkaufen ist. Der bisherige Eigentümer wäre plötzlich nach Süddeutschland gezogen.«

»Sitzt man eigentlich wegen Beihilfe zum Holzdiebstahl«, fragte Ratte interessiert.

»Kommt drauf an, was du vorher angesammelt hast. Wenn's das erste Mal ist, kommst du mit Bewährung weg.«

Mir war wieder warm, Mario saß neben mir, und ich war zu Hause.

Bratkartoffeln mit Champagner

von Helmut Exner

1. Auflage 04/2017, 192 Seiten, Taschenbuch
Euro 8,95 (inkl. 7% MwSt.), ISBN 978-3-943403-92-3
auch als eBook erhältlich

Lilly Höschens ehemalige Schüler Sibylle und Manfred kehren nach zwanzigjährigem Amerika-Aufenthalt in die Heimat zurück. Manfred eröffnet ein Luxusrestaurant im beschaulichen Fachwerkstädtchen Duderstadt, wo er in seiner exzentrischen Art schon mal meckernde Gäste in den Ziegenstall sperrt. Seine Frau Sibylle ist ein ganz anderes Kaliber. Aber ist sie wirklich eine Auftragsmörderin, die Lillys Großneffen Amadeus ans Leder will? Und welche Rolle spielt die Ex-Oberstaatsanwältin Cesarine Zicke-Sandelholz? Es gibt viel zu tun für das mittlerweile 86-jährige „Fräulein" aus dem Oberharz. Um Antworten auf ihre Fragen zu erhalten und herauszufinden, warum einige Gäste des Gourmettempels in aberwitzige Verbrechen verstrickt werden, reist sie mehrfach in die Eichsfelder Provinz. Zudem geht ihr ein Kommissar des LKA derart auf die Nerven, dass Lilly alles tut, um ihn in den Wahnsinn zu treiben.

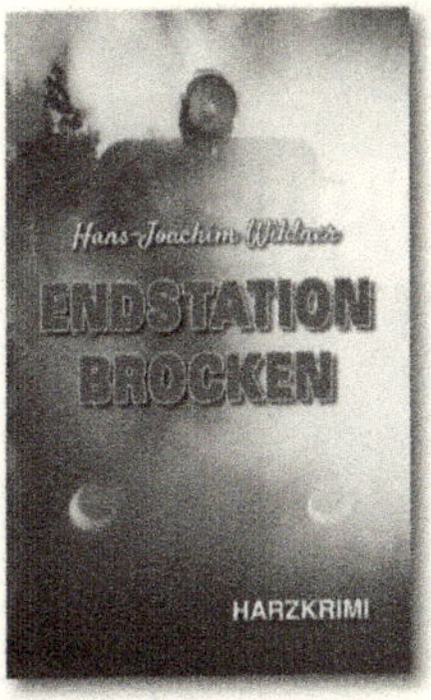

Endstation Brocken

von Hans-Joachim Wildner

1. Auflage 04/2017, 320 Seiten, Taschenbuch
Euro 9,95 (inkl. 7% MwSt.)
ISBN 978-3-943403-77-0
auch als eBook erhältlich

Chris und Katja lernen sich bei einem aberwitzigen Banküberfall kennen. In einem Restaurant auf Torfhaus treffen sie zufällig auf die Täter. Als Zeugen geraten sie in das Fadenkreuz der Bande, und eine mörderische Hetzjagd quer über den Harz beginnt. Die eingerichtete Sonderkommission unter Leitung von Hauptkommissar Brauer und seinem Assistenten Steffen Richter steht unter erheblichem Ermittlungsdruck. Es gibt kaum verwertbare Spuren und die Täterbeschreibungen sind mehr als widersprüchlich. Doch nicht nur die Kriminellen machen Brauer das Leben schwer, auch sein berufliches Umfeld und sogar Familienmitglieder tragen dazu bei...

Venedigerzeichen
von Corina C. Klengel

1. Auflage 04/2017, 696 Seiten, Taschenbuch
Euro 14,95 (inkl. 7% MwSt.)
ISBN 978-3-943403-82-4
auch als eBook erhältlich

Goslar in heller Aufregung. Probebohrungen im Gosetal lassen auf ein neues Erzvorkommen schließen, und so mancher bejubelt bereits die Wiederauferstehung des Bergbaus. Dann taucht in der Gegend ein historisches Venedigerzeichen auf, das auf Betrug hinweist. Ein Geologe verschwindet, ein Nachtwächter aus dem Rammelsberg-Museum wird tot aufgefunden. Schließlich stößt Tilla, die Lebensgefährtin des zuständigen Kommissars, auf ein altes Manuskript aus der Zeit Agrippas, in dem von der Gründung eines Bergbauordens berichtet wird. Sie ahnt, dass sich ein weitreichendes Verbrechen über dem Harz zusammenbraut. Sind mit der dubiosen Bohrfirma tatsächlich die Nachfolger der alten Venediger in den Harz zurückgekehrt?

Feuerfalke

von Rüdiger A. Glässer

2. Auflage 06/2016, 512 Seiten, Taschenbuch
Euro 12,95 (inkl. 7% MwSt.)
ISBN 978-3-943403-62-6
auch als eBook erhältlich

In der Salamanderhöhle bei Zorge wird eine Leiche gefunden. Hauptkommissar Pierre Rexilius, Leiter der Mordkommission Osterode, und sein Team beginnen mit den Ermittlungen. Zunächst scheint die Suche nach dem Täter überschaubar zu sein. Denn die Existenz der abgelegenen Grotte ist nur einem kleinen Personenkreis bekannt. Kurz darauf entdecken die Spurensucher mysteriöse Botschaften auf Sanskrit. Um den Fall lösen zu können, muss Rexilius tief in die indische Mythologie eintauchen. Dabei zeigt sich, dass die Hintergründe der Tat weit über die Grenzen des Harzes hinausreichen. Ein zweiter Mord geschieht. Als der Hauptkommissar schließlich den Mördern auf die Spur kommt, gerät er in ihre Fänge. Verzweifelt versucht Sandra Koch, ihren Lebensgefährten und Kollegen zu retten.

Nix los im Harz? Von wegen...
Keine Leichen mehr verpassen...
Newsletter abonnieren auf
HARZKRIMIS.DE